SCORPIA

ANTHONY HOROWITZ

SCORPIA

Traducción de José Antonio Álvaro Garrido

EDAF
JUVENIL
ALEX RIDER

MADRID - MÉXICO - BUENOS AIRES - SAN JUAN - SANTIAGO
2004

Título del original: SCORPIA

© 2004. Anthony Horowitz
© 2004. De la traducción: José Antonio Álvaro Garrido
© 2004. De esta edición, EDAF. S. A., por acuerdo con Walker Books Ltd., Londres

Cubierta:
      Ilustración: © 2004 Phil Schramm
      Silueta: © 2004 Walker Books Ltd.

Editorial Edaf, S. A. Jorge Juan, 30. 28001 Madrid
http://www.edaf.net
edaf@edaf.net

Edaf y Morales, S. A.
Oriente, 180, n.° 279. Colonia Moctezuma, 2da. Sec.
15530. México, D.F.
http://www.edaf-y-morales.com.mx
edafmorales@edaf.net

Edaf del Plata
Chile, 2222,
1227 Buenos Aires, Argentina
edafdelplata@edaf.net

Edaf Antillas, Inc.
Av. J. T. Piñero, 1594.
Caparra Terrace
San Juan, P. Rico (00921-1413)
edafantillas@edaf.net

Edaf Chile, S.A.
Huérfanos, 1178 - Of. 506.
Santiago, Chile.
edafchile@edaf.net

Diciembre 2004

Depósito Legal: M. 49.169-2004
I.S.B.N.: 84-414-1583-8

PRINTED IN SPAIN   IMPRESO EN ESPAÑA
Anzos, S. L. - Fuenlabrada (Madrid)

Para M. N.

ÍNDICE

TRABAJO EXTRA

Para los dos ladrones de la Vespa de 200 cc el problema consistió en elegir a la víctima equivocada, en el lugar equivocado y el domingo equivocado una mañana de septiembre.

Era como si todo el mundo se hubiera reunido en la *piazza* Esmeralda, a unos pocos kilómetros de Venecia. Las misas acababan de terminar y las familias deambulaban juntas bajo la brillante luz del sol: abuelas de negro, chicos y chicas con sus trajes de domingo y de comunión. Los cafés y las heladerías estaban abiertos, con los clientes ocupando las aceras y aun el asfalto. Una fuente inmensa —toda ella dioses desnudos y serpientes— lanzaba chorros de agua helada. Y había un mercado. Habían instalado tenderetes que vendían cometas, flores secas, viejas postales, pájaros de cuco y sacos de semillas para los cientos de palomas que se exhibían por todos lados.

En mitad de todo aquello se encontraba una docena de colegiales ingleses. Fue mala suerte para los dos ladrones que uno de ellos fuese Alex Rider.

Era a comienzos de septiembre. Había pasado menos de un mes desde el enfrentamiento final de Alex con Damian Cray en el Air Force One: el avión presidencial estadounidense. Había sido el final de una aventura que lo había llevado de París a Amsterdam, y por último a la pista principal del aeropuerto de Heathrow, mientras disparaban veinticinco cabezas nucleares contra objetivos de todo el mundo. Alex había conseguido destruir los misiles. Fue entonces cuando Cray murió. Y, después de eso, había vuelto a casa con la habitual colección de magulladuras y arañazos, solo para encontrarse a Jack Starbright, que lo esperaba con rostro hosco y decidido. Jack era su ama de llaves y también su amiga, y, como de costumbre, estaba preocupada por él.

—No puedes seguir así, Alex —le dijo—. No vas a la escuela. Perdiste la mitad del trimestre de verano cuando estabas en Cayo Esqueleto y buena parte del de primavera en Cornualles primero, y luego en esa espantosa academia de Point Blanc. Si sigues así, suspenderás todos los exámenes. ¿Y qué harás entonces?

—No es culpa mía… —comenzó Alex.

—Ya sé que no es culpa tuya. Pero tengo que hacer algo al respecto y he decidido buscar un profesor particular para lo que queda de verano.

—¡No lo dices en serio!

—Claro que sí. Ya has tenido bastantes vacaciones. Puedes comenzar a trabajar inmediatamente.

—No quiero un profesor particular... —comenzó a protestar Alex.

—No te estoy dando a elegir, Alex. No me importa qué artefactos puedas tener o que astucias puedas usar... ¡pero esta vez no te escapas!

Alex trató de discutir con ella, aunque, por dentro, sabía que tenía razón. El MI6 siempre lo proveía de una nota médica que explicaba sus largas ausencias del colegio, pero los profesores estaban preocupados, en mayor o menor medida. El último informe decía así:

Alex sigue pasando más tiempo fuera del colegio que dentro y, si sigue así, puede ir olvidándose de graduarse. Aunque no se le puede culpar por sufrir lo que parece un catálogo de enfermedades, me temo, si sufre alguna más, que pueda desaparecer por completo de la escuela.

De modo que así estaban las cosas. Alex había detenido a un cantante de pop loco y multimillonario que trataba de destruir medio mundo... ¿y qué sacaba a cambio? ¡Trabajo extra!

Lo encajó con escaso entusiasmo, sobre todo cuando descubrió que el profesor que había buscado Jack enseñaba, además, en Brookland, su propio colegio. Alex no estaba en su clase, pero aun así resultaba embarazoso y esperaba que nadie se enterase. Sin embargo, tenía que admitir que el señor Grey era bueno en lo suyo. Charlie Grey era joven y accesible, y se desplazaba en una bicicleta con una cesta llena de libros. Enseñaba humanidades, pero parecía moverse con soltura por todo el plan de estudios.

—No disponemos más que de unas pocas semanas —le hizo saber—. No parece demasiado, pero te sorprenderás de lo mucho que vas a ir aprendiendo según vayan pasando. Voy a trabajar contigo siete horas al día, y al acabar te daré trabajo para casa. Para cuando acaben las vacaciones es probable que me odies. Pero, al final, vas a empezar el nuevo curso más o menos al nivel necesario.

Alex no llegó a odiar a Charlie Grey. Trabajaron con calma y rapidez, pasando a lo largo del día de las matemáticas a la historia, y de esta a la ciencia, y así sucesivamente. Todos los fines de semana el profesor le dejaba exámenes, y Alex constató cómo gradualmente su porcentaje de aciertos mejoraba. Fue entonces cuando el señor Grey le dio la sorpresa.

—Lo estás haciendo realmente bien, Alex. No te lo iba a mencionar, pero ¿por qué no vienes conmigo al viaje del colegio?

—¿Dónde van a ir?

—Bueno, el año pasado fuimos a París, y el anterior a Roma. Vimos museos, iglesias, palacios… cosas así. Este año iremos a Venecia. ¿Quieres venir?

Venecia.

Había estado todo el rato en la mente de Alex, desde los minutos finales en el avión, tras la muerte de Damian Cray. Yassen Gregorovich estaba allí, el asesino ruso que había arrojado una sombra sobre gran parte de la vida de Alex. Yassen agonizaba con una bala alojada en el pecho. Pero antes de morir consiguió musitar un secreto que había estado enterrado durante catorce años.

Los padres de Alex habían sido asesinados poco después de la muerte de este y él había sido encomendado a la tutela de su tío, Ian Rider. A principios de aquel año, Ian Rider también había muerto, al parecer en un accidente de tráfico. Había sido toda una revolución para la vida de Alex el descubrir que su tío era en realidad un espía y que había fallecido durante una misión en Cornualles. Fue entonces cuando apareció en escena el MI6. De alguna forma, se las habían arreglado para introducir a Alex en su mundo, y había estado trabajando para ellos desde entonces.

Alex sabía muy poco sobre su madre y su padre, John y Helen Rider. Tenía una foto de ellos en el dormitorio: un hombre despierto y agraciado, con el pelo corto y el brazo apoyado sobre el hombro de una mujer hermosa que sonreía a medias. Había estado en el ejército y aún tenía aires de soldado. Ella era enfermera y trabajaba en radiología. Pero ambos eran unos extraños para él; no podía recordar nada de ellos. Habían muerto cuando no era más que un bebé. En un accidente de aviación. O eso le habían dicho.

Pero ahora sabía más.

El accidente de avión había sido una mentira, como el accidente de tráfico de su tío. Yassen Gregorovich le había contado la verdad a bordo del Air Force One. El padre de Alex era un asesino, lo mismo que Yassen. Los dos habían trabajado juntos; John Rider había salvado en cierta ocasión la vida de Yassen. Pero luego el MI6 había matado a su padre; la misma gente que había obligado a Alex a trabajar para ellos en tres ocasiones, mintiéndole, manipulándolo y, por último, dejándolo de lado cuando ya no lo necesitaban. Era casi imposible de creer, pero Yassen le había ofrecido la posibilidad de encontrar pruebas por sí mismo.

Vete a Venecia. Encuentra a Scorpia. Y encontrarás tu destino…

Alex tenía que averiguar qué era lo que había sucedido catorce años antes. Descubrir la verdad sobre John Rider equivalía a descubrirla sobre él mismo. Ya que, si su padre de verás había asesinado a gente por dinero, ¿en qué lo convertiría eso a él? Alex se sentía furioso, infeliz… y confuso. Tenía que encontrar a Scorpia, fuera eso lo que fuese. Scorpia le diría lo que necesitaba saber.

Un viaje escolar a Venecia no podía haber llegado en mejor momento. Y Jack no le impidió ir. De hecho, lo animó a hacerlo.

—Es justo lo que necesitas, Alex. Una oportunidad de estar con tus amigos y ser un estudiante normal. Estoy segura de que te lo vas a pasar en grande.

Alex no dijo nada. Odiaba tener que mentirle, pero no había forma de contarle la verdad. Jack nunca había conocido a su padre; aquello no era asunto suyo.

Así que dejó que le ayudase a hacer el equipaje, sabiendo que, para él, el viaje iba a tener poco que ver con iglesias y museos. Le serviría para explorar la ciudad y ver qué podía desenterrar. Cinco días no eran mucho tiempo. Pero algo era algo. Cinco días en Venecia. Cinco días para encontrar a Scorpia.

Y allí estaba ya. En una plaza italiana. Habían pasado ya tres días del viaje y no había encontrado nada.

—Alex… ¿te apetece un helado?

—No. Así estoy bien.

—Estoy asado. Voy a buscar una de esas cosas que me decías. ¿Cómo las has llamado? Granada o algo así.

Alex se encontraba junto a otro chico de catorce años, su mejor amigo en Brookland. Se había sorprendido al saber que Tom Harris iba a participar en el viaje, ya que Tom no estaba lo que se dice muy motivado por el arte o la historia. Tom no estaba interesado por nada de la escuela y era, con regularidad, el último en todo. Pero lo mejor de él era que lo tenía sin cuidado. Siempre estaba alegre, e incluso los profesores tenían que admitir que su compañía resultaba divertida. Y lo que no conseguía Tom en las clases lo lograba en el campo de juego. Era capitán del equipo de fútbol de la escuela y el principal rival de Alex el día del deporte, ya que lo vencía en la carrera de obstáculos, los cuatrocientos metros y el salto con pértiga. Tom era pequeño para su edad, con pelo negro de pincho y brillantes ojos azules. No iba ni a rastras a un museo, ¿así pues, qué pintaba allí? Alex pronto lo descubrió. Los padres de Tom estaban inmersos en un amargo proceso de divorcio y lo habían enviado lejos.

—Es *granita* —replicó Alex. Era lo que siempre pedía cuando estaba en Italia: hielo picado con zumo de limón por encima. Estaba a medio camino del helado y la bebida, y no había en el mundo nada más refrescante.

—Vamos. Pídeme uno para mí. Cuando le pido a alguien algo en italiano, lo único que hacen es mirarme como si estuviera loco.

Lo cierto es que Alex no hablaba más que unas pocas frases. El italiano era el único idioma que Ian Rider no le había enseñado. A pesar de eso, acompañado de Tom, pidió dos helados en una tienda cercana a los tenderetes del mercado; uno para Tom y otro —en eso insistió Tom— para sí mismo. Tom tenía mucho dinero. Sus padres lo habían llenado de euros justo antes de la partida.

—¿Irás al colegio este trimestre? —le preguntó.

Alex agitó la cabeza.

—Claro que sí.

—Casi no estuviste el último trimestre... o el anterior.

—Estaba enfermo.

Tom cabeceó. Llevaba unas gafas Diesel fotosensibles que había comprado en la tienda libre de impuestos del aeropuerto de Heathrow. Resultaban demasiado grandes para su rostro y le resbalaban por la nariz.

—Comprende que nadie te crea —comentó.

—¿Por qué no?

—Porque nadie está tan enfermo. No es posible —Tom bajó la voz—. Se rumorea que eres un ladrón —le confió.

—¿El qué?

—Que esa es la razón por la que estás fuera tanto tiempo. Que tienes problemas con la policía.

—¿Eso es lo que piensas?

—No. Pero la señorita Bedfordshire me preguntó por ti. Sabe que estamos juntos en matemáticas. Me dijo que una vez tuviste un problema por robar una grúa o algo así. Escuchó decir eso a alguien y piensa que estás en terapia.

—¿Terapia? —Alex estaba pasmado.

—Sí. Está bastante preocupada por ti. Piensa que por eso tienes que irte tanto. Ya sabes, para ver al psiquiatra.

Jane Bedfordshire era la secretaria del colegio. Una mujer atractiva, aún en la veintena. También estaba en el viaje, como cada año. Alex podía verla en ese momento al otro lado de la plaza, hablando con el señor Grey. Mucha gente decía que había algo entre ellos dos, pero Alex suponía que lo más seguro era que el rumor fuese tan cierto como el que corría sobre él.

Un reloj dio las doce. Al cabo de media hora tenían que estar comiendo en el hotel donde se alojaban. La escuela Brookland era un colegio normal del oeste de Londres y había decidido mantener los gastos moderados, alojándolos en las afueras de Venecia. El señor Grey había elegido un hotel en la pequeña ciudad de San Lorenzo, a unos diez minutos de tren. Cada mañana llegaban a la estación y tomaban el autobús acuático para dirigirse al corazón de la ciudad. Pero no ese día. Era domingo y se habían tomado toda la mañana.

—Entonces, tú... —comenzó Tom. Se interrumpió. Algo había ocurrido con mucha rapidez, pero los dos chicos lo habían visto.

En la otra esquina de la plaza acababa de aparecer una moto. Era una Vespa Gran Turismo de 200 cc, casi impoluta de puro nueva, con dos hombres a bordo. Ambos iban vestidos con vaqueros y camisas holgadas de manga larga. El pasajero llevaba un casco cerrado, tanto para ocultar su identidad como para protegerse si chocaban. El conductor, que llevaba gafas de sol, enfiló hacia la señorita Bedfordshire como si tratase de arrollarla. Pero, un segundo antes de chocar, se desvió. Al mismo tiempo, el hombre del asiento trasero se inclinó y le arrebató el bolso. Lo hicieron con tanta pulcritud que Alex comprendió que eran dos profesionales; *scippatori*, como los llamaban en Italia. Robabolsos.

Otros alumnos lo habían visto también. Uno o dos gritaban y señalaban, pero no podían hacer nada. La moto ya se alejaba acelerando. El motorista iba inclinado sobre el manillar y su compinche protegía el bolso en su regazo. Cruzaban a toda velocidad la plaza, en diagonal, dirigiéndose hacia Alex y Tom. Unos pocos momentos antes había gente por todos lados, pero de repente el centro de la plaza estaba ahora vacía y no había nadie que pudiese impedir su fuga.

—¡Alex! —gritó Tom.

—Quédate al margen —le previno Alex. Pensó por un instante bloquear el camino de la Vespa. Pero no tenía sentido. El motorista podría esquivarlo con facilidad… y, si no lo hacía, Alex pasaría de verdad el siguiente trimestre en el hospital. La moto iba ya a más de treinta kilómetros por hora, con su motor de un cilindro de cuatro tiempos desplazando sin esfuerzo a los dos ladrones hacia él. Alex, desde luego, no se iba a interponer en su camino.

Miró alrededor, en busca de algo que lanzar. ¿Una red? ¿Un cubo de agua? Pero no había red y la fuente estaba demasiado lejos, aunque sí había cubos…

La moto estaba a menos de veinte metros y seguía acelerando. Alex echó a correr y cogió un cubo del tenderete de flores, lo vació, desparramando flores secas por el suelo y lo llenó de semillas para pájaros del tenderete vecino. Los dos propietarios le estaban gritando algo, pero los ignoró. Sin detenerse, se giró y arrojó las semillas contra la Vespa, justo cuando pasaba como un relámpago a su lado. Tom observaba, primero asombrado, luego con disgusto. Si Alex pensaba que la lluvia de semillas podía derribar a los dos motoristas, se equivocaba. Continuaron sin inmutarse.

Pero ese nunca había sido su plan.

Debía haber doscientas o trescientas palomas en la plaza y habían visto cómo las semillas salían del cubo. Los dos motoristas estaban cubiertos con las mismas. Las semillas se habían alojado en los pliegues de sus ropas, bajo los cuellos y en sus zapatos. Había un puñado de las mismas entre las piernas del conductor. Parte había caído en el bolso de la señorita Bedfordshire; otra parte había quedado atrapada en el cabello del conductor.

En lo que a las palomas respecta, los ladrones de bolsos se habían convertido de repente en comida sobre ruedas. Con una amortiguada explosión de plumas grisáceas, descendieron aleteando, para caer sobre los hombres desde todas direcciones. De golpe, el conductor se encontró con un pájaro colgando de un lado de su rostro, el pico martilleando en su cabeza, picoteando el grano enredado en su cabello. Tenía otra paloma en la garganta y una tercera entre las piernas, dando picotazos en el área más sensible de todas. El pasajero tenía dos en el cuello, otra colgada de la camisa y una más medio enterrada en el bolso robado. Y seguían acudiendo. Debía haber al menos veinte palomas, aleteando y golpeando a su alrededor, una nube agitada de plumas, garras y —enervadas por la gula y la excitación— manchas volantes de pájaros blancos que se dejaban caer.

El motorista estaba cegado. Con una mano aferraba el manillar y con la otra se frotaba la cara. Mientras Alex observaba, la moto dio un giro de ciento ochenta grados como si pretendiese volver atrás, enfilándolos directamente y moviéndose aún más rápido que antes. Durante un momento se quedó quieto, esperando para lanzarse a un lado. Parecía como si fuera a pasarle por encima. Pero luego la moto giró por segunda vez y ahora se dirigió hacia la fuente, con los dos hombres apenas visibles entre una nube de alas que batían. La rueda delantera chocó contra el borde de la fuente y la moto se arrugó. Los dos hombres salieron lanzados de cabeza. Los pájaros se dispersaron. En el breve instante antes de caer al agua, el hombre del asiento del pasajero aulló y dejó caer el bolso. Este trazó un arco en el aire, casi a cámara lenta. Alex dio dos pasos y lo cogió.

Luego todo acabó. Los dos ladrones estaban amontonados, medio sumergidos en la fría agua. La

Vespa estaba tirada, doblada y rota, en el suelo. Dos policías, llegados casi cuando era demasiado tarde, corrían hacia ellos. Los dueños de los tenderetes reían y aplaudían. Tom observaba. Alex se dirigió hacia la señorita Bedfordshire y le dio el bolso.

—Creo que esto es suyo —dijo.

—Alex... —la señorita Bedfordshire no podía encontrar palabras—. ¿Cómo...?

—Es algo que aprendí en la terapia —repuso Alex.

Se dio la vuelta y volvió con sus amigos.

EL PALACIO DE LA VIUDA

—Y este edificio se llama el Palazzo Contarini del Bovolo —dijo el señor Grey—. *Bovolo* es la palabra veneciana que designa a la concha del caracol, y, si os fijáis, esas bonitas escalinatas tienen un poco la forma de la concha.

Tom Harris contuvo un bostezo.

—Si veo un palacio más, o un museo u otro canal —murmuró—, me tiro bajo las ruedas de un autobús.

—No hay autobuses en Venecia —le recordó Alex.

—Que sea uno acuático. Si no me alcanza, puede que tenga suerte y me hunda —suspiró Tom—. ¿Sabes lo que tiene de malo este sitio? Es como un museo. Un maldito museo gigante. Es como si hubiera pasado aquí media vida.

—Nos vamos mañana.

—Un día demasiado tarde, Alex.

Alex no podía estar de acuerdo. Nunca había estado en un lugar como Venecia; pero es que no había nada en el mundo que se pareciera remotamente a ese lugar, con sus calles estrechas y sus canales oscuros que serpenteaban unos en torno a otros, formando nudos intrincados y sorprendentes. Cada edificio parecía competir con el vecino para ser más adornado y espectacular. Un corto paseo lo podía llevar a uno a través de siglos y cada esquina parecía dar paso a una nueva sorpresa. Podía ser un mercado a la vera del canal, con grandes tajadas de carne sobre las mesas y el pescado goteando sangre sobre los empedrados. O una iglesia, aparentemente flotante, rodeada de agua por los cuatro costados. Un gran hotel o un restaurante minúsculo. Incluso las tiendas eran obras de arte, con sus ventanas enmarcando máscaras exóticas, jarrones de cristal brillantemente coloreado, pasta seca y antigüedades. Puede que fuese un museo, es cierto; pero se trataba de uno completamente vivo.

Sin embargo, Alex comprendía los sentimientos de Tom. Al cabo de cuatro días, incluso él comenzaba a sentir que tenía bastante. Bastantes estatuas, bastantes iglesias, bastantes mosaicos. Y bastantes turistas apiñados bajo un sofocante sol de septiembre. Al igual que Tom, estaba empezando a sentirse recocido.

¿Y qué pasaba con Scorpia?

El problema era que no tenía la más remota idea de qué quería decir Yassen Gregorovich con sus últimas palabras. Scorpia podía ser una persona. Alex había mirado en la guía telefónica y había encontrado nada menos que catorce personas con ese nombre viviendo en Venecia y alrededores. Podía ser una empresa. O podía ser un edificio. *Scuole* era el nombre de las casas de pobres. La Scala era la ópera de Milán. Pero Scorpia no parecía ser nada de eso. No había señales indicándola, ni calles que llevasen a ella.

Solo ya a esas alturas, cerca del final del viaje, Alex comenzaba a pensar que no había tenido ninguna oportunidad desde el principio. Si Yassen le había contado la verdad, los dos —John Rider y él— habían sido asesinos a sueldo. ¿Trabajaban para Scorpia? De ser así, Scorpia tenía que mantenerse celosamente oculta... puede que dentro de alguno de aquellos viejos palacios. Alex volvió a observar las escalinatas que el señor Grey estaba describiendo. ¿Cómo podía saber que esos peldaños no llevaban hasta Scorpia? Scorpia podía ser cualquier lugar. Podía estar en cualquier sitio. Al cabo de cuatro días en Venecia, Alex no había llegado a ninguna parte.

—Vamos a volvernos por la Frezzería hacia la plaza principal —anunció el señor Grey—. Podemos comernos los sándwiches allí y, después del almuerzo, visitaremos la Basílica de San Marcos.

—¡Ay Dios! —exclamó Tom—. ¡Otra iglesia!

Se pusieron en movimiento; una docena de estudiantes ingleses, con el señor Grey y la señorita Bedfordshire a la cabeza, hablando animadamente entre ellos. Alex y Tom iban a la zaga, los dos de humor sombrío. Solo quedaba un día y, como bien había dicho Tom, era un día de más. Ya había dejado claro que estaba más que harto de cultura. Pero él no iba a regresar a Londres con el resto del grupo. Tenía un hermano mayor que vivía en Nápoles e iba a pasar los últimos días de las vacaciones de verano con él. En cuanto a Alex, el final de la visita significaba fracaso. Volvería a casa, comenzaría el trimestre de otoño y...

Y fue entonces cuando lo vio; un destello de plata al reflejarse el sol en algo justo al borde de su campo de visión. Volvió la cabeza. No había nada. Un canal que se extendía ante sus ojos. Otro canal cruzándolo. Una única nave de motor pasando debajo de un puente. La habitual fachada de antiguos muros marrones punteada de contraventanas de madera. La cúpula de una iglesia remontándose sobre los tejados rojos. Había sido su imaginación.

Pero en ese momento la nave comenzó a virar y se repitió el centelleo; y esta vez comprendió de qué se trataba: había un escorpión de plata decorando el costado de la nave, encastrado en la aleta de madera. Alex lo observó mientras enfilaba el segundo canal. No se trataba de una góndola, ni de un traqueteante *vaporetto* público, sino de una lustrosa lancha privada; todo de teca pulida, portillas con cortinas y asientos de cuero. Había dos tripulantes, con inmaculadas chaquetas y pantalones; uno al timón y el

— 28 —

otro sirviendo una bebida al único pasajero. Este era una mujer, sentada muy erguida y con la mirada puesta a proa. Alex solo tuvo tiempo de atisbar pelo negro, la nariz respingona, rostro inexpresivo. Luego la motora completó su giro y se perdió de vista.

Un escorpión que decoraba una motora.

Scorpia.

Era la más tenue de las conexiones, pero, de golpe, Alex se sintió dispuesto a averiguar hacia dónde se dirigía la nave. Era casi como si le hubiesen enviado el escorpión de plata para guiarlo hasta lo que estaba buscando.

Y había algo más. La inmovilidad de la mujer. ¿Cómo era posible que se desplazase por aquella asombrosa ciudad sin mostrar emoción alguna, sin ni siquiera volver la cabeza a derecha o izquierda? Alex pensó en Yassen Gregorovich. Él hubiera hecho lo mismo. Esa mujer y él estaban hechos de la misma pasta.

Alex se volvió hacia Tom.

—Tienes que cubrirme —dijo con urgencia en la voz.

—¿Qué pasa? —preguntó Tom.

—Di que no me sentía bien. Que me he vuelto al hotel.

—¿Adónde vas?

—Ya te lo diré más tarde.

Y, con eso, Alex se marchó, escurriéndose entre una tienda de antigüedades y un café, rumbo a la calleja más estrecha, tratando de seguir la dirección de la nave.

Pero, casi de inmediato, vio que tenía un problema. La ciudad de Venecia había sido construida sobre un centenar de islas. El señor Grey lo había explicado el primer día. En la Edad Media todo aquello era poco más que una marisma. Por eso no había carreteras, sino canales y porciones de tierra, de extrañas formas, conectadas por puentes. La mujer estaba en el agua, y Alex en tierra. Seguirla podía convertirse en algo parecido a encontrar un camino a través de un laberinto imposible de caminos que nunca se encuentran.

Ya la había perdido. El callejón que había cogido debiera continuar recto. Pero, en vez de ello, torcía de repente en un ángulo, obstruido por un alto edificio de apartamentos. Corrió rodeando la esquina, bajo la mirada de dos italianas vestidas de negro que estaban sentadas en el exterior, en banquetas de madera. Había un canal delante, pero estaba vacío. Un tramo de grandes escalones de piedra bajaba hasta el agua turbia, pero no había forma de seguir... a no se que se pusiera a nadar.

Miró hacia la izquierda y se vio recompensado por la visión de madera y agua removidas por los motores de la lancha, según esta pasaba junto a una flota de góndolas amarradas a un muelle podrido. Allí estaba la mujer, aún sentada a proa, sorbiendo ahora un vaso de vino. La nave siguió bajo un puente tan angosto que apenas permitía el paso.

Solo había una cosa que pudiera hacer. Dio media vuelta y volvió sobre sus pasos, corriendo a toda velocidad. Las dos mujeres lo vieron de nuevo y agitaron las cabezas con desagrado. No se había dado cuenta, hasta ese momento, del calor que hacía. El sol parecía atrapado en las calles angostas, y hacía calor incluso a la sombra. Ya sudoroso, volvió corriendo a la calle de antes. Por suerte, no había rastro del señor Grey o del resto del grupo escolar.

¿Por dónde?

De repente, todas las calles y esquinas parecían iguales. Perdido el sentido de la orientación, Alex eligió la izquierda y pasó corriendo una frutería, una cerería y un restaurante al aire libre en el que los camareros disponían ya las mesas para la comida. Dobló una esquina y allí estaba el puente, tan corto que se podía cruzar en cinco pasos. Se detuvo en mitad del mismo y oteó por encima del borde, contemplando el canal. El hedor de las aguas estancadas llegaba hasta sus fosas nasales. No había nada. La lancha se había ido.

Pero sabía por dónde se había marchado. Aún no era demasiado tarde, si podía seguir moviéndose. Echó a correr. Un turista japonés iba a sacar una foto a su mujer y a su hija. Alex escuchó chasquear la cámara justo cuando pasaba en medio. De regreso a Tokio, tendrían la foto de un chico delgado y atlético, con el pelo rubio caído sobre la frente, vestido con pantalones y una camisa Billabong, con el sudor cubriéndole el rostro y los ojos llenos de determinación. Algo con que recordarlo.

Un enjambre de turistas. Un músico callejero tocando la guitarra. Otro café. Camareros con bandejas plateadas. Alex pasó por entre todos ellos, ignorando los gritos de protesta que se alzaban a su paso. Ahora no había señal de agua por ninguna parte; la calle parecía proseguir sin fin. Pero sabía que debía haber algún canal cerca.

Lo encontró. La calle terminaba. Aguas grises fluían. Había llegado al Gran Canal, el mayor de Venecia. Y allí estaba la motora con el escorpión de plata, plenamente visible ahora. Estaba por lo menos unos treinta metros por delante, rodeada de otras naves, y ampliando la distancia a cada segundo que pasaba.

Alex comprendió que, si la perdía, nunca la volvería a encontrar. Había demasiados canales a ambos lados y podía meterse por cualquiera. Podía deslizarse en el amarradero privado de uno de los palacios o detenerse en cualquier de los hoteles de postín. Se percató de la existencia de una plataforma de madera que flotaba en el agua justo delante de él y comprendió que era uno de los apeaderos flotantes de los autobuses acuáticos de Venecia. Había una garita donde vendían los billetes y una multitud apiñada alrededor. Una señal amarilla indicaba el nombre de ese punto del canal: SANTA MARÍA DEL GIGLIO. Una nave larga y llena de gente zarpaba en ese preciso momento. Un autobús de la línea uno. Su grupo escolar había tomado uno igual el día de su llegada y Alex sabía que recorría todo el canal. Se movía con rapidez. Ya estaba separado un par de metros de la parada.

Alex miró a su espalda. No había forma de abrirse paso por el laberinto de calles en persecución de la motora. El *vaporetto* era su única esperanza. Pero estaba demasiado lejos. Lo había perdido y no había forma de abordar otro en los siguientes diez minutos. Pasó una góndola, con el gondolero cantando en italiano para la sonriente familia de turistas que transportaba. Durante un instante, Alex pensó en apoderase de la góndola. Luego tuvo una idea mejor.

Se inclinó y aferró el remo, arrancándolo de manos del gondolero. Cogido por sorpresa, este gritó, giró y perdió el equilibrio. La familia observó alarmada cómo caía de espaldas al agua. Entre tanto, Alex había comprobado el remo. Tenía unos cinco metros de largo y era pesado. El gondolero lo mantenía vertical, usando la ancha pala para guiar la nave por las aguas. Alex echó a correr. Hundió la pala para usarla como una pértiga en el Gran Canal, confiando en que el agua no fuese demasiado profunda.

Tuvo suerte. La marea estaba baja y el fondo del canal estaba alfombrado con toda clase de objetos, desde viejas lavadoras a bicicletas y carretillas, jubilosamente arrojadas por los habitantes de Venecia, que no se cuidaban de la polución. El extremo del remo tocó algo sólido y Alex pudo usar la vara de madera para lanzarse hacia delante. Era la misma técnica exacta que había empleado en el salto de pértiga durante las competiciones en Brookland. Se encontró en el aire por un momento, inclinándose hacia atrás, suspendido sobre el Gran Canal. Luego cayó, trazando un arco sobre el portalón del autobús acuático y aterrizando en cubierta. Arrojó el remo a la espalda y miró a su alrededor. El resto de pasajeros lo contempló asombrado. Pero estaba a bordo.

Hay muy pocos revisores en los autobuses acuáticos de Venecia, así que nadie iba a recriminar a Alex por su poco ortodoxo método de llegar, ni nadie le iba a exigir un billete. Se inclinó sobre la borda, agradeciendo la brisa que corría sobre las aguas. Y no había perdido de vista a la motora. Seguía allí delante, cruzando la laguna principal, adentrándose en el corazón de la ciudad. Un esbelto puente de madera cruzaba el canal y Alex reconoció al Puente de la Academia, que llevaba a la mayor galería de arte de la ciudad. Había pasado toda una mañana allí, observando cuadros de Tintoretto y Lorenzo Lotto y otros muchos artistas cuyos nombres, todos, parecían acabar en o. Se preguntó, por un instante, qué estaba haciendo. Había abandonado la excursión escolar. El señor Grey y la señorita Bedfordshire debían estar ya probablemente telefoneando al hotel, o puede que a la policía. ¿Y todo por qué? ¿Qué era lo que tenía? Un escorpión de plata adornando una lancha privada. Tenía que estar fuera de sus cabales.

El *vaporetto* comenzó a reducir velocidad. Se aproximaba al siguiente embarcadero. Alex se tensó. Sabía que si esperaba a que unos pasajeros subiesen y otros bajasen, nunca volvería a ver la lancha. Estaba en el lado opuesto del canal ahora. Las calles estaban allí algo menos concurridas. Alex tomó aire. Se preguntó cuánto tendría que correr.

Y entonces vio, con un suspiro de alivio, que la lancha había llegado ya a destino. Entraba en un palacio situado un poco más allá, y se había detenido junto a una serie de postes que surgían de las aguas como jabalinas arrojadas allí al azar. Mientras Alex observaba, dos criados de librea salieron del palacio. Uno amarró el bote, el otro tendió una mano enguantada en blanco. La mujer aceptó la mano y desembarcó. Vestía un ceñido vestido color crema, con una chaquetilla. Llevaba un bolso colgando del brazo. Podía haber sido una modelo sacada de la portada satinada de una revista. No dudó. Mientras el criado se afanaba en descargar las maletas, subió por los peldaños y desapareció tras una columna de piedra.

El autobús acuático estaba a punto de zarpar. Alex bajó con rapidez al embarcadero. Otra vez tuvo que abrirse paso rodeando los edificios que se apiñaban junto al Gran Canal. Pero esta vez sabía lo que buscaba. Unos pocos minutos después lo encontró.

Se trataba de un palacio veneciano típico, rosa y blanco, con sus estrechas ventanas abiertas en un tapiz fantástico de columnas, arcos y balaustradas, como extraído de *Romeo y Julieta*. Pero lo que hacía inolvidable el palacio era su situación. No es que diese al Gran Canal. Se hundía literalmente en el mismo, y el agua lamía sus muros de ladrillo. La mujer de la lancha había cruzado una especie de rastrillo, como si entrase en un castillo. Pero se trataba de un castillo flotante. O hundido. Era imposible determinar dónde acababan las aguas y comenzaba el palacio.

El palacio tenía por lo menos un costado accesible por tierra. Se respaldaba en una plaza amplia con árboles y matorrales plantados en maceteros ornamentales. Había hombres —criados— por todas partes, emplazando cordones de seguridad, colocando antorchas de aceite y desenrollando una alfombra roja. Había carpinteros trabajando en lo que parecía un pequeño quiosco de música. Otros hombres transportaban lo que parecía un surtido de cajones y cajas al interior del palacio. Alex vio botellas, fuegos de artificio, diferentes clases de comida. Estaba claro que preparaban una gran fiesta.

Alex retuvo a uno.

—Disculpe —dijo—. ¿Podría decirme quién vive aquí?

El hombre no hablaba inglés. Ni siquiera trató de ser amistoso. Alex preguntó a un segundo hombre, pero no obtuvo mejor resultado. Pudo reconocer el tipo al que pertenecían: se había encontrado con gente así siempre. Los guardias de la academia de Point Blanc. Los técnicos de Cray Software Technology. Eran gente que trabajaba para alguien que los ponía nerviosos. Les pagaban por hacer un trabajo y mantenían los nervios a raya. ¿Eran gente con algo que ocultar? Quizá.

Alex abandonó la plaza y contorneó el costado del palacio. Un segundo canal recorría toda la longitud del edificio y en esa ocasión tuvo más suerte. Había una anciana de ropas negras, con delantal blanco, barriendo el caminillo.

—¿Habla inglés? —le preguntó—. ¿Puede ayudarme?

—Sí, *con piacere, mio piccolo amico* —la mujer cabeceó. Apartó la escoba—. Pasé muchos años en Londres. Hablo bien el inglés. ¿En qué puedo ayudarte?

Alex señaló al edificio.

—¿Qué lugar es este?

—Es el *Ca'Vedova* —trató de explicarle—. *Ca'*... ya sabes... en Venecia significa *casa*. ¿Y *vedova*? —trató de encontrar la palabra—. Es el Palacio de la Viuda. *Ca'Vedova*.

—¿Qué se prepara?

—Esta noche hay una gran fiesta. Es un cumpleaños. Máscaras y disfraces. Vendrá mucha gente importante.

—¿El cumpleaños de quién?

La mujer dudó. Alex estaba haciendo demasiadas preguntas y ella comenzaba a recelar. Pero de nuevo la edad se puso de su parte. No tenía más que catorce años. ¿Qué importaba que fuese curioso?

—La signora Rothman. Es una mujer muy rica. La dueña de la casa.

—¿Rothman? ¿Cómo los cigarrillos?

Pero la boca de la mujer se había cerrado de golpe y de repente había miedo en sus ojos. Alex miró a su alrededor y vio que uno de los hombres de la plaza estaba parado en la esquina, observándolos. Comprendió que había abusado de la hospitalidad y que a nadie le había complacido verlo en aquel primer lugar.

Decidió hacer un último intento.

—Estoy buscando a Scorpia —dijo.

La anciana lo observó fijamente, como si le hubiese escupido en la cara. Alzó la escoba y sus ojos se clavaron en el hombre que los observaba. Por fortuna, no había escuchado la conversación. Tenía la sensación de que algo no iba bien, pero no se había movido. Pero, aun así, Alex comprendió que era hora de marcharse.

—No importa —dijo—. Gracias por la ayuda.

Volvió rápidamente al canal. Otro puente surgió delante de él, y lo cruzó. Aunque no sabía exactamente por qué, se congratulaba de dejar el Palacio de la Viuda a las espaldas.

Apenas estuvo fuera de la vista, se detuvo y repasó lo que había aprendido. Una lancha con un escorpión de plata lo había llevado a un palacio, propiedad de una mujer hermosa y saludable que no sonreía. El palacio estaba protegido por cierto número de hombres, todos con el mismo aspecto, y en el preciso momento en que había mencionado Scorpia a la mujer de la limpieza, había sido tan bien recibido como una plaga.

No era mucho para empezar, pero sí bastante. Habría un baile de máscaras esa noche, una fiesta de cumpleaños. Habían invitado a gente importante. Alex no era uno de ellos, pero ya había tomado una decisión. Planeaba estar allí de todas formas.

ESPADA INVISIBLE

EL nombre completo de la mujer que había entrado en el palacio era Julia Charlotte Glenys Rothman. Aquel era su hogar, o uno de ellos al menos. Poseía también un piso en Nueva York, una casa reformada en Londres y una villa que miraba al mar Caribe y las blancas arenas de la bahía Tortuga en la isla de Tobago.

Se desplazó por un corredor de iluminación tenue que recorría toda la longitud de la casa, desde el amarradero hasta un ascensor privado, con los tacones altos repiqueteando sobre las baldosas de terracota. No había criado alguno a la vista. Llegó a su destino y apretó un botón, la seda blanca del guante rozando por un instante la plata, y la puerta se abrió. Era un ascensor pequeño, con hueco apenas para una sola persona. Pero ella vivía sola. Los criados usaban las escaleras.

El ascensor la condujo a la tercera planta y se abrió directamente a una moderna sala de conferencias sin alfombra, ni cuadros en las paredes, ni adornos de ninguna clase. Y, lo que resultaba todavía más extraño, aquella habitación había sido construida sin una sola ventana, aunque podría haber brindado una de las vistas más hermosas del mundo. Pero si nadie podía mirar fuera, tampoco nadie podía hacerlo dentro. En ese sentido era segura. La luz procedía de lámparas halógenas incrustadas en los muros, y el único mobiliario de la sala era una gran mesa de cristal, rodeada de sillas de cuero. Había una puerta en la pared contraria a la del ascensor. Dos guardias estaban apostados en el otro extremo, armados y dispuestos a matar a cualquiera que se acercase durante la siguiente media hora.

Ocho hombres la esperaban, sentados a la mesa. Uno rondaría los setenta años, era calvo, resollante y de ojos enfermos, y vestía un arrugado traje gris. El hombre sentado a su lado era chino, en tanto que el de enfrente, de pelo rubio y con una camisa de polo, era australiano. Estaba claro que los hombres reunidos en ese lugar procedían de partes muy diferentes del mundo; aunque tenían algo en común: una inmovilidad, frialdad incluso, que convertía a aquel lugar en algo tan alegre como un mortuorio. Ninguno de ellos saludó a la señora Rothman cuando tomó asiento a la cabecera de la mesa. Nadie cambió miradas. Si había llegado, es que eran la una en punto exactamente. A esa hora comenzaba la reunión.

—Buenas tardes —dijo la señora Rothman.

Algunas cabezas se movieron, pero nadie habló. Saludar era malgastar las palabras.

Las nueve personas sentadas alrededor de la mesa, en la tercera planta del Palacio de la Viuda, formaban el equipo rector de una de las organizaciones criminales más despiadadas y exitosas del mundo. El viejo se llamaba Max Grendel, el chino era el doctor Three. El australiano ni siquiera tenía nombre. Se habían reunido en esa habitación sin ventanas para dar los toques finales a una operación que los haría ricos, en el plazo de pocas semanas, por valor de cien millones de libras.

La organización se llamaba Scorpia.

Era un nombre fantasioso, como bien sabían, inventado por alguien que seguramente leía demasiado a James Bond. Pero de alguna forma tenían que llamarse y, al final, habían elegido un nombre que compendiaba sus cuatro principales campos de actividad.

Sabotaje. Corrupción. Inteligencia. Asesinato.

Scorpia. Un nombre reconocible en un número sorprendente de idiomas y que se pegaba a la lengua de todo aquel que quisiera usarlo. Scorpia. Siete letras que estaban en los archivos de todas las fuerzas de policía y agencias de seguridad del mundo entero.

La organización se creó a principios de los ochenta, durante la llamada Guerra Fría, la guerra secreta librada durante décadas por la Unión Soviética, China, Estados Unidos y Europa. Todos los gobiernos del mundo tenían su propio ejército de espías y asesinos, todos dispuestos a matar o morir por su país. Para lo que ninguno estaba preparado era, empero, para encontrarse sin trabajo; y una docena de ellos, percatándose de que la Guerra Fría estaba pronta a concluir, supo qué tenía que hacer. Ya no los iban a necesitar. Era hora de meterse en negocios propios.

Se reunieron una mañana de domingo en París. Su primer encuentro tuvo lugar en la Maison Berthillon, una afamada heladería de la Ile St-Louis, no muy lejos de Notre-Dame. Todos se conocían: habían tratado a menudo de matarse los unos a los otros. Pero en aquella ocasión, en aquella estancia hermosa, de placas de madera, con sus espejos antiguos y sus cortinas de encajes, reunidos en torno a doce platillos del famoso helado de frambuesa de Berthillon, discutieron cómo podían trabajar juntos y hacerse ricos. Scorpia nació de aquella reunión.

Desde entonces había medrado. Scorpia operaba en el mundo entero. Había derrocado a dos gobiernos y conseguido que un tercero fuese elegido fraudulentamente. Había destrozado docenas de negocios, corrompido políticos y funcionarios, provocado varios graves desastres ecológicos y eliminado a cualquiera que se hubiese puesto en su camino. Era responsable de una decena de organizaciones terroristas, que trabajaban a sus órdenes. Scorpia gustaba de considerarse una especie de IBM del crimen; pero lo cierto es que, comparada con Scorpia, IBM era una menudencia.

Solo quedaban nueve de aquellos doce fundadores. Uno había muerto de cáncer; dos asesinados. Pero no era un resultado malo, después de veinte años de crímenes violentos. Nunca hubo un solo jefe en Scorpia. Los nueve mandaban por igual, pero siempre se elegía un rector para cada nuevo proyecto, en orden alfabético.

El proyecto que estaban discutiendo aquella tarde había recibido un nombre clave: Espada Invisible. Julia Rothman estaba al mando.

—Tengo que informar a la directiva que todo progresa según lo programado —anunció.

Había un atisbo de acento galés en su voz. Había nacido en Aberystwyth. Sus padres habían sido nacionalistas galeses, de los que incendiaban las casas de los domingueros ingleses que las habían comprado como segundas residencias. Por desgracia, habían incendiado una de esas casas con la familia inglesa aún dentro y, a los seis años, Julia se encontró en el orfanato, en tanto que sus padres se enfrentaban a la cadena perpetua. Aquello fue, en cierta forma, el comienzo de su propia carrera criminal.

—Hace ahora seis meses —prosiguió— que tomamos contacto con nuestro cliente; un caballero de Oriente Medio. Llamarlo rico sería inadecuado. Es multimultimillonario. Este hombre ha estudiado el mundo, y su equilibrio de poder, y ha llegado a la conclusión de que algo no marcha nada bien. Y ha recurrido a nosotros para que lo remediemos.

»En pocas palabras, nuestro cliente cree que Occidente se ha vuelto demasiado poderoso. Ha estudiado a Gran Bretaña y Estados Unidos. Fue su alianza la que les hizo ganar la Segunda Guerra Mundial. Y es esa misma alianza la que ahora permite a Occidente invadir otros países y apoderarse de lo que le viene en gana. Nuestro cliente ha recurrido a nosotros para acabar de una vez por todas con la alianza anglo-estadounidense.

»¿Qué puedo decir de nuestro cliente? —la señora Rothman sonrió con dulzura—. Puede que sea un visionario, interesado solo en la paz mundial, o quizás está loco de remate. Sea como fuere, eso no significa nada para nosotros. Nos ha ofrecido una suma enorme de dinero —cien millones de libras, para ser exactos—, para que hagamos lo que desea. Humillar a los británicos y a los estadounidenses, y asegurarnos de que no vuelvan a trabajar como potencia mundial. Me congratulo de poder decirles que veinte millones de libras, el primer pago, han llegado a nuestra cuenta en banco suizo ayer mismo. Ya estamos listos para pasar a la fase dos.

La habitación estaba en silencio. Mientras los hombres aguardaban a que la señora Rothman hablase de nuevo, se podía escuchar el débil zumbido de un aire acondicionado. Pero ningún sonido llegaba del exterior.

—La fase dos —la fase final— tendrá lugar dentro de tres semanas. Puedo prometerles que muy pronto los británicos y los estadounidenses estarán enfrentados. Más que eso: al cabo del mes, ambos países estarán de rodillas. Los estadounidenses serán odiados por el mundo entero, y los británicos habrán sido testigos de un horror mayor del que nunca pudieron imaginar. Nosotros seremos mucho más ricos. Y nuestro amigo del Oriente Medio pensará que ha empleado bien su dinero.

—Disculpe, señora Rothman. Quiero hacerle una pregunta...

El doctor Three agitó con educación la mano. Su rostro parecía hecho de cera, y su cabello, aún negro, le hacían aparentar ser veinte años más joven que los demás. Podía ser teñido. Era un hombre muy pequeño y podía pasar por un maestro jubilado. Podía ser muchas cosas, pero lo cierto es que era el mayor experto mundial en tortura y dolor. Había escrito incluso varios libros al respecto.

—¿De cuánta gente estamos hablando de matar? —preguntó.

Julia Rothman pensó un momento.

—Aún es difícil de precisar, doctor Three —contestó—. Pero desde luego que serán miles, muchos miles.

—¿Y serán todos niños?

—Sí. La mayoría entre los doce y los trece años de edad —suspiró—. Es, qué duda cabe, una desgracia.

Adoro a los niños, aunque me alegro de no haber tenido ninguno. Pero ese es el plan. Y he de decir que el efecto psicológico provocado por la muerte de muchos chicos, creo, nos ayudará. ¿Le preocupa eso?

—En absoluto, señora Rothman —el doctor Three meneó la cabeza.

—¿Tiene alguien alguna objeción?

Nadie habló, aunque, con el rabillo del ojo, la señora Rothman se dio cuenta de que Max Grendel se agitaba incómodo en su silla, al extremo de la mesa. A sus setenta y tres años, era el más viejo de los presentes, con la piel flácida y manchas hepáticas en la frente. Sufría un problema ocular que le hacía lagrimar de continuo. En esos momentos se estaba secando los ojos con un pañuelo. Costaba creer que había sido comandante de la policía secreta alemana y que había estrangulado personalmente a un espía extranjero durante un concierto de la Quinta de Beethoven.

—¿Está todo dispuesto en Londres? —preguntó el australiano.

—Los trabajos en la iglesia terminaron hace una semana. La plataforma, los cilindros de gas y el resto de la maquinaria saldrán para allí hoy mismo.

—¿Funcionará Espada Invisible?

Era típico de Levi Kroll interrumpir y puntualizar. Se había unido a Scorpia procedente del Mossad, el servicio secreto israelí, y aún se consideraba un soldado. Durante veinte años había dormido con una pistola FN de 9 milímetros debajo de la almohada. Luego, una noche, se le disparó. Era un hombre con una barba que le cubría la mayor parte de la cara, ocultando lo más grave del daño sufrido. Se cubría el agujero que una vez fuera su ojo izquierdo con un parche.

' —Por supuesto que funcionará —graznó la señora Rothman.

—¿Se ha probado?

—Estamos precisamente haciéndolo ahora. Pero he de decirles que el doctor Liebermann es una especie de genio. Un hombre aburrido si hay que tratar con él, y bien sabe Dios que hemos tenido que hacerlo. Pero ha creado un arma revolucionaria, y lo mejor de todo es que no hay experto en el mundo que sepa cómo funciona. Por supuesto, lo descubrirán tarde o temprano y hemos previsto tal contingencia. Pero, para entonces, será demasiado tarde. Las calles de Londres estarán cubiertas de cadáveres. Será lo peor que les haya sucedido a los niños en una ciudad desde *El flautista de Hamelin*.

—¿Y que pasará con Liebermann? —preguntó del doctor Three.

—Aún no lo he decidido. Probablemente tengamos que matarlo. Ha inventado la Espada Invisible, pero no tiene ni idea de cómo planeamos usarla. Supongo que se opondrá. Y entonces tendrá que desaparecer.

La señora Rothman miró a su alrededor.

—¿Algo más? —preguntó.

—Sí —Max Grendel tendió la mano sobre el tablero de la mesa. A la señora Rothman no le sorprendió que tuviera algo que decir. Era padre y abuelo. Lo peor de todo era que la edad lo había vuelto sentimental.

—He estado con Scorpia desde el principio —dijo—. Puedo recordar nuestra primera reunión en París. He ganado muchos millones trabajando con ustedes y lo he disfrutado. Pero este proyecto… Espada Invisible. ¿De verdad vamos a matar a tantos niños? ¿Cómo vamos a vivir con eso sobre nuestras conciencias?

—De forma bastante más desahogada que ahora —murmuró Julia Rothman.

—No, no, Julia —Grendel agitó la cabeza. Una única lágrima brotó de sus ojos enfermos—. Esto que voy a decir no te sorprenderá. Ya lo hablamos la última vez que nos encontramos. Pero he llegado a la conclusión de que todo tiene un límite. Soy un viejo. Quiero retirarme a mi castillo de Viena. Espada Invisible va a ser vuestro gran triunfo, estoy seguro. Pero yo no tengo entrañas para esto. Es hora de que me retire. Podéis seguir sin mí.

—¡No puede retirarse! —protestó con dureza Levi Kroll.

—¿Por qué no nos lo dijo antes? —preguntó malhumorado otro hombre. Era negro, pero con ojos de japonés. Había un diamante del tamaño de un guisante encastrado en uno de sus dientes frontales.

—Se lo dije a la señora Rothman —repuso conciliador Max Grendel—. Es la encargada del proyecto. No creí que tuviera que informar a toda la directiva.

—No hace falta que discutamos esto, señor Mikato —dijo con suavidad Julia Rothman—. Max ha estado hablando acerca de retirarse durante mucho tiempo y creo que debemos respetar su deseo. Desde luego, es una pena. Pero, como mi difunto marido solía decir, todo lo bueno se acaba.

El multimillonario esposo de la señora Rothman había caído desde la ventana de una planta diecisiete. Eso había ocurrido solo dos días después de su boda.

—Es muy triste, Max —prosiguió—. Pero creo que haces lo que debes. Es hora de que lo dejes.

* * *

Lo acompañó hasta el embarcadero. Lo motora se había ido, pero había una góndola esperando para llevarlo por el canal. Fueron caminando lentamente del brazo.

—Te echaré de menos —dijo ella.

—Gracias, Julia —Max Grendel le palmeó el brazo—. Yo también te echaré de menos.

—No veo cómo nos las vamos a apañar sin ti.

—Espada Invisible no puede fallar. No si tú estás al mando.

Ella se paró de golpe.

—Casi se me olvida —exclamó—. Tengo algo para ti —chasqueó los dedos y un criado llegó a toda prisa con una gran caja, envuelta en papel rosa y azul, y atada con cinta de plata—. Un regalo.

—¿Un regalo de jubilación?

—Algo para que nos recuerdes.

Max Grendel se había detenido junto a la góndola. La nave se balanceaba en las aguas agitadas. Un gondolero vestido con el tradicional jersey a rayas aguardaba apoyado en su remo.

—Gracias, querida —dijo—. Y buena suerte.

Ella lo besó, sus labios rozando levemente su castigada mejilla. Luego le ayudó a entrar en la góndola. Se sentó con torpeza, manteniendo la caja de brillantes colores sobre las rodillas. El gondolero se puso en el acto en movimiento. La señora Rothman alzó una mano. El pequeño bote avanzó con rapidez por las aguas grises.

La señora Rothman se giró y entró en el Palacio de la Viuda.

Max Grendel la observó con tristeza. Sabía que su vida ya no sería lo mismo sin Scorpia. Durante dos décadas había dedicado todas sus energías a la organización. Le había mantenido joven, y vivo. Pero ahora tenía que pensar en sus nietos. Pensó en los gemelos, Hans y Rudi. Tenían doce años. La misma edad que los objetivos de Scorpia en Londres. No podía participar en eso. Había hecho lo correcto.

Casi había olvidado el paquete que descansaba sobre sus rodillas. Era típico de Julia. Puede que se debiera a que era la única mujer de la directiva, pero siempre había sido la más sensible. Se preguntó qué le habría comprado. El paquete pesaba. Siguiendo un impulso, rasgó el papel.

Se trataba de un maletín de ejecutivo, evidentemente caro. Podía verse merced a la calidad del cuero, el cosido a mano... y la etiqueta. Era de Gucci. Habían grabado sus iniciales —MUG— en oro justo bajo el asa. Lo abrió con una sonrisa.

Y gritó cuando el contenido se desparramó sobre su regazo.

Escorpiones. Docenas de ellos. Medían por lo menos tres centímetros de largo, con los cuerpos pardos, pequeñas tenazas y cuerpos gruesos e hinchados. Mientras corrían por su regazo y comenzaban a subir por su camisa, los reconoció: eran escorpiones peludos de cola gruesa, de la especie *Parabuthus*, una de las más mortíferas del mundo.

Max Grendel cayó de espaldas, gritando, con los ojos saliéndoseles de las órbitas, agitando brazos y piernas mientras las espantosas criaturas encontraban las aberturas de sus ropas y se deslizaban dentro de su camisa, así como por dentro de la cintura del pantalón. El primer picotazo lo recibió en un lado del cuello. Luego hubo otros y otros, mientras se agitaba indefenso, los gritos apagándose en su garganta.

El corazón falló antes de que los neurotóxicos lo matasen. Mientras la góndola se deslizaba con suavidad, enfilando ahora la isla cementerio de Venecia, los turistas podrían haber visto cómo un viejo yacía inmóvil, con los brazos abiertos, mirando con ojos ciegos hacia el brillante cielo veneciano.

SOLO CON INVITACIÓN

Esa noche, el Palacio de la Viuda retrocedió trescientos años.

Era una visión extraordinaria. Las lámparas de aceite estaban encendidas y las llamas arrojaban sombras que se agitaban sobre la plaza. Los criados se habían vestido con trajes del siglo XVIII, con pelucas, medias ceñidas, zapatos puntiagudos y casacas. Un cuarteto de cuerda tocaba bajo el cielo nocturno, sentado en el quiosco que Alex había visto construir por la tarde. Las estrellas brillaban a miles y había luna llena. Era como si quien había organizado la fiesta hubiera conseguido controlar también el tiempo.

Los invitados llegaban por agua o a pie. Estaban todos vestidos de época, con sombreros barrocos y capas ricamente coloreadas de púrpura que llegaban al suelo. Algunos empuñaban bastones de paseo de ébano, otros espadas y dagas. Pero era imposible distinguir un solo rostro en la multitud que se dirigía a la puerta delantera. Llevaban la cara cubierta con máscaras blancas o de oro, o incrustadas de joyas, o rodeadas de penachos inmensos de plumas. Era imposible saber quién había sido invitado a la fiesta de la señora Rothman, pero nadie sin su permiso podía entrar. La entrada del Gran Canal al palacio estaba cerrada y todo el mundo era enviado a esa puerta principal que Alex había visto antes ese mismo día. Cuatro guardias de seguridad, que vestían las llamativas casacas rojas de los cortesanos venecianos, se apostaban allí, comprobando cada invitación.

Alex observaba todo aquello desde el otro extremo de la plaza. Se había agazapado tras uno de los árboles en miniatura con Tom, manteniéndose ambos alejados de la luz que arrojaban las lámparas. No había sido fácil persuadir a Tom para que lo acompañase. La desaparición de Alex antes del almuerzo había sido descubierta casi de inmediato y Tom había tenido que contar una historia muy poco convincente sobre un dolor de estómago a un irritado señor Grey. Alex se hubiese visto en serios problemas cuando por fin pudo reunirse con el grupo en el hotel, y de no haber mediado la señorita Bedfordshire —que le seguía agradecida por recuperar su bolso—, le hubieran castigado esa noche. Fuera como fuese, así era Alex. Todos sabían que era cosa normal que se comportase de forma extraña.

¡Pero desaparecer de nuevo! Era la última noche del viaje y el grupo tenía dos horas libres para gastarlas en San Lorenzo, en los cafés de la plaza. Pero Alex tenía otros planes. Había comprado cuanto necesitaba en Venecia esa tarde antes de volver al hotel. Sin embargo, sabía que no podía hacerlo solo. Tom tenía que intervenir también.

—Alex, no me puedo creer que estés haciendo esto —le susurró Tom—. ¿Por qué estás tan interesado en esta fiesta?

—No puedo explicártelo.

—¿Por qué no? No te entiendo a veces. Se supone que somos amigos, pero no me cuentas nada.

Alex suspiró. Solía ocurrir eso. Cuando pensaba en todas las cosas que le habían ocurrido en los últimos seis meses, la forma en la que lo habían introducido a la fuerza en el mundo del espionaje, una red de secretos y mentiras, aquella le resultaba la peor parte de todas. El MI6 lo había convertido en un espía. Y, al mismo tiempo, le habían hecho imposible ser lo que deseaba: un estudiante normal. Tenía que hacer juegos malabares con dos vidas: un día salvando al mundo de un holocausto nuclear, y al siguiente peleándose con los deberes de química. Dos vidas, y él atrapado al final entre ambas. No sabía a cuál de ellos pertenecía ya. Estaban Tom, Jack Starbright y Sabina Pleasure, aunque esta última se había marchado a los Estados Unidos. Aparte de ellos, no tenía verdaderos amigos. No había sido elección suya, pero lo cierto es que había acabado solo.

Alex se centró.

—De acuerdo —dijo—. Si quieres ayudarme, te lo contaré todo. Pero aún no.

—¿Cuándo?

—Mañana.

—Mañana me voy a Nápoles, a casa de mi hermano.

—Antes de que te vayas.

Tom reflexionó.

—Te ayudaré de todas formas, Alex —dijo—. Para eso están los amigos. Y, si de verdad quieres contármelo, puedes esperar hasta que estemos de vuelta al colegio. ¿Vale?

Alex cabeceó y sonrió.

—Gracias.

Buscó a su espalda la bolsa de deportes que había traído del hotel. Dentro estaba todo lo que necesitaba esa noche. Se quitó con rapidez el pantalón y la camiseta, luego se puso unos pantalones sueltos de seda y una casaca púrpura que dejaban los brazos y el pecho al aire. Después sacó un envase de lo que parecía gelatina, solo que tenía color dorado. Maquillaje. Pellizcó una porción y se lo frotó con las palmas, antes de extenderlo sobre brazos, cuello y rostro. Hizo un gesto a Tom, que dejó escapar una mueca, y por último se maquilló los hombros. Toda la piel visible era ahora dorada.

Finalmente, extrajo sandalias doradas, un turbante blanco con una única pluma malva y una mascarilla plana que llegaba justo a cubrirle los ojos. Había pedido en la tienda de disfraces todo lo necesario para convertirse en un esclavo turco. Esperaba que el resultado no fuese tan ridículo como se sentía él mismo.

—¿Estás listo? —preguntó.

Tom asintió, al tiempo que se secaba las manos en los pantalones.

—La verdad es que tienes una pinta un poco triste —murmuró.

—No me importa… si funciona.

—Me parece que estás loco de remate.

Alex observó cómo llegaba más gente al palacio. Si quería que el plan funcionase, tenía que elegir el momento adecuado. También tendría que esperar a los invitados idóneos. Aún llegaban en tropel y a toda velocidad, apelotonándose ante la entrada principal mientras los guardias revisaban sus invitaciones. Echó una ojeada al canal. Un taxi acuático acababa de arribar y una pareja desembarcaba; un hombre con una levita y una mujer con una túnica negra que arrastraba detrás de ella. Los dos iban enmascarados. Eran perfectos.

Hizo un gesto a Tom.

—Ahora.

—Buena suerte, Alex —Tom cogió algo de la bolsa de deportes y salió a escape, tratando de no ser visto. Unos segundos después, Alex se deslizó con sigilo por el perímetro de la plaza, manteniéndose en las sombras.

Había un atasco a la entrada. Un guardia tenía una invitación en la mano y estaba interrogando a un invitado. Eso serviría de ayuda también. Alex necesitaba la mayor confusión posible. Tom debía haberse dado cuenta de que aquel era el mejor de los momentos, ya que de repente se escuchó un gran estampido y todas las cabezas se volvieron a tiempo de ver cómo un chico daba brincos por la plaza, riendo y gritando. Acababa de tirar un petardo y, según lo miraban, encendió otro.

—*Come stai?* —gritó. ¿Cómo están?—. *Quanto tempo ci vuole per andare a Roma?* —¿Cuanto tiempo se tarda ir a Roma? Alex había elegido las frases de un manual. Era todo el italiano que Tom era capaz de aprender.

Tom arrojó el segundo petardo y se produjo otro estallido. Al mismo tiempo, Alex corrió hacia el canal, justo cuando los dos invitados subían los peldaños que llevaban a la plaza. Sus sandalias repiqueteaban sobre las piedras del pavimento al correr, pero nadie se percató de su presencia. Todos miraban a Tom, que estaba cantando *You'll never walk alone* a voz en grito. Alex se agachó y cogió la cola del manto de la mujer. Caminó tras ella mientras se dirigía a la entra principal, manteniendo la tela en alto.

Funcionó como esperaba. El gentío se cansó con rapidez de aquel estúpido chico inglés que hacía el ridículo. Ya habían mandado a un guardia a ocuparse de él. Con el rabillo del ojo, Alex vio cómo Tom se daba la vuelta y echaba a correr. La pareja llegó a la puerta y el hombre de la levita mostró sus invitaciones. Un guardia lanzó una ojeada a los recién llegados y los invitó a pasar. Había creído que Alex iba con ellos, que habían llevado un chico turco como parte del disfraz. A su vez, los invitados habían supuesto que Alex trabajaba en el palacio y que lo habían enviado a escoltarlos. ¿Por qué, si no, había acudido?

Los tres pasaron a través de las puertas, para entrar en un gran vestíbulo con un cielo raso abovedado y cubierto de mosaicos, con columnas blancas y un suelo de mármol. Una puerta doble de gran altura, de cristal, daba a un patio con una fuente rodeada de arbustos ornamentales y flores. Había allí congregados al menos un centenar de invitados que conversaban, reían y bebían champán en copas de cristal. Resultaba evidente que disfrutaban de su estancia. Los criados, vestidos de forma idéntica a los del exterior, circulaban con bandejas plateadas de comida. Un hombre, sentado ante un clavicordio, interpretaba a Mozart y Vivaldi. Para adecuarse a la atmósfera, habían apagado las luces eléctricas y en su lugar habían instalado fogariles en los muros, así como docenas de lámparas de aceite, cuyas llamas saltaban y danzaban a impulsos de la brisa vespertina.

Alex había seguido a dama y señor hasta el interior del patio, pero una vez allí soltó el manto y se deslizó hacia un lateral. Echó un vistazo. El palacio se remontaba a una altura de tres pisos, conectado por una escalinata en espiral como la que había visto en el Palazzo Contarini del Bovolo. La primera planta daba a una galería con más arcos y columnas, y algunos de los invitados habían subido hasta allí para pasear lentamente, mientras observaban a la multitud congregada abajo. Al mirar a su alrededor, Alex se dio cuenta que era difícil de creer que estuviesen en el siglo XXI. Habían creado una ilusión perfecta dentro de los muros del palacio.

Una vez dentro no estaba muy seguro de qué hacer. ¿Había encontrado de verdad Scorpia? ¿Cómo asegurarse? Se le ocurrió que si Yassen Gregorovich había contado la verdad y su padre había trabajado alguna vez para esa gente, podían alegrarse de conocerlo. Podría preguntarles qué había sucedido, cómo había muerto su padre, y ellos le responderían. No necesitaba moverse furtivamente tras un disfraz.

¿Pero y si se equivocaba? Recordó el miedo en el rostro de la anciana cuando mención el nombre de Scorpia. Y luego estaban aquellos hombres de ojos duros que trabajaban en el exterior del palacio. No hablaban inglés y Alex dudaba que pudiera explicarles qué estaba haciendo si lo capturaban. Para cuando alguien consiguiese un diccionario de inglés podía estar flotando ya boca abajo en el canal.

No. Tenía que descubrir más antes de dar cualquier paso. ¿Quién era aquella mujer, la señora Rothman? ¿Qué hacía allí? A Alex le parecía increíble que un gran baile de máscaras en Venecia pudiera estar de alguna forma conectado con un asesinato que tuvo lugar hacía catorce años.

Las notas del clavicordio resonaban. Las conversaciones se hacían más altas según iba llegando más y más gente. La mayoría se habían quitado las máscaras —era imposible, si no, comer o beber— y Alex vio que aquella era una reunión de veras internacional. La mayoría de los invitados hablaban en italiano, pero había rostros negros y asiáticos entre la multitud. Tuvo el atisbo de un chino de corta estatura enfrascado en una discusión con otro hombre que tenía un diamante en uno de sus dientes frontales. Una mujer que le resultaba conocida cruzaba el patio, justo delante de él, y, sobresaltado, la reconoció como una de las más famosas actrices del mundo. Ahora, al mirar alrededor, vio que aquel lugar estaba lleno de estrellas de Hollywood. ¿Por qué los habían invitado? Luego recordó. Estaban a principios de septiembre, cuando tenía lugar el festival internacional de Venecia de cine. Bueno, eso ya decía algo sobre la señora Rothman, ya que tenía la influencia suficiente como para poder invitar a famosos de esa talla.

Alex sabía que no podía quedarse mucho. Era el único adolescente en el palacio y no era más que cuestión de tiempo que alguien se fijase en él. Estaba expuesto de forma horrible. Sus brazos y hombros estaban desnudos. Los pantalones de seda eran tan finos que apenas los sentía. El disfraz de turco podía haberle permitido entrar, pero era grosero y poco útil una vez dentro. Decidió ponerse en movimiento. No había señales de la señora Rothman en la planta baja. Era la persona a la que más deseaba localizar. Puede que consiguiera localizarla escaleras arriba.

Se abrió paso entre los celebrantes y subió por la escalera en espiral. Llegó a la galería y vio una serie de puertas que daban acceso al propio palacio. Había menos gente allí y unos pocos le dirigieron miradas de curiosidad al pasar. Alex sabía que lo más importante era no dudar. Si permitía que lo abordasen, pronto lo descubrirían. Cruzó una puerta y se encontró en una zona que era una estancia híbrida entre un pasillo muy amplio y sala. Un espejo de marco dorado pendía de uno de los muros sobre una mesa antigua y ornamentada, sobre la que había un gran florero. Un inmenso armario ropero se situaba en el lado opuesto. Aparte de eso, el lugar estaba vacío.

Había una puerta en el extremo más alejado y Alex estaba a punto de dirigirse hacia ella, cuando de repente escuchó voces apagadas que se acercaban. Miró a su alrededor, buscando dónde esconderse. El único lugar era el armario. No tenía tiempo de meterse dentro, así que se deslizó entre el muro y el mismo. Al igual que en el patio, aquella planta estaba iluminada con lámparas de aceite. Confió en que la mole del armario provocase una sombra lo bastante grande como para ocultarlo.

La puerta se abrió. Entraron dos personas hablando en inglés: una era un hombre y la otra una mujer.

—Hemos recibido los certificados y el envío estará en camino pasado mañana —decía el hombre—. Y como ya le he dicho, señora Rothman, el cronometraje es fundamental.

—El transporte y distribución.

—Eso es. No se puede romper la cadena de distribución. Las cajas se enviarán a Inglaterra. Y luego…

—Gracias, doctor Liebermann. Lo ha hecho usted realmente bien.

Los dos se detuvieron, justo fuera del campo de visión de donde estaba Alex escondido. Sin embargo, inclinándose un poco, podía llegar a ver sus reflejos en el espejo.

La señora Rothman era impresionante. No había otra forma en la que Alex pudiera describirla. Se parecía más a una estrella de cine que muchas de las actrices que había visto abajo, con el largo pelo negro cayendo en ondas sobre la espalda. Portaba una máscara pero la llevaba en la mano, al extremo de un mango de madera, así que podía ver su rostro: los brillantes ojos oscuros, los labios rojos, la dentadura perfecta. Vestía un atuendo fantasioso, hecho de encajes marfileños, y algo que Alex comprendió que no era un disfraz, sino antiguo de verdad. Un collar de oro con zafiros azul oscuro que le cubría la garganta.

Su compañero vestía también ropas fantásticas; un manto largo y ribeteado de pieles, un sombrero de ala ancha y guantes de cuero. También portaba una máscara, pero la suya era un artificio feo, de ojos diminutos y gran pico. Se había disfrazado como un tradicional Doctor de la Plaga[1] y a Alex se le ocurrió la idea de que apenas necesitaba disfrazarse. Su rostro era pálido y sin vida, los labios salpicados de saliva. Era muy alto y se alzaba como una torre sobre la señora Rothman. Aun así, ella, de alguna forma, lo empequeñecía. Alex se preguntó por qué lo habrían invitado.

—Me lo prometió, señora Rothman —dijo el doctor Liebermann, sacando un par de gruesos anteojos y poniéndoselos nervioso—. Nadie va a salir dañado.

—¿Importa de verdad? —le replicó ella—. Le vamos a pagar cinco millones de euros. Una pequeña fortuna. Piénselo, doctor Liebermann. Tiene para el resto de su vida.

Alex arriesgó otra ojeada y vio cómo la mujer se mantenía a un lado, aguardando a que el hombre hablase. El doctor Liebermann estaba helado. Presa de una emoción que era mezcla de avaricia y miedo.

—No sé —la voz le salió áspera—. Puede que si me pagasen más...

---

[1] Uno de los disfraces tradicionales del carnaval veneciano. (*N. del T.*)

—¡Entonces tal vez lo que tengamos que hacer sea eso! —la voz de la señora Rothman sonaba completamente relajada—. Pero no nos estropeemos la fiesta hablando de dinero. Me iré a Amalfi en un par de días. Quiero estar allí cuando salga el envío, y entonces hablaremos de dinero —sonrió—. Venga, vamos a tomar una copa de champán y le presentaré a algunos de mis amigos famosos.

Habían echado a andar de nuevo y, mientras hablaban, pasaron al lado de Alex. Por un momento, tentado estuvo de mostrarse. Esa era la mujer que había ido a buscar. Podía acercarse a ella antes de que desapareciera entre el gentío. Pero, al mismo tiempo, estaba intrigado. Certificados de envío, y transporte y distribución. Se preguntó de qué estaban hablando. De nuevo, decidió que sería mejor averiguar algo más antes de mostrarse.

Salió al pasillo y se dirigió a la puerta por la que la señora Rothman y su acompañante habían entrado. La abrió para encontrarse en una sala enorme, una a la que en verdad se podía llamar palaciega. Debía tener no menos de treinta metros de largo, con ventanas del suelo al techo que permitían hermosas vistas al Gran Canal. El suelo era de madera lijada, pero casi todo allí era blanco. Había un chimenea inmensa de mármol blanco con una alfombra de piel de tigre blanco (a Alex se le escapó una mueca; no podía imaginar nada más desagradable) tendida justo enfrente. Estanterías blancas cubrían el muro más lejano, cubiertas de libros encuadernados en piel, y, cerca de una segunda puerta, Alex vio una antigua mesa blanca en la que reposaba lo que parecía un mando de televisión. En el centro de la estancia se hallaba un sólido escritorio de nogal. ¿El de la señora Rothman? Alex se aproximó.

La superficie estaba desnuda, aparte de un cuaderno de notas de piel blanca y una bandeja con dos plumas estilográficas de plata. Alex se imaginó a la señora Rothman sentada allí. Era la clase de escritorio que tendría un juez o el presidente de una empresa, uno hecho para impresionar. Echó una ojeada rápida alrededor, cerciorándose de que no había cámaras de seguridad, luego tanteó uno de los cajones. Estaba abierto, pero no contenía más que papel de carta y sobres. Probó el de abajo. Para su sorpresa, ese se abrió también y se encontró contemplando una especie de folleto con tapas amarillas y una leyenda en negro que decía:

EMPRESAS CONSANTO

Abrió la carpeta. En la primera página había una foto de un edificio. Era de alta tecnología, obviamente, largo y anguloso, con las fachadas hechas por entero de cristales reflectantes. Había una dirección abajo del todo: Via Nuova, Amalfi.

Amalfi. Aquel era el lugar que la señora Rothman había mencionado hacía unos instantes.

Pasó a la siguiente página. Había fotografías de varios hombres y mujeres con trajes y chaquetas blancas. ¿El equipo de Consanto, tal vez? Uno de ellos, en mitad de la fila de arriba, era Harold Liebermann. Su nombre estaba debajo, pero el texto se hallaba en italiano. Alex no pudo sacar nada en claro del mismo. Cerró la carpeta y probó otro cajón.

Algo se movió.

Alex había estado seguro de estar solo. Se había sorprendido al no ver señales de ninguna vigilancia en la sala, sobre todo si ese era el estudio de la señora Rothman. Pero, de repente, se dio cuenta de que algo había cambiado. Le llevó unos pocos segundos comprender qué era, y al hacerlo se le erizaron los cabellos de la nuca.

Lo que había tomado por una piel de tigre estaba ahora delante de él.

Se trataba de un tigre, vivo e irritado.

Un tigre siberiano. ¿Por qué sabía que era siberiano? Por el color, por supuesto. Las rayas eran más blancas y doradas que naranjas y negras, como suele ser habitual. Cuando la criatura posó su mirada en él, calibrándolo, Alex trató de recordar lo que sabía sobre esa especie excepcional. Había menos de quinientos tigres siberianos en libertad y muy pocos en cautividad. Era el felino más grande del mundo. Y… ¡sí! Tenía uñas retráctiles. Era una información muy útil a tener en cuenta, dado que el animal se disponía a despedazarlo.

Porque Alex no tenía duda alguna de que eso era lo que iba a ocurrir. El tigre parecía recién salido de un sueño profundo, pero sus ojos amarillos estaban ya fijos en él y podía casi sentir las señales que llegaban a su cerebro. Comida. Esa era otra cosa que recordó en aquel instante. Un tigre siberiano podía zamparse casi cincuenta kilos de carne de una sentada. Cuando hubiese acabado con él, poco iba a quedar.

La mente de Alex daba vueltas. ¿Con qué se había topado exactamente en el Palacio de la Viuda? ¿Qué clase de mujer renuncia a cerrojos y cámaras de seguridad, para confiar su escritorio a un tigre? La criatura se desperezó. Alex vio los músculos perfectos combarse bajo el espeso pelaje. Trató de moverse, pero descubrió que no podía. Se preguntó qué le estaba pasando, pero lo comprendió enseguida. Estaba aterrorizado. Clavado al suelo. Estaba a solo unos pasos de un depredador que había inspirado terror durante siglos al mundo entero. Era casi increíble que ese animal estuviese cautivo en un palacio veneciano. Pero allí estaba. Eso era todo lo que importaba. Y, fuera cual fuese el medio ambiente, la carnicería sería la misma.

El tigre gruñó. Fue un ruido bajo y retumbante, más terrible que cualquier cosa que Alex hubiese oído anteriormente. Trató de sacar fuerzas para moverse, de poner algún obstáculo entre ambos. Pero no había nada.

El tigre avanzó un paso. Se preparaba para saltar. Sus ojos se habían oscurecido. Tenía las fauces abiertas, mostrando dos hileras de colmillos blancos y afilados como dagas. Gruñó por segunda vez, más alto y sostenido.

Luego saltó.

INUNDACION

ALEX hizo lo único que podía hacer. Enfrentado a doscientos cincuenta kilos de tigre enfurecido que saltaban hacia él, se dejó caer de rodillas, se deslizó por el suelo de madera y desapareció bajo el escritorio. El tigre aterrizó encima de este. Podía sentir su mole, separada de él tan solo por la superficie del escritorio, y podía sentir sus garras arañando la madera. Tenía dos pensamientos en mente. El primero era lo muy poco probable que resultaba encontrarse con un tigre vivo. El segundo era la certeza de que, si no descubría con rapidez una forma de salir de la habitación, ese iba a ser el último de sus pensamientos.

Tenía que optar por una de dos puertas. La que había utilizado para entrar era la más cercana. El tigre estaba a medias en el suelo y a medias sobre el escritorio, confuso de momento. En el bosque lo hubiese encontrado al instante, pero ese mundo le era ajeno. Alex eligió el momento propicio y se lanzó hacia delante. Solo cuanto estuvo en descubierto, lejos de la endeble protección del escritorio, comprendió que no iba a funcionar.

El tigre lo estaba observando. Alex se había girado con las manos detrás, las piernas extendidas, en la posición de incorporarse. Las garras delanteras del tigre descansaban sobre el escritorio. Ninguno de los dos se movió. Alex comprendió que la puerta estaba demasiado lejos. No había donde ocultarse. Un golpe de angustia lo inundó. No tenía que haber entrado nunca ahí. Tenía que haber sido más precavido.

Y, justo en ese momento, se abrió la segunda puerta y entró un hombre.

Toda la atención de Alex estaba puesta en el tigre, pero aun así se dio cuenta de que el hombre no iba disfrazado. Vestía un polo, pantalones y zapatillas; las ropas parecían caras, discretas y exclusivas. Y, a juzgar por la forma en que pendían de sus musculados brazos y pecho, Alex comprendió que el recién llegado estaba muy en forma. Era joven, de veintitantos años. Y era negro.

Pero algo no encajaba.

El hombre volvió el rostro y Alex se percató de que un lado de su rostro estaba cubierto de extrañas manchas blancas, como si hubiese sufrido algún tipo de accidente químico, o tal vez los efectos del fuego. Luego Alex vio sus manos. Eran de distintos colores. Aquel hombre tendría que haber sido agraciado. Pero lo cierto es que resultaba un adefesio.

El recién llegado se hizo cargo de la situación al instante. Vio que el tigre estaba a punto de saltar. Sin perder un instante, avanzó para coger el mando a distancia que Alex viera antes sobre la mesa. Apuntó en dirección al tigre, más o menos, y apretó un botón.

Y ocurrió lo imposible. El tigre bajó del escritorio. Alex vio cómo sus ojos se enturbiaban y cómo se dejaba caer al suelo. Alex sufrió un sobresalto. El tigre había pasado, en apenas segundos, de ser un monstruo espantoso, a poco más que un gatito enorme. Luego se quedó dormido, con el pecho subiendo y bajando y los ojos cerrados.

¿Cómo había ocurrido?

Alex volvió la mirada al hombre que acababa de llegar. Aún tenía aquel aparato, fuera lo que fuese, en la mano. Durante un momento, Alex se preguntó si el animal sería siquiera real. ¿Y si fuese alguna especie de robot que pudiera ser activado y desactivado por control remoto? No. Eso era ridículo. Había estado lo suficientemente cerca del tigre como para percatarse de todos los detalles. Había sentido su aliento. Podía verlo ahora, girándose, como si volviera a los bosques de los que había salido… en sueños. Era un ser viviente. Pero algo lo había desconectado tan rápida y fácilmente como si fuese una bombilla. Alex nunca se había sentido más desconcertado. Había seguido a una lancha que lucía un escorpión de plata y eso lo había llevado a una especie de lugar de fábula italiano.

—*Chi sei? Cosa fai qui?*

El hombre le estaba hablando. Alex no entendía las palabras pero sí su esencia. *¿Quién eres? ¿Qué estás haciendo aquí?* Se incorporó, deseando haberse podido cambiar de disfraz. Se sentía medio desnudo y terriblemente vulnerable. Se preguntó si Tom seguiría esperándolo fuera. No. Le había pedido que volviese al hotel.

El hombre le habló por segunda vez. Alex no tuvo más elección que responder.

—No hablo italiano —dijo.

—¿Eres inglés? —el hombre cambió sin esfuerzo al idioma de Alex.

—Sí.

—¿Qué haces en el despacho de la señora Rothman.

—Me llamo Alex Rider…

—Y yo Nile. Pero no es lo que te he preguntado.

—Estoy buscando a Scorpia.

Aquel hombre, Nile, sonrió para mostrar unos dientes perfectos. Con el tigre ya neutralizado, Alex pudo examinarlo con mayor detenimiento. Dejando de lado el problema cutáneo, resultaba apuesto a la manera clásica. Afeitado, elegante, cuerpo perfecto. Llevaba el pelo muy corto y pegado al cráneo, con ondas alrededor de las orejas. Aunque se le veía relajado, Alex se dio cuenta que estaba en posición de combate, plantado sobre las puntillas. Era un hombre peligroso; irradiaba autoconfianza y control. No parecía haberse alarmado por encontrar a un adolescente en el despacho. Más bien parecía divertido.

—¿Qué es lo que sabes de Scorpia? —preguntó el hombre. Su voz era suave y precisa.

Alex no dijo nada.

—Un nombre que oíste en la planta de abajo —dijo Nile—. O puede que lo encontrases en el escritorio. ¿Qué buscabas ahí? ¿Es por eso por lo que has venido? ¿Eres un ladrón?

—No.

Alex había decidido que ya tenía bastante. En cualquier momento podía llegar alguien. Era hora de irse. Se volvió y comenzó a andar hacia la puerta por la que había entrado.

—Si das un paso más, me temo que voy a tener que matarte —lo previno Nile.

Alex no se detuvo.

Escuchó las leves pisadas sobre el piso de madera a sus espaldas y cronometró a la perfección. En el último momento se detuvo y giró en redondo, lanzando el talón en un golpe hacia atrás dirigido contra el abdomen del hombre, para dejarlo sin aliento y puede que para derribarlo. Pero, asombrado, Alex sintió que su pie no encontraba más que aire. Nile había previsto lo que iba a hacer o se había apartado con increíble velocidad.

Alex completó el círculo, tratando de asestar un golpe frontal —el *kizami-zuki*— que había aprendido en kárate. Pero ya era demasiado tarde. Nile se había escabullido de nuevo y hubo un borrón en movimiento cuando el canto de su mano se abatió. Fue como recibir el impacto de un bloque de madera. Alex casi perdió el equilibrio. Toda la habitación se estremeció y oscureció. Trató a la desesperada de adoptar una posición defensiva, cruzando los brazos y manteniendo la cabeza gacha. Nile ya esperaba eso. Alex sintió cómo un brazo le rodeaba la garganta. Una mano apretó la cabeza. Con una simple torsión, Nile podía romperle el cuello.

—No debieras haberlo hecho —le dijo Nile, con el tono de voz que emplearía con un crío—. Te avisé y no me escuchaste. Estás muerto.

Hubo un momento de dolor cegador, un relámpago de luz blanca. Luego nada.

Alex se giró, sintiendo como si le hubieran arrancado la cabeza. Incluso después de abrir los ojos, necesitó unos pocos segundos recuperar la visión. Trato de mover una mano y se sintió de lo más aliviado al ver que los dedos se engarfiaban. Así que no tenía el cuello roto. Trató de imaginar qué había sucedido. Nile tenía que haber soltado su cabeza en el último instante y empleado un golpe de codo. Alex había quedado inconsciente otras veces, pero nunca se había despertado tan dolorido como en esa ocasión. ¿Había tratado Nile de matarlo? De alguna forma, lo dudaba. Incluso durante su breve encuentro, Alex había comprendido que se había topado con un maestro del combate sin armas; alguien que sabía qué hacía con exactitud, y que no cometía errores.

Nile lo había derribado y lo había llevado hasta aquel lugar. ¿Dónde se encontraba? Con la cabeza aún latiendo, Alex echó una mirada alrededor. No le gustó lo que vio. Se encontraba en una estancia pequeña, en algún lugar bajo el palacio, supuso. Los muros estaban cubiertos de yeso manchado y, por la forma en que se inclinaban, recordaban a un sótano. El suelo se había inundado hacía poco. Estaba tumbado en una especie de enjaretado hecho de planchas de madera, húmedas y podridas. La única iluminación de la habitación procedía de una sola bombilla situada detrás de una pantalla de cristal sucio. No había ventanas. Alex se estremeció. Hacía frío allí, a pesar del temprano calor de la noche de septiembre. Y había algo más. Pasó un dedo por el muro y notó que estaba cubierto por una capa de limo. Había creído que el sótano estaba pintado con una sombra sucia de verde, pero ahora comprendía que la inundación había alcanzado más altura que el simple suelo. Había llegado hasta el techo. Incluso la bombilla había estado en algún momento sumergida.

Mientras recobraba lentamente los sentidos, Alex se percató del olor a agua y reconoció el hedor de la vegetación podrida, fango y sal propios de los canales venecianos. Incluso podía oír batir el agua. Se agitaba y no precisamente al otro lado de los muros, sino en algún punto debajo de donde se encontraba. Se arrodilló para examinar el suelo. Una de las tablas estaba suelta y pudo desplazarla lo suficiente como para abrir una rendija estrecha. Al estirar una mano, pudo tocar agua. No había salida. Se giró. Un tramo corto de escalones llevaba hasta una puerta de aspecto sólido. Se acercó y lanzó todo su peso contra ella. La puerta estaba también cubierta de limo. Por ahí no había salida.

¿Y entonces qué?

Alex seguía vestido con los pantalones de seda y el chaleco que le habían servido de disfraz. No había nada que pudiera protegerlo del frío húmedo. Pensó por un momento en Tom, y se sintió un poco más confortado. Si no había regresado al hotel por la mañana, lo más seguro era que Tom diese la alarma. El alba no podía tardar. Alex no tenía idea alguna de cuánto tiempo había estado inconsciente y se había quitado el reloj cuando se puso el disfraz, algo de lo que ahora se arrepentía. No se escuchaba sonido alguno al otro lado de la puerta. Al parecer, no había otra cosa que hacer que esperar.

Se acurrucó en una esquina, abrazándose a sí mismo. Había perdido la mayor parte del maquillaje dorado y se sentía harapiento y sucio. Se preguntó qué iba a hacer Scorpia con él. Sin duda, alguien —Nile o la señora Rothman— acudirían, aunque solo fuese para averiguar cómo se las había arreglado para entrar.

Increíblemente, se las ingenió para dormir. Lo siguiente que supo fue que se despertaba con tortícolis. Un entumecimiento frío se había apoderado de su cuerpo. Una especie de toque de sirena lo había despertado. Podía oír su aullido, y no dentro del edificio, sino a lo lejos. Al mismo tiempo, se dio cuenta de que algo había cambiado en la estancia. Echó una ojeada y vio que el agua cubría el suelo.

En un primer instante se quedó desconcertado. ¿Habría estallado alguna conducción? ¿De dónde procedía el agua? Luego reflexionó y comprendió cuál era su destino. Scorpia no estaba interesada en él. Nile le había dicho que iba a morir y sabía lo que decía.

La sirena avisaba de que había inundación. Venecia tenía un sistema de alarma permanente. La ciudad estaba al nivel del mar y, debido al viento y la presión atmosférica, había frecuentes oleajes. Eso provocaba que las aguas del Adriático invadiesen la laguna de Venecia, con el resultado de que los canales se desbordaban y las calles y plazas sencillamente desaparecían durante algunas horas. Las frías aguas negras estaban entrando en la estancia en ese instante. ¿Hasta qué altura llegarían? Alex no necesitaba preguntárselo a nadie. Las manchas de los muros llegaban hasta el techo. El agua lo cubriría y él lucharía en vano, incapaz de salvarse, hasta morir ahogado. Luego, el nivel bajaría de nuevo y se librarían de su cadáver, puede que arrojándolo a la laguna.

Se puso en pie de un salto y corrió hacia la puerta, golpeándola con las manos. Gritó también, aunque sabía que no serviría de nada. Nadie acudió. Nadie se preocupó. Seguramente, no era el primero en acabar así. Había preguntado demasiado, había entrado en las habitaciones que no debía, y ese era el resultado.

Las aguas subían con rapidez. Debía haber ya cinco centímetros de profundidad. El suelo había desaparecido. No había ventanas, y la puerta era como de roca sólida. No había más que una forma de salir de allí y Alex estaba casi demasiado asustado como para intentarlo. Pero una de las tablas estaba suelta. Pudiera ser que hubiese alguna especie de larga conducción debajo. Después de todo, pensó, de alguna forma entraba el agua.

Y ahora entraba a borbotones, más rápido que antes. Alex bajó con rapidez las escaleras. Ya tenía el agua por encima de los tobillos, casi hasta las rodillas. Calculó con rapidez. A esa velocidad, la habitación quedaría inundada por completo en tres minutos. Se quitó el chaleco y lo lanzó a un lado. No iba a necesitarlo. Fue vadeando, buscando con los pies la tabla suelta. Recordó que estaba hacia el centro y pronto la encontró, al golpear su pie contra el lateral de la abertura. Se arrodilló, con el agua por la cintura. No estaba seguro de poder pasar por allí. Y, en caso de hacerlo, ¿qué iba a encontrar al otro lado?

Trató de tantear con las manos. Había una erupción de agua bajo él. Aquella era la fuente de la inundación. El agua surgía directamente por esa especie de orificio. Así que por allí era el camino de salida. La única pregunta era: ¿podría hacerlo? Tendría que meterse a presión, la cabeza por delante, en aquella brecha angosta, encontrar la abertura y nadar hacia el interior. Si se atascaba, se ahogaría. Si el pasaje estaba bloqueado, nunca podría regresar. Estaba de rodillas frente a la peor de las muertes posibles. Y el agua subía por su columna, implacable y helada.

Se estremeció, preso de rabia amarga. ¿Era ese el destino que le había prometido Yassen Gregorovich? ¿Había ido a Venecia tan solo para eso? Las sirenas seguían aullando. El agua había cubierto ya los dos primeros escalones y lamía ya el tercero. Alex maldijo, antes de hacer varias inspiraciones profundas, hiperventilando. Una vez hubo metido gran cantidad de aire en sus pulmones, en la creencia de estar ya preparado, se inclinó e introdujo la cabeza por el agujero.

La abertura era apenas lo suficientemente grande. Sintió el borde de las tablas de madera raspar sus hombros, pero logró propulsarse hacia delante usando las manos. Estaba completamente a ciegas. Aunque hubiese abierto los ojos, el agua hubiese sido negra por completo. Podía sentirla presionar contra su nariz y labios. Era fría como el hielo y maloliente. ¡Por Dios! Vaya forma de morir. Su estómago había pasado ya por la abertura, pero las caderas se habían atascado. Alex se retorció como una culebra y la parte inferior de su cuerpo se liberó.

Se estaba quedando ya sin aire. Trató de darse la vuelta y regresar, pero se vio dominado por un pánico nuevo al descubrir que estaba atrapado en una especie de tubo que no llevaba a ninguna parte que no fuese abajo. Sus hombros impactaron contra ladrillo sólido. Lanzó una patada y se vio recompensado con un espasmo de dolor cuando su pie fue a chocar contra el muro que lo encerraba. Sintió cómo la corriente pasaba junto a su rostro y garganta, como cuerdas de agua que trataban de atarlo por siempre a esa muerte negra. Comenzó a percatarse del terrible horror de su situación cuando comprendió que no había forma de escapar. Ningún adulto hubiera sido capaz de llegar tan lejos. Estaba allí tan solo porque era más pequeño y había podido abrirse paso hasta ese pozo o lo que fuese. Pero no había espacio para maniobrar. Los muros lo ceñían ya por ambos lados. Si el tubo se hacía más estrecho, quedaría empotrado.

Se obligó a seguir. Adelante y abajo, con las manos tanteando por delante, temiendo encontrar los barrotes metálicos que le indicarían que Nile había estado mofándose de él desde un principio. Le dolían los pulmones; la presión martilleaba en su pecho. Trató de no sentir pánico, sabiendo que eso solo serviría para gastar más deprisa el aire, pero ya su cerebro le exigía que se detuviese, que respirase, que se rindiese y aceptase el destino. Adelante y abajo. Podía retener la respiración un par de minutos. Y no podía haber pasado más de un minuto desde que había tomado la bocanada de aire. ¡No te rindas! Sigue moviéndote...

Ahora debía estar diez o quince metros bajo el suelo del sótano. Tendió los brazos y gimió cuando sus nudillos tocaron ladrillo. Unas burbujas preciosas de aire se le escaparon por entre los labios y le corrieron por el cuerpo, pasando entre las piernas que se agitaban. Al principio, pensó que había llegado a un callejón sin salida. Abrió los ojos durante un breve segundo. No hubo diferencia alguna. Abiertos o cerrados, no tenían nada que ver: estaba sumido en una negrura total. El corazón pareció pararse. En ese instante, Alex experimentó lo que debía ser la muerte.

Pero entonces su otra mano sintió la curva del muro y comprendió que, por lo menos, el muro del pozo se giraba. Había llegado al fondo de una J alargada y de alguna forma tenía que conseguir dar la curva. Puede que su final llevase al canal. Al girarse, se sintió encajonado. Como si las aguas agitadas no fuesen bastante, Alex sintió los ladrillos pegados a él, raspando sus piernas y pecho. Sabía que le quedaba poco aire. Sus pulmones estaban exhaustos y había un mareante vacío en su cabeza. Estaba a punto de sumirse en la inconsciencia. Bueno, eso sería casi una bendición. Así no sentiría cómo el agua inundaba su boca y garganta. Así se dormiría antes del final.

Giró el esquinazo. Sus manos tocaron algo —barras de alguna especie— y consiguió hacer girar las piernas. Solo entonces comprendió que sus peores temores se habían materializado. Había llegado al final del pozo para encontrarse con una barrera metálica, una puerta circular. Estaba encerrado. No había salida.

Puede que la sensación de haber llegado tan lejos, o la de haber sido engañado al final, fue la que le dio fuerzas. Alex empujó, y los goznes de metal, debilitados por el óxido de trescientos años, saltaron en pedazos. La puerta se abrió. Alex pasó nadando. Sus hombros se liberaron y comprendió que sobre su cabeza no había otra cosa que agua. Salió pataleando y percibió cómo el borde roto de la puerta le tajaba el muslo. Pero no sintió dolor. Solo un estallido de desesperación, la necesidad de salir.

Estaba subiendo. No podía ver nada, pero confiaba en su flotabilidad natural para que lo llevase por el camino correcto. Sentía burbujas que le acariciaban las mejillas y los párpados y supo que, sin habérselo propuesto, estaba soltando el poco aire que le quedaba. ¿Cuánto había recorrido? ¿Tendría aire suficiente como para llegar a la superficie? Pataleó tan fuerte como pudo, manoteando, nadando a *crawl*, solo que en vertical. De nuevo abrió los ojos, esperando ver luces... luz lunar, linternas... lo que fuese. Y puede que allí hubiese un destello, una franja blanca resplandeciendo ante sus ojos.

Alex gritó. Las burbujas surgieron en una explosión de sus labios. Y luego el propio grito estalló cuando emergió a la luz del alba. Sus hombros y brazos salieron por un momento de las aguas y tomó una gran bocanada de aire, luego cayó. El agua chapoteó a su alrededor. Tumbado de espaldas, reposando sobre las aguas, respiró de nuevo. Regueros acuosos corrían por su rostro. Alex sabía que estaban mezclados con las lágrimas.

Miró alrededor.

Supuso que debían ser las seis de la mañana. La sirena seguía sonando, pero no se veía a nadie. Mejor así. Alex flotaba en mitad del Gran Canal. Podía ver el Puente de la Academia, convertido en una vaga silueta a la media luz. La luna seguía en el cielo, pero el sol asomaba ya tras las silenciosas iglesias y palacios, arrojando una débil luz sobre la laguna.

Alex estaba tan helado que ya no sentía nada. Solo notaba el abrazo mortífero del canal, que trataba de arrastrarlo a sus profundidades. Con sus últimas fuerzas nadó hacia unas escaleras de escalones torcidos, situadas en el extremo más alejado del Gran Canal, lejos del Palacio de la Viuda. Sucediera lo que sucediese, no quería volver a estar cerca nunca de aquel lugar.

Estaba desnudo de cintura para arriba. Había perdido las sandalias y los pantalones estaban hechos andrajos. La sangre le corría por una pierna, mezclándose con las aguas sucias del canal. No tenía dinero y su hotel estaba a varias paradas de tren, fuera de Venecia. Pero eso no preocupaba a Alex. Estaba vivo.

Echó una mirada a la espalda. Allí estaba el palacio, oscuro y silencioso. La fiesta había acabado hacía mucho.

Se alejó lentamente.

REFLEXIONES EN UN TREN

Tom Harris estaba sentado al fondo, en un vagón de clase turista del *pendolino* —el tren rápido que iba de Venecia a Nápoles— y contemplaba cómo los edificios y campos pasaban a través de la ventana. Estaba pensando en Alex Rider.

La ausencia de Alex, como es lógico, había sido advertida la noche antes. El señor Grey había supuesto que se había retrasado al volver al hotel, pero, más tarde, al ver que su cama seguía vacía a las diez y media, se habían disparado las alarmas. El señor Grey había avisado a la policía y se lo había comunicado acto seguido a la tutora de de Alex —una estadounidense llamada Jack Starbright— en Londres. Todo el mundo en Brookland sabía que Alex no tenía padres; era una de las muchas cosas que lo hacían diferente. Fue Jack la que relajó la tensión.

—Ya sabe cómo es Alex. A veces deja que la curiosidad lo pueda. Me alegro de que haya llamado, pero ya verá como aparece luego. No hace falta preocuparse.

Pero Tom sí estaba preocupado. Había visto cómo Alex se mezclaba con la multitud del Palacio de la Viuda y sabía que era algo más que la curiosidad lo que había llevado a su amigo hasta allí. No sabía qué hacer. Una parte de él quería contar al señor Grey lo que habían hecho. Alex podía estar en el palacio. Puede que necesitase ayuda. Pero otra parte de él temía meterse en problemas... y tal vez meter a Alex en otros más gordos aún. Al final, decidió guardar silencio. Iban a abandonar el hotel a las diez y media del día siguiente. Si para entonces no había noticias de Alex, podía revelar entonces dónde se hallaba.

Lo cierto es que Alex llamó al hotel a las siete y media. Estaba camino de Inglaterra, según dijo. Echaba de menos su casa y había decidido marcharse antes. Fue el señor Grey el que habló con él.

—Alex —dijo—. No me pudo creer que estés haciendo esto. Se supone que soy el responsable. Cuando te traje a este viaje fue porque confiaba en ti. Me dejas anonadado.

—Lo siento, señor —Alex sonaba abatido, y en verdad así era como se sentía.

—Eso no basta. Por tu culpa, me impedirán llevar a otros chicos a nuevos viajes. Nos perjudicas a todos.

—No quería que esto sucediera —respondió Alex—. Hay cosas que usted no entiende. Cuando lo vea el próximo trimestre, trataré de explicárselo... hasta donde pueda. Lo siento de veras, señor. Le agradezco mucho todo lo que ha hecho por mí durante este verano. Pero no hace falta que se preocupe por mí. Estaré bien.

El señor Grey hubiera querido decir muchas cosas, pero se contuvo. Gracias a las horas que habían pasado juntos, había llegado a conocer y apreciar a Alex. También sabía que Alex no era como los demás chicos. Ni por un instante creyó que Alex tuviera añoranza de casa. Tampoco creyó que fuera a regresar a Inglaterra. Pero a veces, solo a veces, lo mejor era no preguntar.

—Buena suerte, Alex —dijo—. Cuídate.

—Gracias, señor.

Al resto de la expedición escolar le dijeron que Alex ya se había vuelto. La señorita Bedfordshire había hecho su equipaje y todo el mundo había estado demasiado ocupado embalando sus cosas como para pensar en él. Solo Tom sabía que Alex mentía. Habían compartido una habitación de hotel y el pasaporte de Alex seguía en la mesilla. Llevado de un impulso repentino, Tom lo había cogido. Había dado a Alex la dirección de su hermano en Nápoles. Había aún una oportunidad de que se encontrasen allí.

El paisaje pasaba a toda velocidad, tan poco interesante como cualquier otro que uno pueda contemplar a través de la mugrienta ventanilla de un tren. Tom se había separado de la expedición escolar al abandonar el hotel. Ellos volverían en avión a Inglaterra. Él había conseguido un billete para Nápoles, donde lo esperaba su hermano. Tenía seis horas por delante. Había una Game Boy y un libro, *Luces del Norte*, en su mochila. A Tom no le gustaba mucho leer, pero a su clase se le había ordenado leer al menos un libro durante las vacaciones de verano. Le quedaban solo unos días para que comenzase el trimestre y no había llegado más que a la página siete.

Se preguntó qué le habría sucedido a Alex. ¿Por qué estaría tan dispuesto Alex a invadir fuera como fuese el Palacio de la Viuda? Mientras el tren traqueteaba, dejando atrás los arrabales de Venecia, Tom pensó en su amigo. Se habían conocido hacía dos años. Tom —que tenía la mitad de la altura de sus compañeros— acabada de ser apaleado. Era algo que le ocurría a menudo. En este caso, a manos de una banda de chicos de dieciséis, liderados por un chaval llamado Michael Cook, que había sugerido que podía donarles el dinero del almuerzo para comprar cigarrillos. Tom había rehusado con cortesía y, poco después, Alex lo había encontrado sentado en el suelo, recogiendo sus malparados libros y goteando sangre por la nariz.

—¿Estás bien?

—Claro. Tengo la nariz rota. He perdido el dinero del almuerzo. Y han dicho que me harán lo mismo mañana. Pero, por lo demás, estoy bien.

—¿Mike Cook?

—Sí.

—Creo que voy a tener unas palabras con él.

— 92 —

—¿Y por qué crees que te escucharán?

—Soy muy convincente.

Alex había encontrado al matón y a dos de sus amigos tras el estacionamiento de bicicletas. Fue una entrevista corta, pero Michael Cook nunca avasallaría tras ella a nadie jamás. Lo que sí se dio cuenta la gente, durante la siguiente semana, era que cojeaba, y que hablaba con voz alta y aguda.

Ese fue el comienzo de una estrecha amistad. Tom y Alex vivían cerca y a menudo salían en bici juntos. Estaban en los mismos equipos, ya que, a pesar de su estatura, Tom era muy rápido corriendo. Cuando los padres de Tom comenzaron a discutir su divorcio, este solo se lo contó a Alex.

A cambio, Tom sabía probablemente sobre Alex más que nadie en Brookland. Lo había visitado en casa algunas veces y conocido a Jack, la chica estadounidense agradable y de pelo rojo que no era exactamente su institutriz ni su ama de llaves, sino que parecía cuidar de él. Alex no tenía padres. Todos sabían que Alex había vivido con su tío, que debía haber sido rico, a juzgar por la casa. Pero había muerto en un accidente de coche. Eso se había anunciado en el claustro de la escuela y Tom había rondado en un par de ocasiones la casa, esperando encontrar a Alex, pero nunca habían coincidido.

Tras eso, Alex había cambiado. Todo había comenzado con su larga ausencia de la escuela durante el trimestre de primavera, y todo el mundo creyó que se debía a que estaba anonadado por la muerte de su tío. Pero también había desaparecido de nuevo en el trimestre de verano. No hubo explicación. Nadie parecía saber adónde había ido. Cuando se encontraron por fin, Tom había quedado sorprendido por lo mucho que había cambiado su amigo. Había sido herido. Tom había visto las cicatrices. Pero Alex, además, parecía haber envejecido. Había algo en sus ojos que no estaba antes, como si hubiera visto cosas que no podría olvidar.

¡Y ahora aquello de Venecia! Tal vez la señorita Bedfordshire tenía razón, después de todo, y Alex necesitaba acudir a un psiquiatra. Tom cogió su Game Boy, tratando de apartar el asunto de la cabeza. Sabía que tenía que seguir con el libro, y se prometió continuar al cabo de quinientos o seiscientos kilómetros... tras cruzar Roma.

Se dio cuenta de que alguien estaba parado delante de él y, automáticamente, buscó su billete. Miró y se le escapó una boqueada. Se trataba de Alex.

Estaba vestido con unos vaqueros anticuados y un jersey abolsado, los dos de una talla demasiado grande. Estaba sucio, con el pelo apelmazado y enmarañado. Tom miró hacia abajo y vio que iba descalzo. Parecía agotado.

—¿Alex? —Tom estaba demasiado aturdido como para hablar.

—Hola —Alex señaló hacia un asiento vacío—. ¿Te importa si me uno a ti?

—No. Siéntate... —Tom tenía toda una mesa para él, cosa que le venía muy bien. Los otros pasajeros estaban mirando horrorizados a Alex—. ¿Cómo has llegado aquí? ¿Qué ha sucedido? ¿De dónde has sacado esas ropas? —de repente las preguntas le salían en cascada.

—Me temo que he robado las ropas —confesó Alex—. Las cogí de una cuerda de tender. Pero no pude conseguir zapatos.

—¿Qué te ocurrió la otra noche? Te vi entrar en el palacio. ¿Te sorprendieron? —Tom arrugó la nariz—. ¿Te caíste en un canal o algo así?

Alex estaba demasiado cansado como para responder a esa pregunta.

—Tengo que pedirte un favor, Tom —dijo.

—¿Quieres que te esconda de la policía?

—Quiero que me prestes algo de dinero. No he podido comprar billete. Y tengo que conseguir ropas nuevas.

—De acuerdo. Me sobra el dinero.

—Y necesito quedarme contigo, con tu hermano, durante un tiempo. ¿Es posible?

—Claro. Jerry no es problema. Alex...

Pero Alex se había vencido hacia delante, la cabeza entre las manos. Se había quedado dormido.

El tren ganó velocidad, curvándose alrededor del golfo de Venecia y siguiendo camino hacia el sur.

* * *

Cuando Alex despertó, el tren seguía viajando por la campiña italiana. Se desperezó con lentitud. Ya iba sintiéndose mejor. El tren no solo había dejado atrás Venecia, sino que le alejaba de los sucesos de la noche anterior. Se irguió y vio que Tom lo estaba mirando. Un sándwich, una bolsa de patatas fritas y una cola reposaban en la mesa situada entre ellos.

—Imaginé que tendrías hambre —dijo Tom.

—Estoy famélico. Gracias —Alex abrió la lata de cola. Estaba tibia, pero no le importó—. ¿Dónde estamos?

—Cruzamos Roma hace como una hora. Creo que llegaremos pronto —Tom aguardó mientras Alex bebía. Cerró el libro—. Tienes una pinta terrible —comentó—. ¿Me vas a decir qué ocurrió la noche pasada?

—Claro —ya antes de subir al tren, Alex había decidido contárselo todo a Tom. No era solo que necesitase su ayuda. Estaba cansado de mentir—. Pero no estoy seguro de que me creas —añadió.

—Bueno. He estado leyendo este libro durante las últimas dos horas y media —repuso Tom—, y solo estoy en la página diecinueve. Así que prefiero escucharte, sea lo que sea que tengas que contarme.

—De acuerdo...

Alex solo le había contado la verdad sobre sí mismo a otra persona, y esa había sido su amiga Sabina Pleasure. No le había creído, al menos hasta que no la había encontrada sin sentido y atada en el sótano de la mansión campestre del multimillonario loco Damian Cray. De nuevo le contó Alex a Tom lo que le había contado a ella, comenzando por la muerte de su tío y siguiendo hasta llegar a cómo había escapado de la estancia inundada la noche antes. Lo más extraño fue que disfrutó contándolo. No se jactaba de ser un espía y trabajar para los servicios secretos. Más bien lo contrario. Durante largo tiempo había estado al servicio del MI6, obligado a guardar silencio sobre sus actividades. A decir verdad, estaba haciendo exactamente lo contrario de lo que querían y eso le supuso un alivio, quitarse un gran peso de encima. Le hizo sentir que recuperaba el control de la situación.

—... no podía volver al hotel. No sin dinero. Sin zapatos. Sabía que ibas a coger el tren para Nápoles, así que fui a la estación y te estuve esperando. Te seguí al interior del tren. Y aquí estoy.

Alex acabó y esperó nervioso la respuesta de Tom. Este no había abierto la boca en los últimos veinte minutos. ¿Lo repudiaría como había hecho Sabina?

Tom agitó lentamente la cabeza.

—Bueno, tiene sentido —dijo por último.

Alex se sobresaltó.

—¿Tú crees?

—No puedo encontrar otra razón que explique todo lo que ha sucedido. Faltar tanto al colegio. Y aquellas heridas. Es decir, tu ama de llaves podría haberte apaleado, pero no parece factible. Así pues, sí. Tienes que ser un espía. Pero es muy fuerte, Alex. Me alegro de que te ocurra a ti, y no a mí.

Alex no pudo ahorrarse una sonrisa.

—Alex, de verdad que eres mi mejor amigo.

—Me alegra poder ayudarte. Pero hay algo que no me has contado. ¿Por qué estabas al principio tan interesado en Scorpia? ¿Y qué haces ahora, camino de Nápoles?

Alex no había mencionado a su padre. Esa era la única parte que seguía preocupándole. Era demasiado privada para compartirla con nadie.

—Fui a descubrir a Scorpia —comenzó. Se detuvo, antes de seguir cuidadosamente—. Creo que mi padre tenía algún tipo de relación con ellos. Nunca lo conocí. Murió al poco de que yo naciera.

—¿Lo mataron ellos?

—No. Es difícil de explicar. Lo único que quiero es descubrir la verdad sobre él. Nunca me he encontrado con nadie que lo conociese. Incluso mi tío hablaba muy poco sobre él. Tengo que saber quién era.

—¿Y Nápoles?

—Oí a la señora Rothman mencionar a una empresa en Amalfi. Eso no está lejos de Nápoles. Creo que se llama Consanto. Vi el mismo nombre en una carpeta en su escritorio, y la persona con la que estaba hablando tenía la foto en ella. Ella dijo que estaría allí en dos días. Eso es mañana. Estoy interesado en saber por qué.

—Pero, Alex... —Tom frunció el ceño—. Te encontraste con ese negro, Nile...

—Lo cierto es que no era exactamente negro. Era más algo así como... blanco y negro.

—Bueno, en cuanto mencionaste a Scorpia te encerró en un sótano y trató de que te ahogases. ¿Por qué regresar? Quiero decir, creo que no es muy saludable para ti volver a encontrarte con él.

—Ya lo sé —Alex no podía negar que Tom tenía razón. Y había averiguado muy poco sobre la señora Rothman. Ni siquiera tenía la certeza de que estuviese conectada con Scorpia. Lo único que sabía era que ella (o la gente que trabajaba para ella) eran completamente despiadados. Pero no podía abandonar. Ya no. Yassen Gregorovich le había mostrado un camino. Tenía que seguirlo hasta el final—. Lo único que quiero es echar un vistazo, eso es todo.

Tom se encogió de hombros.

—Bueno, supongo que no puedes meterte en problemas peores de los que ya tienes con el señor Grey. Me parece que te matará en cuanto vuelvas al colegio.

—Sí. Lo sé. No sonaba muy alegre al teléfono.

Hubo un breve silencio. El tren pasó a toda velocidad por una estación, un borrón de neón y cemento, sin detenerse.

—Debe significar mucho para ti —dijo Tom—. Me refiero a eso de saber acerca de tu padre.

—Sí. Lo es.

—Mi padre y mi madre han estado peleándose desde siempre. Todo lo que hacen es discutir. Ahora se van a separar y están discutiendo por eso. Ya no me importa ninguno de los dos. No creo que los quiera ni siquiera —por un breve instante, Tom pareció más triste de lo que Alex le hubiera visto nunca—. Así que creo que entiendo lo que dices, y espero que descubras algo bueno sobre tu padre, porque lo que soy yo no puedo pensar nada bueno del mío.

Jerry Harris, el hermano mayor de Tom, los estaba esperando en la estación y los llevó en taxi hasta su apartamento. Tenía veintidós años, y se había ido a Italia al cumplir la mayoría de edad, pero, de alguna forma, se había olvidado de regresar. Alex congenió con él de inmediato. Jerry era sumamente tranquilo, delgado hasta casi el punto de esquelético, con el pelo muy claro y la sonrisa oblicua. No le importó que Alex se hubiese invitado a sí mismo, ni comentó nada sobre su aspecto, o sobre el hecho de que hubiese hecho el viaje sin zapato.

Vivía en el barrio español de la ciudad. Era una calle típica de Nápoles: estrecha, con edificios de cinco o seis plantas a ambos lados y cuerdas para tender ropa de unos a otros. Al mirar arriba, Alex pudo contemplar un fantástico mosaico de yeso deteriorado, contraventanas de madera, balconadas ornadas, ventanucos y terrazas en las que las italianas perdían el tiempo charlando con sus vecinas. Jerry tenía alquilado un último piso. No había ascensor. Los tres subieron una escalera serpenteante que tenía olores y sonidos distintivos en cada planta: desinfectante y llanto de niños en el primero, pasta y el toque de un violín en el segundo...

—Es aquí —anunció Jerry, al tiempo que abría la puerta—. Sentíos como en casa.

El piso era un espacio abierto sin apenas mobiliario, con muros pintados, suelos de madera y panorámicas sobre la ciudad. Había una esquina en una esquina, completamente cubierta de platos sucios, y una puerta que llevaba a un pequeño baño. De alguna forma, alguien había conseguido subir hasta allí un maltratado tresillo de cuero. Estaba emplazado en mitad de la estancia, rodeado por pilas de material deportivo, que Alex pudo solo reconocer a medias. Había dos *skateboards*, cuerdas y clavijas, una cometa enorme, un mono de esquiar y lo que tenía pinta de ser un paracaídas. Tom ya había avisado a Alex de que su hermano gustaba de los deportes de riesgo. Enseñaba inglés a los napolitanos, pero solo lo hacía para pagar sus viajes a escalar, hacer surf y cosas así.

—¿Tenéis hambre? —preguntó Jerry.

—Sí —Tom se dejó caer sobre el sofá—. Hemos estado viajando durante por lo menos seis horas. ¿No tienes nada de comer?

—¿Estas de broma? No. Podemos salir y comer una *pizza* o algo así. ¿Qué me cuentas, Tom? ¿Cómo están papá y mamá?

—Igual que siempre.

—¿Tan mal como de costumbre? —Jerry se volvió a Alex—. Nuestros padres son un completo desastre. Seguro que mi hermano ya te lo ha contado. Fíjate que nos llamaron Tom y Jerry. ¿Pero por qué aburrirte con nuestras miserias? —se encogió de hombros—. ¿Qué haces tú por aquí, Alex? ¿Quieres visitar la costa?

En el tren, Alex había insistido a Tom sobre la importancia de no repetir lo que le había contado. Así que ahora se estremeció cuando oyó a Tom proclamar:

—Alex es un espía.

—¿De veras?

—Sí. Trabaja para el MI6.

—Anda. Eso es impresionante.

—Gracias —Alex no sabía muy bien qué decir.

—¿Y qué te ha traído entonces hasta Nápoles, Alex?

Tom respondió por él.

—Quiere averiguar cosas sobre una empresa llamada Constanza.

—Consanto —le enmendó Alex.

—¿Empresas Consanto? —Alex abrió la nevera y sacó una cerveza. Alex se fijó en que, aparte de eso, no había nada más dentro—. He oído hablar de ella.

Solía tener a alguien que trabajaba allí como alumno. Era un investigador químico o algo así. Espero que la química se le diese mejor que los idiomas, porque su inglés era horrendo.

—¿Quiénes son Consanto? —preguntó Alex.

—Son una de las mayores empresas farmacéuticas. Hacen medicamentos y producen material biológico. Tienen una fábrica cerca de Amalfi.

—¿Puedes ayudarme a entrar? —preguntó esperanzado Alex.

—Estás de broma. No creo ni que el propio Papa pudiera entrar. Pasé cerca con el coche, una vez, y de verdad que es un sitio de alta tecnología. Parece sacado de una película de ciencia-ficción. Y están todas esas verjas, cámaras de seguridad y demás.

—Algo tendrán que ocultar —comentó Tom.

—Por supuesto que tienen algo que ocultar, pedazo de tonto —murmuró Jerry—. Todas esas compañías investigan nuevas patentes y eso vale una fortuna. A ver, lo que quiero decir es que si alguien descubre una cura para el sida o algo parecido, valdría miles de millones. Por eso no puede entrar nadie ahí. El tipo al que enseñaba inglés nunca comentaba nada sobre su trabajo. No estaba autorizado.

—Como Alex.

—¿Qué?

—De su trabajo como espía. No le permiten decir nada a nadie sobre eso.

—Ah, ya —Jerry cabeceó.

Alex miraba de uno a otro. A pesar del hecho de que los separaban ocho años, los dos hermanos mantenían, obviamente, una relación estrecha. Le hubiera gustado pasar más tiempo con ellos. Se sentía más relajado que nunca en mucho tiempo. Pero no estaba allí para eso.

—¿Puedes llevarme a Amalfi? —preguntó.

—Claro —Jerry se encogió de hombros, antes de terminar su cerveza—. No tengo ninguna lección programada mañana. ¿Te viene bien así?

—Me viene de fábula.

—No está muy lejos de Nápoles. Puedo coger el coche de mi novia y llevarte. Así podrás ver Consanto con tus propios ojos. Pero te lo digo desde ya, Alex, que no hay ninguna forma de entrar.

CONSANTO

DE pie junto al coche, a pleno calor del sol de mediodía, Alex tuvo que admitir que Jerry estaba en lo cierto. Consanto había hecho, desde luego, todo lo posible para proteger lo que fuera que ocultase.

Había un único edificio principal, de forma rectangular y de por lo menos cincuenta metros de largo. Alex había visto la fotografía en la carpeta y estaba anonadado de lo mucho que lo recordaba el verdadero edificio; era como si hubiesen ampliado cien veces la foto, la hubieran cortado y alguien la hubiese puesto luego allí. No parecía real. Alex estaba mirando a un muro de cristal reflectante. Ni siquiera la luz del sol parecía encontrar una forma de colarse allí dentro. Era un inmenso bloque plateado, con un único cartel —CONSANTO— realizado en acero macizo.

Jerry estaba parado a su lado, vestido con pantalones cortos y una camiseta sin mangas. Había llevado consigo un par de prismáticos y Alex examinaba los anchos escalones de cemento que llevaban a la entrada principal. Había unos pocos edificios accesorios, almacenes y plantas de ventilación, así como un estacionamiento con un centenar de vehículos. Enfocó con los prismáticos hacia el techo del complejo principal. Podía ver dos depósitos de agua, una fila de placas solares y, al lado de estas últimas, una torre de ladrillo con una única puerta, ahora abierta. ¿Una salida de emergencia? Si pudiera llegar hasta allí, conseguiría entrar.

Pero le resultaba evidente que no podría acercarse siquiera. Todo el sitio estaba rodeado por una verja de más de seis metros de alta, coronada por alambre de espino. Un único camino llevaba a un puesto de control, y había un segundo situado más atrás. Todos los coches que entraban y salían pasaban el control. Y, para reforzar la seguridad, cámaras montadas en postes de acero rotaban y subían y bajaban, de forma que las lentes cubrían cada centímetro del terreno. Ni siquiera una mosca podría pasar sin ser detectada. Detectada y aplastada, pensó Alex de forma sombría.

Empresas Consanto habían elegido cuidadosamente su emplazamiento. Amalfi, el poblado y afanoso puerto Mediterráneo, estaba a unos pocos kilómetros al sur, y al norte solo se encontraban unos pocos pueblos dispersos. El complejo estaba en una especie de hondonada, una lengua de terreno plano y rocoso con escasos árboles y edificios; sin nada tras lo que ocultarse. Alex estaba en un sitio que tenía el mar a menos de un kilómetro a la espalda. Había unos pocos veleros y un *ferry* surcando las aguas, rumbo a la isla de Capri. La impresión predominante era que resultaba imposible acercarse a Consanto, desde ninguna dirección, sin ser detectado. Puede que incluso en ese mismo momento lo estuviesen filmando.

—¿Ves lo que quería decir? —dijo Jerry.

Tom había dado la espalda al edificio; miraba hacia el mar.

—¿A nadie le apetece un baño? —preguntó.

—Sí —Jerry cabeceó lentamente—. ¿Te has traído bañador?

—No.

—Entonces olvídalo. No puedes bañarte en calzoncillos.

—No llevo calzoncillos.

Jerry miró a su hermano.

—¡Mira que eres guarro!

Alex observaba cómo una furgoneta de reparto se acercaba hacia el primer puesto de control. Lo cierto es que parecía imposible. Incluso aunque se las ingeniase para meterse en un coche o un camión, lo encontrarían al registrarlo. Había docenas de farolas dispuestas por todo el perímetro y se encenderían en cuanto oscureciese. Podía ver guardias uniformados que patrullaban los terrenos, con perros pastores alemanes de la traílla. Lo más seguro era que permaneciesen allí toda la noche.

Estaba por desistir. No podía entrar ni por la fachada ni por los laterales; no podía trepar por la verja. Miró más allá del complejo. Lo habían edificado con el respaldo de un risco escarpado. El acantilado se alzaba al menos trescientos metros y llegó a divisar un grupo de edificios a lo lejos, en la cima.

Los señaló.

—¿Qué es eso? —preguntó.

Jerry siguió la dirección del dedo de Alex.

—No sé —pensó durante un instante—. Puede que sea Ravello. Es un pueblo situado en lo alto.

—¿Se puede subir?

—Claro. Por supuesto.

Alex reunió las piezas de información en un instante. La azotea con la salida de emergencias, al parecer abierta. El pueblo colgado en lo alto del acantilado. El equipo que había visto en el apartamento de Jerry en Nápoles. De repente, todo resultaba muy simple.

Empresas Consanto podía parecer inexpugnable. Pero Alex había encontrado una forma de entrar.

Aquella villa arruinada del siglo XVII se alzaba a alguna distancia de Ravello, accesible gracias a un camino que serpenteaba por la ladera de la montaña, por encima de los pinares. Era un hermoso lugar al que escapar, sumido en su propio mundo, lejos de las multitudes que abarrotaban las playas y las calles más abajo. Una fresca brisa vespertina soplaba desde el mar y la luz había pasado del azul al malva, y de ahí a un rojo oscuro, según el sol se iba hundiendo lentamente. Había un jardín ornamental con una larga avenida que corría por el centro y, en el extremo más alejado, una terraza que aparecía de repente, con bustos de mármol blanco adornando la balaustrada. Más allá de la terraza, no había nada. El jardín, sencillamente, terminaba de forma abrupta en una caída a pico hacia la carretera costera, el complejo Consanto y la planicie rocosa, a sus buenos trescientos metros más abajo.

Los turistas hacía mucho que se habían marchado, empujados por la caída de la tarde. La villa estaba a punto de cerrar. Alex se quedó parado, pensando en lo que iba a hacer. Tenía la boca seca y sentía una incómoda sensación de estómago revuelto. Estaba loco. Tenía que haber otra solución. Pero no. Había estudiado todas las posibilidades. Esa era la única forma.

Sabía que el salto BASE era uno de los más peligrosos deportes de riesgo, y que todos los saltadores BASE tenían que conocer a alguien que había resultado herido o muerto al practicarlo. BASE procede de *Building*, *Antenna*, *Span* y *Earth*[2]. Significa, esencialmente, saltar en paracaídas sin avión. Saltadores

---

[2] Edificio, Antena, Puente y Tierra. *(N. del T.)*

de BASE se arrojan desde rascacielos, presas, riscos o puentes. Los saltadores no violan la ley, pero lo normal es que practiquen su deporte sin permiso, a menudo en plena noche. Transgredir, saltarse las normas, es parte de la diversión.

Habían conducido de vuelta a Nápoles para coger el equipo que Jerry Harris había consentido en ceder a Alex. Jerry había empleado el largo viaje en dar a Alex la mayor cantidad de información posible sobre las técnicas y los peligros potenciales. Un curso de choque, había musitado sombrío Jerry. Justo lo que Alex no necesitaba.

—La regla primera y más importante es lo que los principiantes encuentran más duro de encajar —dijo Jerry—. Cuando saltas, tienes que esperar lo más posible antes de soltar el paracaídas. Cuanto más esperes, más te apartarás de la pared. Y tienes que mantener los hombros nivelados. Lo último que necesitas es hacer diana en un objeto sólido.

—¿Y eso qué significa en cristiano? —preguntó Alex.

—Es lo que sucede cuando tienes una apertura en el momento inadecuado. Básicamente, significa que te vas por el lado que no debes y te estrellas contra la pared.

—¿Y qué sucede luego?

—Anda. Pues... que mueres.

Alex llevaba puesto un casco, rodilleras y coderas. Jerry le había prestado también un par de recias botas de excursionista. Pero eso era todo. Tenía que reaccionar al instante cuando cayese por los aires, y demasiado equipo protector solo conseguiría hacerlo más lento. Además, tal y como Jerry había apuntado, nadie había realizado nunca un salto BASE sin un entrenamiento básico. Si algo salía mal, todas las protecciones del mundo no le harían el más mínimo bien.

¿Dónde estaba la diferencia entre la vida y la muerte?

En el caso de Alex, residían en los quinientos metros cuadrados de nailon F111. Los paracaidistas necesitan dos centímetros y medio cuadrados de paracaídas por cada medio kilo de peso corporal y equipo. Pero los paracaidistas de BASE necesitan casi el cincuenta por ciento más. El paracaídas de Alex había sido diseñado para Jerry, que era más pesado. Le sobraba material.

Llevaba un paracaídas de siete celdas Blackjack que Jerry había comprado de segunda mano por poco menos de mil dólares americanos. Un paracaídas ordinario contiene normalmente nueve celdas, nueve embolsamientos separados. El paracaídas BASE, más grande, está pensado para ser más manejable, fácil de volar y capaz de tomar tierra con suavidad. El propio peso de Alex lo sacaría de la mochila al caer, y se inflaría sobre su cabeza hasta tomar una forma aerodinámica, esa forma de ariete propia de los paracaídas modernos.

Jerry estaba a su lado, enfocando hacia el suelo con un artefacto negro del tamaño y forma de unos prismáticos.

—Trescientos cincuenta y siete metros —dijo. Echó mano de una tarjeta cuadriculada, una tabla de altitudes, y la consultó con rapidez—. Puedes hacer un cuatro. Eso te dará unos quince segundos de paracaídas. Como mucho un seis. Pero eso implicaría aterrizar casi al instante.

Alex comprendió lo que le estaba diciendo. Podía estar en caída libre entre cuatro y seis segundos. Cuanto más tiempo tardase en abrir el paracaídas, menos posibilidades habría de que lo viesen desde abajo. Por otra parte, cuanto más rápido aterrizase, más probabilidad tendría de romperse los huesos.

—Y, cuando hayas llegado, recuerda…

—Dar el tirón.

—Sí. Si no quieres romperte las piernas, tienes que encogerte unos tres o cuatro segundos antes del impacto.

—No tres o cuatro segundos *después* del impacto —añadió solícito Tom—. Entonces sería ya demasiado tarde.

—¡Gracias por el consejo!

Alex miró a su alrededor. No se veía a nadie. Medio deseó que un policía o alguien de la villa pasara y lo detuviese antes de que pudiera saltar. Pero los jardines estaban vacíos. Los bustos de mármol blanco miraban más allá de él, en absoluto interesados.

—Bajarás a más de cien kilómetros por hora en unos tres segundos —siguió Jerry—. Te he puesto una malla para amortiguar, pero aun así sentirás el golpe de la apertura. Pero eso, al menos, te avisará de que te acercas a tierra. Es entonces cuando tienes que juntar pies y rodillas. Apoya el mentón en el pecho. Y trata de no partirte en dos la lengua. Eso fue lo que casi me pasó a mí la primera vez.

—Sí —Alex no podía articular otra cosa que monosílabos.

Jerry se asomó al precipicio.

—El tejado de Consanto está justo debajo de nosotros y no hay viento. No tendrás mucho tiempo para enfilar, pero debieras tratar de tirar de las manivelas —apoyó una mano en el hombro de Alex—. Puedo hacerlo yo, si quieres.

—No —Alex agitó la cabeza—. Gracias, Jerry. Pero esto es cosa mía. Fue idea mía…

—Buena suerte.

—¡Rómpete una pierna!³ —exclamó Tom—. O, mejor dicho, no te la rompas.

Alex se acercó al borde, entre dos de las estatuas, y miró abajo. Estaba justo sobre el complejo y, desde esa altura, se veía pequeño, casi como una pieza de Lego. La mayor parte de los trabajadores debían haberse ido ya, pero los guardias seguían

---

³ Forma tradicional de desear suerte, sobre todo en el teatro. (N. del T.)

allí. Lo único que podía esperar es que nadie mirase arriba en esos pocos segundos que emplearía para llegar. Pero eso era lo que había observado antes, desde el otro lado de las puertas. Consanto miraba al mar. La carretera principal y la entrada estaban en el mismo lado. Hacia allí era donde estaba enfocada toda su atención, y, si Alex tenía suerte, podría caer —literalmente— allí dentro sin ser descubierto.

Tenía el estómago en un puño. No sentía las piernas. Era como si fuese flotando. Intentó tomar una inspiración profunda, pero el aire parecía no querer penetrar en su pecho. ¿De verdad era tan importante todo eso para él; entrar en Consanto, descubrir qué tenía que ver con Scorpia? ¿Qué podían decir Tom y su hermano que le hiciesen cambiar de opinión, aunque fuese en el último minuto?

Al diablo con todo, pensó. Multitud de adolescentes hacen saltos BASE. Jerry mismo había saltado hacía poco desde el Puente de New River Gorge, en Virginia Occidental. Había sido el Día del Puente, el único día en Estados Unidos en el que saltar era legal, y le habían contado que había docenas de chicos en la cola. Era un deporte. La gente lo hacía por diversión. Si dudaba un segundo más, ya no lo haría. Era hora de hacerlo.

Con un único movimiento, se subió al pretil, comprobó el tirador del paracaídas, echó una última ojeada a su objetivo y saltó.

Era como suicidarse.

No se parecía a nada que hubiera experimentado antes.

El mundo se convirtió en un borrón. Allí estaba el cielo, el borde de la pared y (a no ser que lo hubiese imaginado) el rostro de Tom que lo miraba. Luego todo se inclinó. El azul se convirtió en el gris y blanco del tejado que ascendía a toda velocidad. El viento le golpeaba la cara. Los ojos parecían querer hundirse en el fondo de las órbitas con la súbita aceleración. Tenía que abrir el paracaídas. No. Jerry le había prevenido contra eso. ¿Cuántos segundos?

¡Ahora!

Tiró de la manivela del paracaídas piloto, confiando en encontrar el flujo de aire ascendente que se suponía tenía que haber allí. ¿Había funcionado? El paracaídas piloto había ya desaparecido, arrastrando con él la brida que sacaría al Blackjack de su envoltorio. ¡Por Dios! Lo había hecho demasiado tarde. Caía demasiado rápido. Un grito, largo y silencioso con el viento en los oídos, rasguñándole la piel. ¿Dónde estaba el maldito paracaídas? ¿Qué era arriba? ¿Qué era abajo? Cayendo...

Y entonces hubo una sensación repentina de tirón y de frenazo. Pensó que se iba a partir por la mitad. Pudo ver algo, cuerdas y material que se inflaba, justo en la periferia de su visión. ¡El paracaídas! Pero eso no importaba. ¿Hacia dónde caía? Miró hacia abajo y vio sus propios pies, colgando en el vacío.

Un rectángulo blanco se dirigía a toda velocidad a su encuentro. El tejado del complejo; pero estaba aún demasiado lejos. Iba a fallar. Rápido. Tira de las manivelas. Eso está mejor. El techo giró a su encuentro. ¿Qué había olvidado? ¡El tirón! Tiró de los dos frenos, bajando la cola del paracaídas de forma que tomó —como si fuera un avión aterrizando— ángulo ascendente. ¿Lo había hecho demasiado tarde?

Todo cuanto podía ver era la superficie del tejado. Luego impactó contra él. Sintió cómo el golpe viajaba por sus tobillos, rodillas y llegaba a sus caderas. Corrió hacia delante. El paracaídas lo arrastraba. Jerry le había avisado al respecto. Podía estar soplando brisa fuerte allí abajo y, si no andaba con cuidado, lo arrancaría del tejado. Podía ver cómo el borde se dirigía a toda velocidad hacia él. Bajó las manos a las rodillas, buscando los tiradores. Los empuñó y tiró de ellos. ¡La carrera se detuvo! Con solo unos centímetros de margen, se las arregló para hacerse firme con las punteras sobre el tejado. Se echó atrás, tirando del paracaídas hacia él. Se sentó a duras penas.

Había llegado.

No hizo nada durante unos pocos segundos. Estaba sufriendo el *subidón* tan bien conocido por todos los saltadores de BASE, y que es el que hace este deporte tan adictivo. El cuerpo estaba liberando una marea de adrenalina por todas sus arterias. El corazón le latía al doble de pulsaciones. Podía sentir cómo todos los pelos de su cuerpo estaban erizados. Miró hacia atrás, a la pared. No había señal de Tom ni de su hermano. Aunque hubieran seguido allí, serían demasiado pequeños como para poder verlos. Alex no podía creer la distancia que había recorrido, o lo rápido que había llegado. Y, hasta donde podía constatar, los guardias habían tenido las cabezas gachas, y los ojos en el suelo, no en el cielo. ¡Vaya con la seguridad de Consanto!

Alex esperó hasta que su corazón y pulsaciones regresaron a la normalidad, luego se quitó el casco y las protecciones. Enrolló con rapidez el paracaídas y lo guardó lo mejor que supo en su mochila. Sentía el sabor de la sangre en la boca y comprendió que, a pesar de las advertencias de Jerry, se las había arreglado para morderse la lengua.

Manteniéndose agachado, se llevó la mochila con el paracaídas hacia la puerta que había visto anteriormente desde el suelo. Iba a dejar el equipo de Jerry allí, en el tejado, hasta que fuese el momento de marcharse. Había pensado, más o menos, cómo se las iba arreglar para salir de Consanto. Lo más fácil sería llamar a la policía y dejar que lo arrestasen. En el peor de los casos, lo enjuiciarían por allanamiento. Pero no tenía más que catorce años. Dudaba de que pudiera acabar en una cárcel italiana… lo más seguro es que lo deportasen a Inglaterra.

La puerta estaba entreabierta. Había tenido la razón al respecto. Una docena de colillas en el tejado daban la pista. A pesar de todos los guardias de seguridad, las cámaras y las alarmas de alta tecnología, un fumador necesitado de su ración se las había arreglado para subir allí y franquear el paso.

Bueno, eso estaba bien. Alex se deslizó por la puerta y encontró unas escaleras de metal que llevaban abajo. Había unas puertas de aspecto más sólido —de acero con gruesas ventanas de cristal— y, por un momento, Alex pensó que tenía el camino bloqueado. Pero debía haber alguna especie de sensor. Se abrieron cuando se acercó, para luego cerrarse a sus espaldas. Puede que el anónimo fumador hubiese abierto ese camino. Alex se giró y agitó una mano. Las puertas no se inmutaron. Un teclado numérico en el muro le hizo desistir. Entrar por ahí era una cosa. Pero, para salir de nuevo, se necesitaba una clave. Estaba atrapado.

Había solo una forma de salir y esa era hacia delante. Siguió por un corredor blanco y desnudo que llevaba hasta otras puertas que se abrieron con un suspiro y se cerraron cuando pasó. Había entrado en el corazón del complejo. De inmediato, hubo una diferencia en cuanto a la condición del aire. Era extremadamente frío y olía a metálico. Miró hacia arriba y vio un tubo plateado, brillante y pulido, que recorría toda la longitud del pasaje. Había diales y monitores por todas partes. La cabeza comenzaba a dolerle ya. Aquel sitio era demasiado limpio.

Siguió andando, esperando ver lo más posible antes de ser descubierto. No parecía haber nadie por allí —todos los obreros debían haberse ido a casa a pasar la noche—, pero era solo cuestión de tiempo que los agentes de seguridad lo vieran. Escuchó cómo una puerta se abría en alguna parte. El corazón le dio a Alex un vuelco y buscó, con rapidez, un lugar en el que esconderse. El pasillo estaba vacío, iluminado por poderosas luces de neón tras plafones de cristal. No había ni siquiera una sombra en la que ocultarse. Vio un portal y corrió hacia allí, pero la puerta estaba cerrada. Alex se apretó contra la puerta, esperando, contra toda certeza, que no lo viesen.

Un hombre dobló la esquina. Al principio, le resultó difícil asegurar que era un hombre. La figura estaba cubierta por un traje protector de color azul pálido que ocultaba hasta el último centímetro de su cuerpo. Llevaba una capucha sobre la cabeza y una máscara de cristal cubriéndole el rostro, lo que oscurecía sus facciones; aunque, cuando se giró a un lado, Alex captó un atisbo de gafas y barba. El hombre empujaba lo que parecía un gran recipiente de cromo reluciente, montado sobre ruedas. El recipiente era tan alto como él, con una serie de válvulas y tubos en la tapa. Para alivio de Alex, el hombre se fue por un segundo pasillo.

Alex observó la puerta que le había proporcionado aquella mínima cobertura. Tenía una gruesa ventanilla de cristal —como las que tienen las lavadoras en la parte de delante— y había una gran habitación en el otro extremo, también iluminada pero vacía.

Alex supuso que debía tratarse de un laboratorio, pero parecía más una destilería, con más recipientes, algunos de ellos suspendidos de cadenas. Había una escalera de metal que llevaba a una especie de torreta y todo un muro lleno de lo que parecían enormes puertas de neveras. Todo el metal parecía nuevo, pulido hasta rebrillar.

Mientras Alex miraba, una mujer cruzó la estancia. Resultaba obvio que el complejo no se encontraba tan vacío como había creído. Estaba también vestida con ropas protectoras, con una máscara sobre el rostro, y empujaba un carrito plateado. El aliento se le congeló en el cristal mientras trataba de ver. No parecía tener mucho sentido, pero la mujer parecía transportar huevos... docenas de ellos, pulcramente alineados en bandejas. Tenían el tamaño de huevos de gallina ordinarios, cada uno de ellos de un color blanco inmaculado. ¿Sería la mujer del servicio de restauración? Alex lo dudaba. Había algo casi siniestro en aquellos huevos. Puede que se debiese a su uniformidad, al hecho de que eran tan obviamente idénticos. La mujer pasó tras cierta maquinaria y desapareció. Cada vez más desconcertado, Alex decidió que era hora de ponerse en movimiento.

Tomó por el segundo corredor, siguiendo la misma dirección que el hombre con el recipiente. Ahora podía oír trabajar a la maquinaria; un resonar bajo y rítmico. Llegó a una pared de cristal emplazada en el muro y miró a través de la misma, hacia una habitación a oscuras, en la que había una segunda mujer sentada ante una maquina extravagante y complicada que parecía clasificar cientos de tubos de ensayo, girarlos, contarlos, etiquetarlos y por último dejarlos caer en sus manos.

¿A qué se dedicaban en Empresas Consanto? ¿A armas químicas, tal vez? ¿Y cómo iba a conseguir salir de allí? Alex miró hacia abajo y se fijó en sus manos, aun mugrientas tras el salto BASE. Estaba sucio y sudoroso, y se sorprendió de no haber disparado todas las alarmas del edificio. Rodeado por esos muros tapizados de blanco, con el aire reciclado y esterilizado, se había convertido en el equivalente a un germen enorme, y los monitores tenían que haber saltado en el mismo momento de entrar.

Llegó a otras puertas y fue un alivio el comprobar que se abrían para dejarle pasar. Puede que al fin y al cabo pudiese encontrar la forma de salir. Pero aquellas puertas no llevaban más que a otro pasillo, un poco más ancho que el que acababa de dejar, pero igual de poco promisorio. Se le vino a la cabeza la idea de que aún tenía que estar en la planta alta. Había entrado por el tejado. Necesitaba encontrar un ascensor o unas escaleras que lo llevasen abajo.

De repente, unas puertas situadas como a tres metros se abrieron para dar paso a un hombre que observó con desagrado a Alex.

—¿Quién diablos eres tú, y qué estás haciendo aquí?

Alex se dio cuenta de que el hombre hablaba en inglés. Y, al mismo tiempo, lo reconoció; la cabeza calva, la nariz ganchuda y las gafas negras de gruesos cristales. Vestía una bata blanca de laboratorio que colgaba sobre una chaqueta y una corbata; aunque la última vez que le había visto Alex se cubría con ropajes de fantasía. Se trataba del doctor Liebermann, el invitado que viera hablando con la señora Rothman en la fiesta de Venecia.

—Yo... —Alex no sabía muy bien qué decir—. Me he perdido —murmuró acobardado.

—¡No puedes entrar aquí! Esta es un área restringida. ¿Quién eres?

—Me llamo Tom. Mi padre trabaja aquí.

—¿Cómo se llama? ¿Cuál es su departamento? —El doctor Liebermann no iba a permitir que aquel chico rompiese las rutinas—. ¿Cómo has entrado aquí?

—Mi papá me trajo. Pero, si me dice cómo salir, me iré encantado.

—¡No! Voy a llamar a seguridad. ¡Ven conmigo!

El doctor Liebermann dio un paso de vuelta a la habitación de la que venía. Alex no sabía muy bien qué hacer. ¿Tratar de salir corriendo? Una vez que dieran la alarma, sería solo cuestión de minutos que lo capturasen. ¿Y entonces qué? Había asumido que los de Consanto no harían más que ponerlo en manos de la policía. Pero si estaban ocultando algo allí, si él había visto algo secreto, puede que no fuese tan afortunado.

El doctor Liebermann tendía la mano hacia algo y Alex pudo ver que había un timbre de alarma cerca de la puerta.

—Todo está en orden, Harold. Deja que yo me ocupe de esto.

La voz había llegado a espaldas de Alex.

Alex se giró y sintió un vuelco en el corazón. Era como un mal sueño. Nile, el hombre que lo había dejado inconsciente y abandonado para que se ahogase, estaba parado a sus espaldas, con una sonrisa en el rostro y totalmente relajado. También él vestía una bata blanca. En su caso, cubriendo unos vaqueros y una camiseta ajustada. Llevaba un maletín gris en la mano pero, mientras Alex miraba, lo dejó en el suelo, a su lado.

—No esperaba verte de nuevo —Harold Liebermann estaba de lo más desconcertado.

—La señora Rothman me pidió que regresase.

—¿Por qué?

—Bueno, como puede ver, doctor Liebermann, ha habido una violación grave de la seguridad. Antes de marcharse, me pidió que me encargase del tema.

—¿Conoces a este chico? ¿Quién es?

—Se llama Alex Rider.

—Me ha dicho que su nombre es Tom.

—Miente. Es un espía.

Alex se hallaba justo en mitad de esa conversación, con un hombre a cada lado. Estaba atrapado. Se sentía desconcertado y tenía la sensación de que no podía hacer nada. Nile era demasiado rápido y fuerte para él. Ya lo había probado.

—¿Qué vas a hacer? —preguntó el doctor Liebermann. Parecía fastidiado, como si ni Alex ni Nile tuviesen derecho a estar allí.

—Ya te lo he dicho, Harold. No podemos permitirnos problemas de seguridad. Y voy a ocuparme de ello.

Nile metió la mano bajo la bata y sacó una de las armas de aspecto más letales que Alex hubiese visto nunca. Se trataba de una espada de samurái, con una curvatura muy ligera, con una empuñadura de marfil y una hoja plana y sumamente afilada. Pero tenía un tamaño pequeño, algo a medio camino entre la espada y la daga. Nile la blandió durante un momento, disfrutando obviamente del balance preciso, antes de alzarla a la altura de sus hombros. Desde esa posición, podía pinchar o tajar con ella. De cualquier modo, y eso Alex lo supo al instante, se trataba de un maestro. Le quedaban segundos de vida tal vez.

—¡No puedes matarlo aquí! —exclamó exasperado el doctor Liebermann—. ¡Lo vas a llenar todo de sangre!

—No te preocupes, Harold —le replicó Nile—. Entrará por la garganta rumbo al cerebro. Habrá muy poquita sangre.

Alex se encogió, preparándose para esquivar, aun sabiendo que no tenía ninguna oportunidad. Nile seguía sonriendo, disfrutando a las claras.

Lanzó la espada.

No fue más que un movimiento. Alex no había visto siquiera a Nile enfilar, pero la hoja era ya un borrón, centelleando a lo largo del pasillo. Pasó sobre el hombro de Alex. ¿Había fallado Nile? No. Eso era imposible. De repente se dio cuenta de que Nile no había estado apuntándole a él.

Alex se giró para ver al doctor Liebermann ya muerto, aún de pie y con una mirada de sorpresa en el rostro. Se las había arreglado para tender una mano, por lo que agarraba sin mucha fuerza la hoja de la espada clavada en su garganta. Se derrumbó hacia delante y yació en el suelo inmóvil.

—Directo al cerebro —murmuró Nile—. Tal y como le dije.

Mientras Alex observaba, aturdido, Nile pasó a su lado y se agachó al lado del doctor Liebermann. Liberó la espada, usando la corbata del muerto para limpiarla, y la devolvió a su vaina, que pendía del cinturón, bajo la bata de laboratorio. Alzó la mirada.

—Hola, Alex —dijo alegremente—. Eres la última persona a la que esperaba ver aquí. La señora Rothman se va a alegrar.

—¿No vas a matarme? —musitó Alex. Aún no podía creer lo que acababa de suceder.

—No exactamente.

Nile se incorporó y fue hacia el maletín; lo abrió. Alex encontraba muy difícil de asimilar lo que estaba ocurriendo. Dentro del maletín vio un teclado, un pequeño monitor de ordenador, dos paquetes cuadrados y una serie de cables. Nile se arrodilló y tecleó con rapidez en el teclado. Aparecieron una serie de códigos en la pantalla: negro y blanco como los dedos que tecleaban. Siguió hablando mientras operaba.

—Espero que puedas perdonarme, Alex. Quiero decirte que estoy terriblemente apenado por lo que sucedió en el Palacio de la Viuda. No comprendí que eras… el hijo de John Rider. Creo que es verdaderamente brillante la forma en que conseguiste escapar, por supuesto. Nunca me hubiese perdonado a mí mismo si hubiese tenido que salir a pescarte con un bichero —acabó de teclear, apretó INTRO y cerró la tapa del maletín—. Pero ahora no podemos hablar. La señora Rothman está justo en la costa, en Positano. Se muere de ganas de verte. Así que vámonos.

—¿Por qué has matado al doctor Liebermann? —preguntó Alex.

—Porque la señora Rothman me lo ordenó —Nile se desperezó—. Mira, estoy seguro de que tienes muchas preguntas que hacer, pero no puedo responderlas todas ahora. He colocado una bomba que va a hacer saltar este lugar por los aires —echó una ojeada a su reloj—. Quedan noventa y dos segundos. Así que me parece que no tenemos tiempo para conversar.

Dejó el maletín cerca de la mano del doctor Liebermann, observó por última vez al muerto y luego se marchó. Alex lo siguió. ¿Qué otra cosa podía hacer? Nile llegó hasta unas puertas y tecleó un código. Las puertas se abrieron y ellos pasaron. Se movían con rapidez. Nile tenía las capacidades atléticas para cubrir gran cantidad de terreno sin aparente esfuerzo. Allí estaban las escaleras que Alex había andado buscando. Bajaron tres plantas y llegaron a otra puerta. Nile tecleó un número y, de golpe, se encontraron al aire libre. Había allí un coche —un Alfa Romeo Spider de dos plazas— esperándolos, con la capota bajada.

—¡Entra! —por la forma en que hablaba, Alex y él podía acabar de salir del cine y estar a punto de marcharse a casa.

Alex entró y salieron de allí. ¿Cuánto tiempo había pasado desde que Nile pusiese la bomba? Ahora la oscuridad era completa en el exterior. El sol había acabado por desaparecer. Siguieron un camino asfaltado hasta el punto de control principal. Nile le dedicó una sonrisa al guardia.

—*Grazie. E'stato bello verdevi…*

Gracias. Me alegro de verlo. Alex ya se había dado cuenta, en su primer encuentro, de que Nile hablaba italiano. El guardia asintió y alzó la barrera.

Nile pisó el acelerador y el coche cogió velocidad sin esfuerzo. Alex se giró en su asiento. Pocos segundos después se produjo una explosión enorme. Era como si un puño de llama anaranjada hubiese decidido abrirse paso a través del complejo. Las ventanas saltaron. Se desataron el humo y el fuego. Millares de trozos de cristal y acero, como una lluvia mortífera, cayeron sobre ellos. Las alarmas —estridentes y ensordecedoras— se desataron. Una gran porción de un lateral y el tejado habían desaparecido. Alex había visto el tamaño de la bomba. Resultaba difícil de creer que pudiera haber causado tanto daño.

Nile miró por el retrovisor, examinando su obra. Chasqueó la lengua.

—Estos accidentes industriales… —murmuró—. Uno nunca puede saber cuándo va a suceder el próximo.

Condujo el Alfa Spider por la carretera costera, casi a ciento cincuenta por hora. A sus espaldas, Empresas Consanto ardían, con las llamas saltando y reflejándose en la oscuridad del mar silencioso.

ROPA DE MARCA

ALEX se detuvo en la balconada y echó una mirada panorámica sobre la ciudad de Positano y las negras aguas del Mediterráneo, situado más allá. Habían pasado dos horas desde el momento del crepúsculo, pero el aire era aún tibio. Estaba vestido con una bata de felpa, el pelo aún mojado por la ducha de agua y vapor, diseñada para surgir en chorros desde todas las direcciones. Había un vaso de zumo de limón recién exprimido, con hielo, sobre la mesa próxima. Desde el momento en que se había encontrado con Nile por segunda vez había creído estar soñando. Ahora, el sueño parecía conducir hacia una nueva y extraña dirección.

Lo primero de todo, el hotel. Se llamaba La Sirenusa y, tal y como Nile había estado más que ansioso por contarle, era uno de los más lujosos de todo el sur de Italia. La habitación de Alex era inmensa y no tenía aspecto de cuarto de hotel en absoluto, sino más bien de alcoba de invitados en un palacio italiano. La cama era de gran tamaño, con sábanas de hilo egipcio puro. Tenía su propio escritorio, una televisión de 36 pulgadas con vídeo y juegos de DVD, un amplísimo sofá de cuero y, al otro lado de la inmensa ventana, su propia terraza privada. ¡Y aquel baño! Tan bueno como la ducha a presión, era el gran baño, en el que cabría todo un equipo de fútbol, y que era además *jacuzzi*. Todo era de mármol, decorado con baldosas hechas a mano. La *suite* de un millonario. Alex se estremeció al pensar en lo que debía costar aquello.

Nile le había llevado directamente allí, desde lo que quedaba de Empresas Consanto. Ninguno de los dos había hablado durante el corto trayecto. Había un centenar de preguntas que Alex hubiera querido plantear a Nile, pero el bramido del viento, así como el rugido de los 162 caballos de potencia del motor de cuatro pistones del Alfa Spider, habían impedido cualquier conversación. De todas formas, Alex tenía la impresión de que no era Nile el que tenía que darle las respuestas. Les había llevado tan solo veinte minutos de viaje, siguiendo la costa, y de repente se encontraron allí, aparcados frente a un hotel que era decepcionantemente pequeño y ordinario... visto desde fuera.

Mientras Alex se registraba, Nile hizo una breve llamada con su móvil.

—La señora Rothman está sobre ascuas desde que sabe que te encuentras aquí —dijo—. Cenará contigo a las nueve en punto. Me ha pedido que te consiga algunas ropas —calibró con la mirada a Alex—. Tengo buen ojo para los tamaños. ¿Tienes alguna preferencia o rechazo especial en lo tocante al estilo?

Alex se encogió de hombros.

—Lo que tú quieras.

—Bueno. El botones te llevará hasta tu habitación. Me alegro mucho de haberme encontrado contigo, Alex. Sé que llegaremos a ser amigos. Disfruta de la cena. La comida es de primera.

Se volvió al coche y se marchó.

Sé que llegaremos a ser amigos. Alex meneó la cabeza, incrédulo. Tan solo dos noches antes, aquel mismo hombre lo había dejado inconsciente y lo había abandonado en una celda subterránea para que se ahogase.

Se vio sacado de sus pensamientos por la llegada de un hombre ya mayor, vestido de uniforme, que, por gestos, condujo a Alex a su estancia en el segundo piso, a través de corredores colmados de antigüedades y arte. Luego lo abandonó. Comprobó ciertos detalles. La puerta estaba abierta. Los dos teléfonos del escritorio tenían línea. Podía, presumiblemente, llamar a quien quisiera, en cualquier lugar del mundo… y eso incluía a la policía. Después de todo, había sido testigo de la destrucción de una gran parte de Empresas Consanto y de la muerte de Harold Liebermann. Pero Nile, obviamente, confiaba en que guardase silencio, al menos hasta su reunión con la señora Rothman. Podía también salir si lo deseaba. Desaparecer, sencillamente. Pero, de nuevo, debían suponer que se iba a quedar. Era de lo más desconcertante.

Alex sorbió su bebida y se enfrascó en la vista.

Era una noche hermosa, con el cielo desplegándose hasta el infinito, cuajado de millares de estrellas brillantes. Podía escuchar el rumor de las olas, allá a lo lejos y abajo. La ciudad de Positano había sido edificada en una ladera empinada, con tiendas, restaurantes, casas y edificios amontonándose unos encima de otros, con una serie de pasadizos que las interconectaban y una única y estrecha calle que zigzagueaba todo el camino, hasta llegar a la playa en forma de herradura de abajo. Había luces por todas partes. La época vacacional estaba a punto de concluir, pero el lugar seguía lleno de gente, dispuesta a disfrutar hasta el final del verano.

Llamaron con los nudillos a la puerta. Alex volvió a la habitación y cruzó el resplandeciente suelo de mármol. Un camarero, vestido con chaqueta blanca y pajarita negra asomó.

—Sus ropas, señor —dijo. Tendió a Alex una maleta—. El señor Nile sugirió que se pusiera el traje para esta noche —añadió, antes de darse la vuelta y marcharse.

Alex abrió la maleta. Estaba llena de ropas, todas ellas caras y de moda. El traje estaba encima de todo. Lo cogió y lo depositó sobre la cama. Era de color gris marengo, de seda, con una etiqueta de Miu Miu. También había una camisa blanca que le acompañaba: Armani. Debajo encontró un estuche fino de cuero. Lo abrió y se quedó con la boca abierta. Incluso le habían suministrado un nuevo reloj, un Baume & Mercier con una pulida cadena metálica. Lo levantó para sopesarlo con la mano. Debía haber costado centenares de libras. ¡Primero la habitación y luego eso! Desde luego, le estaban tirando el dinero encima y, como en el caso de la ducha a presión, le llegaba de todas direcciones.

Pensó por un momento. No estaba nada seguro de en qué jaleo se estaba metiendo, pero pudiera ser que lo mejor fuese dejarse llevar durante un tiempo. Eran casi las nueve y media y estaba hambriento. Se vistió, antes de examinarse en el espejo. El traje tenía el clásico estilo *mod*, con solapas pequeñas que apenas caían sobre la pechera, y pantalones ajustados. La corbata era azul oscuro, estrecha y recta. La señora Rothman también le había provisto de zapatos negros de gamuza, de la marca D & G. Era todo un conjunto. Alex apenas podía reconocerse.

Exactamente a las nueve y media entró en el restaurante de la planta baja. El hotel, como ahora pudo ver, estaba edificado en la ladera de la colina, así que era mucho más grande de lo que parecía a simple vista, con gran parte de la construcción en niveles situados bajo la entrada y la recepción. Se encontró en una gran estancia abovedada, con mesas que se extendían hasta una gran terraza. Estaba iluminada por cientos de pequeñas velas dispuestas en candelabros de cristal. El lugar estaba atestado. Los camareros se afanaban de mesa en mesa y la habitación estaba colmada por el entrechocar de cuchillos contra platos, así como por el murmullo bajo de las conversaciones.

La señora Rothman ocupaba la mejor mesa, en mitad de la terraza, con vistas sobre Positano y el mar abierto. Estaba sentada a solas, con un vaso de champán, esperándolo. Vestía un vestido corto y negro adornado por una sencilla gargantilla de diamantes. Al verlo, sonrió y agitó la mano. Alex se dirigió hacia ella, sintiéndose de repente consciente a medias del traje. La mayor parte de los comensales parecían vestir de forma informal. Deseó no haberse puesto la corbata.

—Alex, tienes muy buen aspecto —dejó correr sus ojos oscuros sobre él—. El traje te queda a la perfección. Es Miu Miu, ¿no? Me gusta el estilo. Siéntate, por favor.

Alex tomó asiento a la mesa. Se preguntó qué podría pensar alguien que los estuviese mirando. ¿Una madre y su hijo que habían salido esa noche juntos? Se sentía como un figurante en una película, y estaba comenzando a desear que alguien le enseñase el guion.

—Hace un momento que he tomado algo con mi acompañante habitual. ¿Quieres un poco de champán?

—No, gracias.

—¿Qué te apetece?

Un camarero había surgido de la nada y se inclinaba sobre Alex, presto a tomar nota.

—Un zumo de naranja, por favor. Recién exprimido. Con hielo.

El camarero hizo una reverencia y se fue a cumplir el pedido. Alex aguardó a que la señora Rothman hablase. Estaba jugando el juego a su manera, y era ella la que decidía las reglas.

—La comida aquí es de primera —le comentó—. Tiene una de las mejores cocinas de Italia… y, por supuesto, la comida italiana es la mejor del mundo. Espero que no te importe, pero ya te he pedido comida. Si hay algo que no te gusta, lo devolvemos.

—Muchas gracias.

La señora Rothman alzó su vaso. Alex pudo ver las pequeñas burbujas que se alzaban hacia la superficie del líquido color miel.

—Voy a brindar a tu salud —anunció—. Pero primero quiero que me perdones. Lo que te sucedió en el Palacio de la Viuda fue algo monstruoso. Estoy consternada.

—Se refiere a que trataron de matarme —dijo Alex.

—¡Querido Alex! Entraste en mi fiesta sin invitación. Estuviste rondando por la casa e invadiste mi estudio. Mencionaste un nombre que te hubiera podido costar la vida de inmediato, y tuviste mucha suerte de que Nile decidiese ahogarte, en vez de partirte el cuello. Así que, aunque lo que sucedió fue una verdadera desgracia, no puedes decir que no lo buscases. Por supuesto, todo hubiera sido distinto de haber sabido quién eras.

—Le dije mi nombre a Nile.

—Está claro que no le dijo nada a él, y no me lo mencionó hasta la mañana siguiente. Me sentí anonadada cuando lo escuché. No podía creerlo. Alex Rider, el hijo de John Rider, en mi propia casa… y encerrado en aquel lugar, abandonado para… —se estremeció y cerró brevemente los ojos—. Tuvimos que esperar a que bajase la marea, para poder abrir la puerta. Estaba enferma de dolor. Pensé que era demasiado tarde. Pero luego… miramos dentro y no había nadie. Hiciste un truco de magia y desapareciste. ¿Puedo suponer que saliste nadando por el viejo pozo?

Alex cabeceó.

—Me asombra que fuese lo bastante grande. De todas formas, estaba furiosa con Nile. No había usado la cabeza. El simple hecho de que te hubieses llamado Rider tenía que haber sido bastante. ¡Y tuvo que ser él quien se topase contigo, por segunda vez, en Consanto! ¿Qué estabas haciendo allí, ya que vamos a eso?

—La buscaba a usted.

Ella se detuvo, reflexionando.

—Debiste ver la carpeta en mi escritorio. ¿Me escuchaste cuando hablaba con Harold Liebermann?

—no esperó a que respondiese—. Solo hay una cosa que quiero saber con total certeza. ¿Cómo entraste en el complejo?

—Salté desde la terraza de Ravello.

—¿En paracaídas?

—Claro.

La señora Rothman echó la cabeza hacia atrás y se rio en voz alta. En ese preciso momento parecía más una estrella de cine que nadie que Alex hubiera visto nunca. No solo hermosa, sino plenamente confiada.

—Es asombroso —dijo—. Totalmente asombroso.

—Era un paracaídas prestado —añadió Alex—. Era del hermano de un amigo. He perdido todo su equipo. Y supongo que estarán preguntándose dónde estoy.

La señora Rothman se mostró comprensiva.

—Lo mejor es que les telefonees y les digas que has sobrevivido. Y mañana extenderé un cheque a nombre del hermano de tu amigo. Es lo menos que puedo hacer tras todo lo que ha ocurrido.

El camarero llegó con el zumo de naranja de Alex y el primer plato: dos raciones de ravioli. Los pequeños envoltorios blancos se veían prodigiosamente frescos, repletos de champiñones y servidos con una ensalada de canónigos y queso parmesano. Alex probó uno. Tuvo que admitir que la comida era tan deliciosa como la señora Rothman le había prometido.

—¿Cuál es el problema de Nile? —preguntó.

—Que puede ser sumamente estúpido. Actúa primero y pregunta después. No se para nunca a pensar.

—Me refería a su piel.

—¡Ah, eso! Sufre de vitiligo. Seguro que has oído hablar de ello. Es un problema cutáneo. Su piel pierde células de pigmentación o algo parecido. ¡Pobre Nile! Nació negro, pero será blanco para cuando muera. Pero no hablemos de eso. Hay otras cosas que discutir.

—Usted conoció a mi padre.

—Lo conocí muy bien, Alex. Era muy amigo mío. Y tengo que decir que eres su viva imagen. No puedo contarte lo extraño que me resulta estar aquí sentada contigo. Aquí me tienes, quince años más vieja. Pero tú… —miró dentro de sus ojos. Alex comprendió que estaba examinándolo, pero, al mismo tiempo, sintió como si succionase algo suyo—. Es casi como si hubiera regresado.

—Quiero saberlo todo sobre él.

—¿Qué puedo decirte que tú ya no sepas?

—No sé nada, excepto lo que Yassen Gregorovich me contó —Alex hizo una pausa. Ese era el momento que había estado temiendo. Esa era la razón por la que estaba allí—. ¿Era un asesino? —preguntó.

Pero la señora Rothman no contestó. Había apartado la mirada.

—Conociste a Yassen Gregorovich —dijo—. ¿Fue él quien te puso en mi pista?

—Yo estaba con él cuando murió.

—Lo siento por Yassen. Tengo entendido que lo mataron.

—Quiero saber acerca de mi padre —insistió Alex—. Trabajaba para una organización llamada Scorpia. Era un asesino. ¿Es así?

—Tu padre era mi amigo.

—No está respondiendo a mis preguntas —dijo, tratando de no enfurecerse. La señora Rothman parecía amigable, pero ya sabía que era muy rica y sumamente despiadada. Tenía la sospecha de que lo lamentaría, si llegaba a provocar a su peor parte.

La señora Rothman mantenía una calma perfecta.

—No quiero hablar de él —dijo—. Aún no. No hasta que hayamos tenido la ocasión de hablar de ti.

—¿Qué es lo que quiere saber sobre mí?

—Sé mucho ya sobre ti, Alex. Tienes una reputación sorprendente. Esa es la razón por la que estás sentado aquí esta noche. Tengo una oferta que hacerte, algo que te va a dejar con la boca abierta. Pero quiero que entiendas, desde un principio, que eres absolutamente libre. Puedes irte en el momento que gustes. No voy a hacerte daño. Al contrario. Todo lo que quiero es que consideres lo que tengo que decirte y luego me digas lo que piensas.

—¿Y entonces me contará acerca de mi padre?

—Todo lo que quieras saber.

—De acuerdo.

La señora Rothman había acabado su champán. Hizo un ademán y, de inmediato, un camarero apareció para rellenar su copa.

—Adoro el champán —dijo. ¿Seguro que no quieres cambiar de idea?

—No bebo alcohol.

—Eso es sin duda sensato —de repente se puso seria—. Hasta donde yo sé, has trabajado cuatro veces para el MI6 —comenzó—. Estuvo aquel asunto de las computadoras Stormbreaker. Luego el colegio al que te mandaron, en los Alpes franceses. Luego estuviste en Cuba. Y, finalmente, tu camino se cruzó con el de Damian Cray. Lo que quiero saber es, ¿por qué lo hiciste? ¿Qué sacaste de todo eso?

—¿Qué quiere decir?

—¿No te pagaron?

Alex agitó la cabeza.

—No.

La señora Rothman se lo pensó un momento.

—¿Así que eres un patriota?

Alex se encogió de hombros.

—Quiero a Gran Bretaña —respondió—. Y supongo que lucharía por ella si hubiese una guerra. Pero no puedo considerarme un patriota. No.

—Entonces tienes que responder mi pregunta. ¿Qué hacías arriesgando la vida y recibiendo heridas por cuenta del MI6? No me vas a decir que lo hiciste porque te caen bien Alan Blunt y la señora Jones. Los conozco a los dos, ¡y no puedo decirte que me caigan bien a mí! Has arriesgado la vida por ellos, Alex. Has sido herido, casi muerto. ¿Por qué?

Alex estaba confundido.

—¿Adónde quiere llegar a parar? —exigió—. ¿Por qué me pregunta todo esto?

—Porque, como te he dicho, quiero hacerte una oferta.

—¿Qué oferta?

La señora Rothman tomó un poco de ravioli. Usaba solo un tenedor, cortando cada paquete de pasta por la mitad, antes de ensartarlo con las puntas. Comía con suma delicadeza y Alex pudo ver el placer en sus ojos. No era tan solo comida para ella. Era una obra de arte.

—¿Te gustaría trabajar para mí? —preguntó.

—¿Para Scorpia?

—¿Sí?

—¿Lo mismo que mi padre?

Ella cabeceó.

—¿Me está pidiendo que me convierta en un asesino?

—Tal vez —sonrió—. Tienes muchas y muy buenas habilidades, Alex. Para ser un chico de catorce años eres realmente singular; y, por supuesto, siendo tan joven, puedes ser útil en muchas formas. Supongo que es por eso por lo que el señor Blunt tuvo el acierto de fijarse en ti. Puedes hacer cosas e ir a lugares a los que un adulto no podría.

—¿Qué es Scorpia? —preguntó Alex—. ¿Qué estaban haciendo en Consanto? ¿Qué es Consanto? ¿Qué estaban produciendo en el complejo? ¿Y por qué hizo que mataran al doctor Liebermann?

La señora Rothman acabó de comer su primer plato y apartó el tenedor. Alex se descubrió hipnotizado por los diamantes que rodeaban su cuello. Reflejaban la luz de las velas, de forma que cada joya multiplicaba y magnificaba las llamas amarillas.

—¡Cuántas preguntas! —apuntó ella. Se encogió de hombros—. Empresas Consanto es una compañía biomédica perfectamente normal. Si quieres saber algo de ella, no tienes más que mirar en el listín telefónico. Tienen oficinas por toda Italia. Respecto a lo que estábamos haciendo allí, no puedo decírtelo. De momento estamos mezclados en una operación llamada Espada Invisible, pero no hay motivo alguno para que tú sepas nada al respecto. Aún no. Sin embargo, te diré por qué tuvimos que matar al doctor Liebermann. La verdad es que es muy sencillo. Era muy poco de fiar. Le pagamos una gran suma para que nos ayudase en cierto asunto. Estaba preocupado por lo que estaba haciendo y, al mismo tiempo, quería más dinero. Un hombre así podría llegar a ser un peligro para nosotros. Era más seguro ocuparse de él.

»Pero volvamos a la primera pregunta. Quieres saber acerca de Scorpia. Es por eso por lo que estabas en Venecia y por lo que me has seguido hasta aquí. Muy bien. Te lo voy a contar.

Dio un sorbo de champán, luego bajó la copa. Alex notó de repente que su mesa había sido dispuesta de tal forma que podían hablar sin que los escuchasen. Aun así, la señora Rothman se acercó un poco antes de hablar.

—Tal y como has supuesto, Alex, Scorpia es una organización criminal —comenzó—. La S de sabotaje, CORP de corrupción. I de inteligencia... es decir, espionaje. Y A de asesinato. Esas son nuestras áreas principales de actuación, aunque hay otras. Tenemos éxito y eso nos hace poderosos. Estamos por todo el mundo. Los servicios secretos no pueden nada contra nosotros. Somos demasiado grandes y ellos actúan con retraso. De todas formas, a veces alguno nos emplea. Nos pagan para que hagamos el trabajo sucio por ellos. ¡Hemos aprendido a vivir el uno al lado del otro!

—¿Y usted quiere que me una a Scorpia? —Alex bajó su cuchillo y tenedor, aunque aún no había acabado de comer—. Yo no soy como usted. No me gusta todo esto.

—Es extraño. A tu padre sí.

Eso dolía. Estaba hablando del hombre que nunca había tenido oportunidad de conocer. Pero esas palabras alcanzaban de lleno al meollo de lo que él era.

—Alex, tienes que crecer un poquito y dejar de ver las cosas en blanco y negro. Trabajas para el MI6. ¿Piensas en ellos como buenos chicos, los del sombrero blanco inmaculado? Supongo que eso me convierte en una de las malas. Supongo que debiera estar aquí sentada, en una silla de ruedas, con la cabeza calva, una cicatriz en el rostro y acariciando un gato —se rio al pensarlo—. Por desgracia, las cosas ya no son tan simples. No en el siglo XXI. Piensa por un momento en Alan Blunt. Dejando de lado la cantidad de gente que ha matado por todo el mundo, piensa en la forma en que te ha utilizado. ¡Por amor de Dios! ¿Te pidió cortésmente tu opinión antes de sacarte del colegio y convertirte en un espía? ¡Me parece que no! Han abusado de ti, Alex, y tú lo sabes.

—No soy un asesino —protestó Alex—. Nunca lo seré.

—Resulta extraño que digas eso. Quiero decir: no veo a Damian Cray en la mesa de al lado. Me pregunto qué puede haberle ocurrido. A él o al bueno del doctor Grief. Creo que no sobrevivió a su último encuentro contigo.

—Fueron accidentes.

—Pareces haber causado un buen montón de accidentes los últimos meses.

Se detuvo. Cuando de nuevo habló, su voz era más suave, como un maestro que hablase con su alumno favorito.

—Veo que aún te altera el tema del doctor Liebermann —dijo—. Bueno, insisto. No era un buen hombre y no creo que nadie vaya a echarlo de menos. De hecho, no me sorprendería que su mujer nos mandase una tarjeta de felicitación —sonrió, como divertida por una broma privada—. Podríamos decir que su muerte fue un pinchazo en nuestro propio brazo. Y recuerda algo, Alex. Si no hubiese mentido y engañado a su propia empresa, para trabajar para nosotros, aún seguiría vivo. No fue culpa nuestra.

—Por supuesto que lo fue. ¡Ustedes lo mataron!

—Bueno, eso sí. Supongo que es verdad. Pero somos un negocio multinacional. Y a veces sucede que la gente se pone en nuestro camino y acaba muerta. Lo siento, pero las cosas son así.

Llegó un camarero y se llevó los platos. Alex acabó su zumo de naranja, deseando que el hielo ayudase a aclarar las ideas.

—Sigo sin poderme unir a Scorpia —insistió.

—¿Por qué no?

—Tengo que volver al colegio.

—Es cierto —la señora Rothman se inclinó hacia él—. Tenemos un colegio; te enviaré a él. Será en nuestro colegio donde te enseñaremos cosas que encontrarás un poco más útiles que los logaritmos y la gramática inglesa.

—¿Qué tipo de cosas?

—Cómo matar. Dices que nunca lo harás, ¿pero cómo estás tan seguro? Si vas a Malagosto, lo descubrirás. Nile fue un estudiante modélico allí; es un asesino perfecto... o podría serlo. Por desgracia, tiene una debilidad bastante irritante.

—¿Se refiere a su enfermedad?

—No. Es algo bastante más grave —dudó—. Puedes ser mejor que él, Alex, llegado el momento.

Y aunque sé que no quieres que te lo mencione, la verdad es que tu padre fue instructor allí. Uno muy brillante. Quedamos desolados cuando murió.

Ahí estaban de nuevo. Todo comenzaba y acababa con John Rider. Alex ya no podía aguantar más. Tenía que saber.

—Hábleme de mi padre —dijo—. Es por eso por lo que estoy aquí. Es la única razón por la que vine. ¿Cómo acabó trabajando ustedes? ¿Cómo murió? —Alex se obligó a proseguir—. Nunca he sabido cómo sonaba su voz. No sé nada de nada sobre él.

—¿Estás seguro de querer saberlo? Podría hacerte daño.

Alex guardó silencio.

El camarero volvió con el plato principal. La señora Rothman había elegido cordero a la parrilla; la carne estaba ligeramente rosa y olía a ajo. Un segundo camarero le rellenó el vaso.

—De acuerdo —dijo ella, una vez se hubieron ido—. Acabemos de comer y hablaremos de otras cosas. Puedes hablarme de Brookland. Quiero saber qué música escuchas y cuál es tu equipo de fútbol favorito. ¿Tienes novia? Seguro que un chico tan guapo como tú tiene cantidad de amigas. Te he hecho ruborizar. Termina la cena. Te prometo que será el mejor cordero que hayas probado.

»Y, cuando hayamos terminado, iremos arriba y te contaré cuanto quieras saber.

EL PUENTE ALBERTO

Lo llevó a una habitación situada en lo más alto del hotel. No había cama, sino tan solo dos sillas y una mesa sobre borriquetas, con un reproductor de vídeo y unas pocas carpetas.

—Hice que trajeran esto de Venecia tan pronto como supe que estabas aquí —le explicó la señora Rothman—. Pensé que te gustaría verlo.

Alex asintió. Tras el jaleo del restaurante, se sentía extraño allí, como un actor en el escenario, una vez que han retirado los decorados. La sala era grande, con un cielo raso elevado, y al estar vacía provocaba ecos. Se dirigió a la mesa, de repente nervioso. Había hecho ciertas preguntas durante la cena. ¿Ahora iba a obtener las respuestas? ¿Le gustaría lo que iba a oír?

La señora Rothman se acercó y se quedó a su lado de pie, los altos tacones repiqueteando sobre el suelo de mármol. Parecía completamente relajada.

—Siéntate —le invitó.

Alex se quitó la chaqueta y la colgó del respaldo de la silla. Se aflojó la corbata, y por último se sentó. La señora Rothman se quedó junto a la mesa, estudiándolo. Hizo una pausa antes de hablar.

—Alex —comenzó—. Aún no es tarde para cambiar de idea. _

—No quiero hacerlo —respondió él.

—Se trata simplemente de que, si voy a hablarte de tu padre, debo contarte cosas que te van a alterar, y no quiero que eso ocurra. ¿De veras importa el pasado? ¿Supone alguna diferencia?

—Yo creo que sí.

—Muy bien...

Abrió una carpeta y sacó una fotografía en blanco y negro. Mostraba a un hombre agraciado vestido con uniforme militar, tocado con una boina. Miraba hacia la cámara con los hombros erguidos y las manos a la espalda. Iba afeitado y sus ojos eran penetrantes e inteligentes.

—Este es tu padre, a los veinticinco. Tomaron la fotografía cinco años antes de que tú nacieras. ¿De verdad no sabes nada sobre él?

—Mi tío me habló un poco de él. Sé que estuvo en el ejército.

—Bueno, puede que yo pueda rellenar algunos huecos. Seguro que sabes que nació en Londres y que fue a la escuela secundaria en Westminster. De ahí fue a Oxford y obtuvo matrícula de honor en políticas y economía. Pero lo que él siempre había deseado era unirse al ejército. Y eso es lo que hizo. Se enroló en el Regimiento Paracaidista de Aldershot. Eso, en sí mismo, fue todo un logro. Los paracaidistas son uno de los regimientos más duros del ejército británico, solo por debajo de los SAS. Y no te puedes unir por las buenas a ellos, tienen que ofrecértelo.

»Tu padre pasó tres años con los paracaidistas. Actuó en Irlanda del Norte y Gambia, y tomó parte en el ataque de Goose Green y las Malvinas, en mayo de 1982. Logró rescatar a un soldado herido en mitad del combate y el resultado fue que la propia Reina lo condecoró. También fue ascendido a capitán.

Alex había visto en cierta ocasión la medalla: la Cruz Militar. Ian Rider la había guardado siempre en el cajón superior de su escritorio.

—Volvió a Inglaterra y se casó —prosiguió la señora Rothman—. Había conocido a tu madre en Oxford. Ella estudiaba medicina y acabó convirtiéndose en enfermera. Pero no puedo contarte mucho sobre ella. Nunca la conocí y él nunca hablaba de ella, por lo menos conmigo.

»Sea como fuere, por desgracia, las cosas empezaron a ir mal poco después de la boda… no culpo a tu madre, desde luego. Pero, pocas semanas después del matrimonio, tu padre estaba en un *pub* de Londres y se vio mezclado en una pelea. Había unos cuantos tipos diciendo cosas sobre las Malvinas. Debían estar bebidos. No lo sé. Hubo un altercado y tu padre golpeó a uno de ellos y lo mató. Fue un golpe simple en la garganta... tal y como le habían enseñado a hacer. Y me temo que eso fue todo.

La señora Rothman cogió un trozo de periódico unido a la carpeta y se lo tendió a Alex. Tenía que tener quince años, por lo menos. Se podía averiguar por la letra desvaída y por la forma en que el papel había amarilleado. Leyó el titular.

Pena de cárcel para el "brillante soldado" que perdió los nervios

John Rider, described as a brilliant

Había otra foto de John Rider, pero aquí estaba vestido de civil, rodeado de fotógrafos, saliendo de un coche. La imagen era un poco borrosa y había sido tomada hacía mucho tiempo, pero, observándola, Alex podía casi sentir la pena del hombre, la sensación de que el mundo se había vuelto en su contra.

Leyó el artículo.

John Rider, descrito como un brillante soldado por su oficial superior, ha sido sentenciado a cuatro años por el asesinato de Ed Savitt hace nueve meses en un bar del Soho.

El jurado pudo escuchar cómo Rider, de veintisiete años de edad, había bebido ya mucho en el momento en que se vio envuelto en una pelea con Savitt, un taxista. Rider, que fue condecorado por el valor en las islas Malvinas, mató a Savitt de un único golpe en la garganta. El jurado consideró el hecho de que Rider era un experto altamente cualificado en varias artes marciales.

Resumiendo, el juez Gillian Padgham dijo: «El capitán Rider ha arrojado por la borda una prometedora carrera militar en un momento de locura. He tenido en cuenta su distinguido historial. Pero ha quitado la vida a una persona y la sociedad exige que pague sus culpas...».

—Lo lamento —dijo con suavidad la señora Rothman. Había estado observando con atención a Alex—. No lo sabías.

—Mi tío me enseñó una vez la medalla —dijo Alex. Tuvo que parar de hablar un momento. La voz le salía ronca—. Pero nunca me enseñó esto.

—No fue culpa de tu padre. Lo provocaron.

—¿Qué pasó después?

—Lo mandaron a la cárcel. Hubo más de una protesta al respecto. Tenía la simpatía popular. Pero el hecho era que había matado a un hombre y había sido condenado por asesinato. El juez no tenía elección.

—¿Y qué ocurrió luego?

—Lo dejaron salir al año. Lo hicieron con suma discreción. Tu madre lo estaba esperando; nunca perdió la fe en él y él volvió a vivir con ella. Por desgracia, su carrera militar estaba acabada; lo habían expulsado con deshonor. Estaba sin nada.

—Siga —la voz de Alex era fría.

—Tuvo dificultades para encontrar trabajo. No era culpa suya, pero las cosas son así. En esa época había ya llamado la atención de nuestro departamento de personal —la señora Rothman hizo una pausa—. Scorpia siempre está a la caza de nuevos talentos —explicó—. Nos resultó bastante obvio que tu padre había sido tratado con desconsideración. Creímos que era perfecto para nosotros.

—¿Lo tantearon?

—Sí. Tus padres disponían de muy poco dinero en esa época. Estaban desesperados. Uno de nuestros agentes contactó con tu padre y dos semanas después vino para pasar un examen —sonrió—. Probamos a todos los nuevos reclutas, Alex. Si decides unirte a nosotros, como espero que hagas, te enviaremos al mismo lugar que a tu padre.

—¿Dónde?

—Ya te mencioné antes el nombre. Malagosto. Está cerca de Venecia —la señora Rothman no precisó más—. Enseguida vimos que tu padre era extremadamente fuerte y excepcionalmente dotado —prosiguió—. Pasó de forma sobresaliente todas las pruebas a las que lo sometimos. Sabíamos, por supuesto, que tenía un hermano, Ian Rider, que trabajaba para el MI6. Siempre me resultó sorprendente que Ian no tratara de ayudarle cuanto tuvo problemas, pero supongo que no podía hacer nada. De todas formas, no había diferencia alguna por el hecho de que fuesen hermanos. Tu padre era, de hecho, perfecto para nosotros. Y tras lo que le sucedió, tengo que decir que nosotros éramos perfectos para él.

Alex estaba empezando a sentirse cansado. Eran ya casi las once. Pero sabía que no había forma de salir de esa habitación mientras no se hubiera acabado la historia.

—Así que se unió a Scorpia —dijo.

—Sí. Tu padre trabajó para nosotros como asesino. Pasó cuatro meses en labores de campo.

—¿A cuántos hombres mató?

—A cinco o seis. Estaba más interesado en trabajar como instructor en la escuela donde lo habían examinado a él mismo. Tienes que saber, Alex, que Yassen Gregorovich fue uno de los asesinos que él ayudó a entrenar. De hecho, tu padre salvó la vida de Yassen cuando realizaban una misión en la jungla amazónica.

Alex sabía que la señora Rothman le estaba contando la verdad. Yassen le había dicho prácticamente lo mismo segundos antes de morir.

—Llegué a conocer a tu padre muy bien —prosiguió la señora Rothman—. Cenamos juntos muchas veces, una vez incluso en este hotel —echó la cabeza hacia atrás, dejando que su pelo negro cayese sobre el cuello y, por un instante, sus ojos estuvieron muy lejos—. Me sentía atraída por él. Era un hombre muy guapo. Era también inteligente y me hacía reír. Es una desgracia que estuviera casado con tu madre.

—¿Sabía ella lo que hacía? ¿Llegó a saber que usted existía?

—Espero sinceramente que no —de repente, la señora Rothman se volvió profesional—. Tengo que contarte ahora cómo murieron tus padres. Me gustaría que no me hubieses preguntado al respecto. ¿Estás seguro de que puedes soportarlo?

—Sí.

—De acuerdo —inspiró a fondo—. El MI6 lo buscaba. Era uno de nuestros mejores agentes y estaba entrenando a otros para ser tan buenos como él. Así que se lanzaron a la caza. No voy a entrar en detalles, pero le tendieron una trampa en la isla de Malta. El caso es que Yassen Gregorovich estaba allí también. Él logro escapar, pero tu padre fue capturado. Supusimos que ese era su fin, y que nunca sabríamos más de él. Puedes pensar que la pena de muerte se ha abolido en Inglaterra, pero, como se suele decir, hay accidentes. Pero entonces ocurrió algo…

»Scorpia había secuestrado al hijo, de dieciocho años, de un alto funcionario británico, un hombre con influencia considerable en el Gobierno, o eso creíamos nosotros. Vuelvo a reiterar que es una historia complicada y que es tarde, así que no entraré en detalles. Pero el asunto era, en esencia, que si el padre no hacía lo que queríamos, nosotros mataríamos al hijo.

—¿A eso es entonces a lo que se dedican? —preguntó Alex.

—Corrupción y asesinato, Alex. Es parte de nuestras ocupaciones. De todas formas, como enseguida descubrimos, el funcionario no podía hacer lo que le pedíamos. Por desgracia, eso implicaba matar a su hijo. No pueden hacer una amenaza y luego echarte atrás, porque, si lo haces, nadie volverá a tenerte miedo. Así que nos disponíamos a matar al chico de la forma más dramática posible. Pero entonces, extraoficialmente, el MI6 se puso en contacto con nosotros y nos ofreció un trato.

»Se trataba de un intercambio, sin más. Nos devolvían a John Rider a cambio de su hijo. El consejo directivo de Scorpia se reunió y, aunque solo fue por el margen de un voto, decidimos aceptar el trato. Normalmente, nunca nos hubiéramos metido en una operación tan complicada; pero tu padre era extremadamente valioso para nosotros y, como ya te he dicho, yo tenía cierta intimidad con él. Así que se cerró el trato. Haríamos el cambio a la seis de la mañana… fue un mes de marzo. Y el intercambio se decidió que se haría en el Puente Alberto.

—¿Marzo? ¿De qué año?

—Hace catorce años de eso, Alex. El 13 de marzo. Tú tenía dos meses de edad.

La señora Rothman se inclinó sobre la mesa y apoyó una mano en el televisor.

—Scorpia ha tenido siempre la costumbre de registrar todas sus actividades —le explicó—. Y hay una buena razón para ello. Somos una organización criminal. Eso significa que, automáticamente, nadie confía en nosotros... ni siquiera nuestros propios clientes. Suponen que les mentimos, estafamos... lo que sea. Filmamos para probar que, a nuestra manera, somos honrados. Filmamos el intercambio del Puente Alberto. Si el hijo del funcionario estaba herido, podríamos probar que no había sido por nuestra culpa.

Apretó un botón y la pantalla cobró vida, mostrando imágenes que había sido tomadas en otro tiempo, cuando Alex no tenía más que semanas de vida. La primera toma mostraba el Puente Alberto, saltando sobre un frío río Támesis con Battersea Park a un lado y los primeros aledaños de Chelsea al otro. Lloviznaba. Gotitas de agua llenaban el aire.

—Teníamos tres cámaras —le comentó ella—. Tuvimos que ocultarlas con cuidado o el MI6 las hubiera retirado. Pero, como puedes ver, te pueden mostrar todo lo que ocurrió.

La primera imagen. Tres hombres con trajes y abrigos. Con ellos, un chico con las manos atadas delante del cuerpo. Ese debía ser el hijo. Parecía tener menos de dieciocho años. Estaba temblando.

—Estás viendo la parte sur del puente —le explicó la señora Rothman—. Ese era el punto acordado. Nuestros agentes llevarían al chico por el parque. Los del MI6 y tu padre estarían en la otra orilla. Ambas partes cruzarían el puente y se haría el intercambio. Así de sencillo.

—No hay tráfico —apuntó Alex.

—¿A las seis de la mañana? Debiera haber habido muy poco, pero supongo que el MI6 cerró la vías de acceso.

La imagen cambió. Alex sintió que algo se removía en su estómago. La cámara estaba oculta, de alguna forma, en lo alto del puente, arriba. Le estaba mostrando a su padre, la primera imagen en movimiento de John Rider que nunca hubiera visto. Vestía una gruesa chaqueta acolchada. Miraba a su alrededor, fijándose en todos los detalles. Alex deseó que la cámara hubiese acercado la imagen. Quería ver más del rostro de su padre.

—Este es el método clásico de cambio —le dijo la señora Rothman—. Un puente es un área neutral. Las dos partes, en este caso el chico y tu padre, quedan a sus propios medios. Nada puede salir mal.

Se inclinó para apretar el botón de pausa.

—Alex —le avisó—. Tu padre murió en el Puente Alberto. Sé que nunca supiste eso; no eras más que un bebé cuando ocurrió. Pero sigo sin estar segura de que es algo que debas ver.

—Adelante —ordenó Alex. Su propia voz le sonó muy lejana.

La señora Rothman asintió. Apretó el botón de reproducción.

La imagen se puso en movimiento. La escena estaba ahora siendo tomada por una cámara en mano, oculta y desenfocada. Alex captó atisbos de la masa del puente, con cientos de bombillas curvándose a través del aire. De nuevo el río y, captadas brevemente en la distancia, las grandes chimeneas de la Central Eléctrica de Battersea. Hubo un fundido en negro. Ahora la imagen era clara, una panorámica tomada desde un bote.

Los tres hombres con el hijo del funcionario estaban en un extremo. Su padre al otro. Alex pudo advertir tres figuras detrás de él, presumiblemente trabajaban para el MI6. La calidad de la imagen era pobre. El alba estaba rompiendo y había poca luz. El agua no tenía color. Debieron dar una señal, ya que el joven comenzó a avanzar. Al mismo tiempo, John Rider abandonó el otro grupo, también con las manos atadas delante.

Alex tenía ganas de inclinarse y tocar la pantalla. Estaba viendo a su padre caminar hacia los tres hombres de Scorpia. Pero la figura de la pantalla no tenía más que un centímetro de alto. Alex sabía que era su padre. El rostro era el de las fotos que había visto. Pero estaba demasiado lejos. No podía ver si John Rider sonreía, o estaba furioso, o nervioso. ¿Tenía idea de lo que iba a ocurrir?

John Rider y el hijo del funcionario se encontraron en mitad del puente. Se detuvieron y parecieron hablar el uno con el otro, pero el único sonido de la cinta era el amortiguado golpeteo de la lluvia y el zumbido ocasional de algún coche, fuera de pantalla. Echaron a andar de nuevo. El chico estaba en la parte norte del puente, la controlada por el MI6. John Rider se dirigía al sur, un poco más rápido ahora, dirigiéndose hacia los hombres que aguardaban.

—Esto es lo que sucedió —dijo la señora Rothman con suavidad.

El padre de Alex iba casi corriendo ahora. Debía haber sentido que algo iba mal. Se movía con torpeza, las manos aún atadas delante del cuerpo. En la parte norte del puente, uno de los del MI6 había sacado un radiotransmisor y habló por él un momento. Un segundo más tarde, se escuchó un único disparo. John Rider pareció titubear y Alex comprendió que lo habían herido en la espalda. Dio dos pasos más, giró y cayó.

—¿Quieres que lo apague, Alex?

—No.

—Esta es una toma más cercana…

El ángulo de la cámara era más bajo. Alex podía ver a su padre caído de costado. Los tres hombres de Scorpia habían sacado las pistolas. Corrían, apuntando al hijo del funcionario. Alex se preguntó por qué. El adolescente no tenía nada que ver con lo que había ocurrido. Pero luego entendió. El MI6 había matado a John Rider. Tenían que mantener su propia parte del trato. Así que el hijo del funcionario tenía que morir.

Pero el otro había reaccionado con increíble rapidez. Ya estaba corriendo, la cabeza gacha. Parecía saber exactamente lo que iba a ocurrir. Uno de los hombres de Scorpia disparó y falló. Luego se produjo una súbita explosión y una metralleta abrió fuego. Alex vio cómo las balas rebotaban en las vigas de acero del puente. Las bombillas saltaron. La superficie de alquitrán pareció saltar. El hombre se tambaleó y cayó de espaldas. Entre tanto, el adolescente había llegado al otro lado del puente. Un coche apareció, procedente de la nada. Alex vio la puerta abierta y cómo empujaban dentro al chico.

La señora Rothman paró la imagen.

—Al parecer, el MI6 quería al chico de vuelta, pero no estaban dispuesto a dar la libertad a tu padre —dijo—. Nos traicionaron y le dispararon delante de nosotros. Lo has visto tú mismo.

Alex no dijo nada. La habitación parecía haber oscurecido, con sombras al acecho en todas las esquinas. Se sentía helado, de la cabeza a los pies.

—Hay aún una última parte de la película —prosiguió la señora Rothman—. Odio verte así, Alex. Odio tener que mostrártelo. Pero ya has visto mucho, puedes igual ver lo demás.

La última parte de la película repetía los últimos momentos de vida de John Rider. De nuevo estaba de pie, comenzando a correr, mientras el hijo del funcionario se apresuraba hacia el otro extremo.

—Mira al agente de MI6 que dio la orden de disparar —dijo la señora Rothman.

Alex contempló las pequeñas figuras del puente.

La señora Rothman señaló.

—Hemos ampliado la imagen con ordenador.

Como en respuesta a sus palabras, la cámara se acercó, y ahora Alex pudo ver que el agente del MI6 con el transmisor era una mujer que vestía un abrigo negro.

—Podemos acercarnos más.

La cámara dio otro salto adelante.

—Y aún más.

La misma acción, repetida tres y cuatro veces. La mujer hablando por el radiotransmisor. Pero ahora su rostro llenaba la pantalla. Alex pudo ver cómo sus dedos se cerraban en torno al aparato, cerca de la boca. No había sonido, pero vio cómo sus labios se movían, dando la orden, y pudo leer perfectamente lo que decía.

Dispara.

—Había un francotirador en un edificio de oficinas, en la ribera norte del Támesis —le explicó la señora Rothman—. Era una cuestión de cronometraje. La mujer que estás contemplando estaba a cargo de la operación. Fue uno de sus primeros éxitos operativos, una de las razones por la que la ascendieron. Sé que tú la conoces.

Alex la había reconocido de inmediato. Era catorce años más joven, tal y como se mostraba en la pantalla, pero no había cambiado gran cosa. Y no podía haber confusión en el pelo negro y corto, el rostro pálido y profesional, los ojos negros que podían haber sido de un cuervo.

La señora Jones, la ayudante jefe de Operaciones Especiales del MI6.

La señora Jones, que había estado presente la primera vez que reclutaron a Alex y que había pretendido ser su amiga. Cuando había regresado a Londres, herido y exhausto, tras su enfrentamiento con Damian Cray, se había interesado por él y había tratado de ayudarle. Le había dicho que se preocupaba por él. Y durante todo ese tiempo había estado mintiéndole. Se había sentado a su lado y le había sonreído, sabiendo que ella era la que había capturado a su padre semanas después de que él naciese.

La señora Rothman apagó la tele.

Hubo un largo silencio.

—Me dijeron que había muerto en un accidente de avión —Alex hablaba con una voz que no era la suya.

—Por supuesto. No querían que lo supieses.

—¿Y qué pasó con mi madre? —sintió una pequeña ráfaga de esperanza. Si le habían mentido sobre su padre, pudiera ser que no estuviese muerta. ¿Sería posible? ¿Estaría su madre en algún lugar de Inglaterra, aún viva?

—Lo siento, Alex. Hubo un accidente de avión. Ocurrió meses más tarde. Era un avión privado y ella estaba a bordo, viajando hacia Francia —la señora Rothman dejó reposar una mano sobre su brazo—. Nada puede remediar todo lo que te han hecho, ni las mentiras que te han contado. Si quieres volver a Inglaterra, al colegio, lo entenderé. Estoy segura de que lo único que quieres es olvidarte de todos nosotros. Pero, por si te sirve de algún consuelo, yo adoraba a tu padre. Sigo echándolo de menos. Esto es lo último que me envió, justo antes de que lo capturasen en Malta.

Había abierto una segunda carpeta para sacar una postal. Mostraba un trozo de costa y un sol poniente. Había unas pocas líneas, manuscritas.

> *Mi muy querida Julia:*
> *Es terrible estar sin ti. No puedo esperar el momento de reunirme de nuevo contigo en el Palacio de la Viuda.*
>
> *John R.*

Alex reconoció la caligrafía, aunque nunca antes la había visto, y justo en ese instante sufrió una última y lacerante duda.

La escritura era de su padre.

Pero era idéntica a la suya propia.

—Es muy tarde —dijo la señora Rothman—. Tienes que irte a la cama. Podemos seguir hablando mañana.

Alex miró a la pantalla, como si esperase ver a la señora Jones burlándose de él a pesar de los catorce años transcurridos, destruyendo su vida antes de que de verdad hubiese empezado. Durante largo rato no habló. Luego se puso en pie.

—Quiero unirme a Scorpia —dijo.

—¿Estás seguro?

—Sí.

—Vete a Venecia. Encuentra a Scorpia. Encuentra tu destino. Eso le había dicho Yassen. Y eso era lo que había ocurrido. Se reafirmó en su decisión. No había vuelta atrás.

CÓMO MATAR

LA isla estaba a solo unas pocas millas de Venecia, pero había sido olvidada durante un siglo. Su nombre era Malagosto; tenía, más o menos, la forma de una media luna y cerca de un kilómetro de longitud. Había seis edificios en la isla, rodeados por praderas salvajes y alamedas, y todos ellos parecían cerrados. El más grande era un monasterio, construido alrededor de un atrio, con un campanario de ladrillo rojo, muy levemente inclinado. Había un hospital destartalado y luego una fila de lo que parecían bloques de apartamentos, con ventanas cerradas y boquetes en los tejados. Algunos botes pasaban junto a Malagosto, pero ninguno atracaba allí. Estaba prohibido. Y el lugar gozaba de mala reputación.

Había existido una población pequeña y próspera en la isla. Pero eso había sido largo tiempo atrás, en la Edad Media. Había sido sometida a pillaje durante la guerra con Génova y, después de eso, la habían empleado para albergar a víctimas de la plaga.

«Estornuda en Venecia y acabarás en Malagosto», se decía. Cuando pasaron las pestes, se convirtió en un centro de cuarentena y luego, en el siglo XVIII, en manicomio para locos. Por último había sido abandonada a la decadencia. Pero había pescadores que proclamaban que, en las noches de viento helado, aún podías oír los gritos y risas dementes de los lunáticos que habían sido los últimos residentes de la isla.

Malagosto era la base perfecta para el Centro de Entrenamiento y Evaluación de Scorpia. Habían alquilado al Gobierno italiano la isla a mitad de los ochenta y habían estado allí desde entonces. Si alguien preguntaba qué estaba sucediendo allí, se les decía que ahora era un centro de negocios donde los abogados, banqueros y gerentes acudían a sesiones de motivación y refuerzo. Aquello era, claro está, mentira. Scorpia mandaba a los nuevos reclutas a la escuela que tenían en Malagosto. Allí era donde aprendían cómo matar.

Alex Rider estaba sentado a proa de la motora, observando acercarse la isla. Era la misma motora que lo había llevado hasta el Palacio de la Viuda, y el escorpión de plata de la proa resplandecía al sol. Nile estaba sentado frente a él, completamente relajado, vestido con pantalones blancos y un *blazer*.

—Pasé tres meses entrenándome aquí —gritó por encima del rugido del motor—. Pero eso fue mucho tiempo después de tu padre.

Alex cabeceó, pero no dijo nada. Podía ver cómo surgía el campanario, inclinándose sobre las copas de los árboles. El viento agitaba sus cabellos y la espuma del mar bailaba ante sus ojos.

Julia Rothman había abandonado Positano esa mañana, antes que ellos mismos, para regresar a Venecia, donde estaba enfrascada en algún asunto que necesitaba su presencia. Se habían encontrado brevemente tras el desayuno y esa vez ella había sido más seria y profesional. Anunció a Alex que podía pasar los siguientes días en Malagosto, y no para entrenarse a fondo, sino para una evaluación inicial que incluiría un examen médico, tests psicológicos y un estudio general de su forma física y aptitud. Eso daría a Alex tiempo para sopesar su elección.

La mente de Alex estaba como entumecida. Había tomado una decisión y, en lo que a él le tocaba, nada era importante. Solo una cosa buena había salido de la pasada noche. No se había olvidado de Tom Harris y su hermano. No habían sabido nada de él desde que había invadido Consanto, el día anterior por la tarde, y aún estaba el asunto del equipo de Jerry, abandonado en el tejado. Pero la señora Rothman le había prometido ocuparse de todo, tal y como Alex le había recordado.

—Vamos, llámalos —le había dicho ella—. Aparte de otras consideraciones, no queremos que estén preocupados por ti y den la alarma. En cuanto al paracaídas y todo lo demás, ya hemos hablado de ello. Enviaré al hermano de tu amigo un cheque que cubra los costes. ¿Cinco mil euros? Será suficiente —había sonreído—. ¿Ves, Alex? A eso me refería. Nos ocuparemos de ti.

Cuando se hubo ido, Alex llamó a Tom desde su cuarto. Tom se mostró encantado de oír su voz.

—Te vimos aterrizar y supimos que no te habías estrellado —dijo—. Luego no sucedió nada durante un rato. Y después todo el lugar saltó por aires. ¿Lo hiciste tú?

—No exactamente —dijo Alex.

—¿Dónde estás?

—En Positano. Estoy bien. Tom, escúchame…

—Ya sé —la voz de Tom era átona—. No vas a volver a la escuela.

—No durante un tiempo.

—¿El MI6 de nuevo?

—Algo así. Ya te lo contaré algún día —eso era mentira. Alex sabía que no volvería a ver jamás a su amigo—. Dile a Jerry que va a recibir pronto un cheque para pagar su material. Y dale las gracias de mi parte.

—¿Qué pasa con Brookland?

—Lo más fácil para ti sería decir que no me volviste a ver nunca. En lo que a ti respecta, desaparecí en Venecia y ahí se acabó todo.

—Alex… suenas raro. ¿Seguro que todo va bien?

—Estoy perfectamente, Tom. Adiós.

Al colgar, sintió un ramalazo de tristeza. Era como si Tom fuese el último lazo con el mundo conocido, y justo acababa de cortarlo.

El bote arribó. Había un muelle, cuidadosamente oculto en una brecha natural de la roca, de forma que nadie pudiera ver cómo se llegaba o partía de la isla. Nile saltó a tierra. Tenía la facilidad y la gracia de movimientos de un bailarín de *ballet*. Alex había notado lo mismo en Yassen Gregorovich.

—Por aquí, Alex.

Alex lo siguió. Los dos subieron paseando por un camino que serpenteaba entre los árboles. Durante un momento perdieron de vista los árboles.

—¿Puedo decirte algo? —se arrancó Nile. Dedicó a Alex su sonrisa más amistosa—. Me alegro de que hayas decidido unirte a nosotros. Es buena cosa tenerte en el bando ganador.

—Gracias.

—Pero espero que nunca cambies de idea, Alex. Espero que nunca trates de engañarnos o algo por el estilo. Seguro que no lo vas a hacer. Pero, tras lo que sucedió en el Palacio de la Viuda, odiaría tener que matarte de nuevo.

—Sí. No fue muy divertido la última vez —estuvo de acuerdo Alex.

—Aquello me disgustó de veras. La señora Rothman espera grandes cosas de ti. Espero que no la defraudes.

Habían cruzado el bosquecillo y allí estaba el monasterio, con sus grandes muros castigados por los años y descuidados. Había una pesada puerta de madera con un portillo encastrado en ella y, cerca de la misma, el único indicio de que el edificio podría, después de todo, haber sido modernizado: un teclado de clave con una cámara de vigilancia. Nile tecleó un código. Hubo un zumbido electrónico y el portillo se abrió.

—¡Bienvenido de vuelta a la escuela! —anunció Nile.

Alex dudó. El siguiente trimestre en Brookland comenzaría en unos pocos días. Y allí estaba, a punto de ingresar en una escuela de muy diferente catadura. Pero ya era muy tarde para hacerse otra cuenta. Estaba siguiendo el camino que su padre había abierto para él.

Nile estaba esperando. Alex entró.

Se encontró en un patio abierto con claustro en tres de los lados y el campanario alzándose en el cuarto. El terreno era un pulcro rectángulo de hierba con dos cipreses a cada lado. Un tejado de tejas se inclinaba para cubrir los claustros, como en una anticuada pista de tenis. Cinco hombres vestidos con trajes blancos se congregaban alrededor de un instructor, un hombre más viejo vestido de negro. Cuando Alex y Nile entraron, los cuatro se abalanzaban a una, lanzando los puños y gritando el *kiai* que Alex conocía del kárate.

—A veces, cuando se mata en silencio, no es posible gritar —dijo el instructor. Hablaba con acento ruso o europeo oriental—. Pero han de recordar el poder del *kiai* silencioso. Úsenlo para dirigir su *chi* a la zona del golpe. No subestimen su poder en el momento de matar.

—Ese es el profesor Yermalov —le comentó Nile a Alex—. Me dio clase cuando estuve aquí. No quieras conocer su lado malo. Le he visto ganar una pelea con un movimiento de dedo. Es tan rápido como una serpiente e igual de amistoso...

Cruzaron el patio y entraron a través de una arcada, en una gran estancia con un suelo de mosaico multicolor, ventanas ornamentadas, columnas e intrincados ángeles de madera tallados en los muros. Puede que alguna vez fuera lugar de culto, pero ahora era usado como comedor y lugar de reunión, con grandes mesas, sofás modernos y una ventanilla que daba a la cocina de más allá. El cielo raso formaba una cúpula y aún mantenía débiles restos de un fresco. Había habido allí ángeles, pero hacía mucho que habían desaparecido.

Había una puerta en el extremo más alejado. Nile se acercó a ella y llamó con los nudillos.

—*Entrez!* —la voz, que hablaba en francés, era amigable.

Accedieron a una sala alta y octogonal. Los libros colmaban cinco de las ocho paredes. El cielo raso, pintado de azul y con estrellas plateadas, estaba a por lo menos veinte metros de altura. Había una escalerilla con ruedas que permitía llegar hasta los estantes más altos. Dos ventanas se abrían a bosques, pero gran parte de la luz era detenida por el follaje, y había una lámpara de hierro con cerca de una docena de bombillas pendiente de una pesada cadena. El centro de la estancia estaba ocupada por un escritorio de aspecto sólido con dos sillas antiguas enfrente y otra detrás. Esa tercera estaba ocupada por un hombre bajo y regordete vestido con traje de chaleco. Estaba trabajando en un ordenador portátil, con los dedos gordezuelos tecleando a toda velocidad. Observaba la pantalla con gafas de montura dorada. Tenía una cuidada barba negra que remataba en punta. El resto del cabello era gris.

—¡Alex Rider! Entra, por favor —el hombre alzó los ojos del portátil con evidente placer—. Te habría reconocido enseguida. Conocí bien a tu padre y tienes su mismo aspecto —fuera de un ligero acento francés, su inglés era perfecto—. Me llamo Oliver d'Arc. Podríamos decir que soy el director de este establecimiento; el jefe de estudios, si lo prefieres. Justo estaba buscando datos personales sobre ti en Internet.

Alex se sentó en una de las sillas antiguas.

—Nunca hubiera creído que hubiese nada sobre mí en Internet.

—Depende del buscador que uses —d'Arc dedicó a Alex una sonrisa taimada—. Ya sé que la señora

Rothman te contó que tu padre había sido instructor aquí. Trabajé con él y éramos buenos amigos, pero nunca llegué a soñar que un día me encontraría con su hijo. Y es Nile quien te trae. Nile se graduó aquí hace algunos años. Era un estudiante brillante... el número dos de su clase.

Alex miró a Nile y, por primera vez, vio pasar un destello de irritación por el rostro del hombre. Recordó lo que la señora Rothman le había dicho... algo acerca de que Nile tenía una debilidad... y se preguntó qué había impedido que fuese el número uno.

—¿No tienes sed después de tanto viaje? —le preguntó d'Arc—. ¿Puedo ofrecerte algo? ¿Tal vez un *sirop de grenadine*?

Alex se sobresaltó. El zumo rojo de frutas se convirtió en su favorito cuando estaba en Francia. ¿Lo había averiguado d'Arc también en Internet?

—Era lo que tu padre siempre bebía —le explicó d'Arc, como si le leyese el pensamiento.

—Así estoy bien, gracias.

—Deja que te explique el programa. Nile te presentará a los demás estudiantes que hay en Malagosto. Nunca hay más de quince y ahora mismo solo tenemos a once. Nueve hombres y dos mujeres. Te unirás a ellos y a los pocos días examinaremos tus progresos. Eventualmente, si considero que tienes capacidad para convertirte en parte de Scorpia, escribiré un informe y comenzaremos tu entrenamiento real. Pero no albergo dudas, Alex. Eres muy joven, tan solo tienes catorce años. Pero eres el hijo de John Rider y él era el mejor.

—Hay algo que quisiera preguntarle —dijo Alex.

—Adelante. Pregunta —d'Arc se echó atrás en el asiento, sonriendo.

—Quiero unirme a Scorpia. Quiero tomar parte en lo que hacen. Pero tienen que saber ahora que no creo que sea capaz de matar a nadie. Se lo dije a la señora Rothman y no me creyó. Me dijo que no tenía que hacer más que lo que mi padre había hecho. Pero yo me conozco y sé que soy diferente a él.

Alex no estaba muy seguro de cómo iba a reaccionar d'Arc. Pero parecía completamente despreocupado.

—Hay actividades muy importantes en Scorpia que no implican asesinatos —respondió—. Puedes sernos muy útil en chantaje, por ejemplo. O como correo. ¿Quién va a sospechar que un chico de catorce años en viaje escolar transporta drogas o explosivos plásticos? Pero estás en el comienzo, Alex. Tienes que confiar en nosotros. Ya descubriremos lo que puedes y no puedes hacer, y encontraremos el trabajo que mejor te cuadre.

—Yo maté a mi primer hombre a los dieciocho años —dijo Nile—. Era solo cuatro años mayor de lo que eres ahora.

—Pero es que tú has sido siempre excepcional, Nile —ronroneó d'Arc.

Sonó una llamada a la puerta y un momento después entró una mujer. Era tailandesa, delgada y delicada, unos centímetros más baja que Alex. Tenía ojos oscuros e inteligentes, y labios que pudieran haber sido trazados por el pincel de un artista. Se detuvo e hizo el saludo tradicional de los tailandeses, uniendo las manos como si rezase e inclinando la cabeza.

—*Sawasdee*, Alex —dijo—. Me alegro mucho de conocerte —tenía una voz amable y su inglés, al igual que el de su jefe, era excelente.

—Esta es la señorita Binnag —dijo d'Arc.

—Me llamo Eijit. Pero puedes llamarme Jet. Te llevaré a tu cuarto.

—Puedes descansar por la tarde, y ya nos veremos durante la cena —d'Arc se incorporó. Era muy bajo. Su barba puntiaguda se alzaba justo sobre el nivel del escritorio—. Me alegro de que estés aquí, Alex. Bienvenido a Malagosto.

La mujer llamada Jet sacó a Alex de la estancia, de vuelta al vestíbulo principal y luego por un pasillo con un techo abovedado y alto y muros de yeso sin adornos.

—¿A qué te dedicas aquí? —le preguntó Alex.

—Enseño botánica.

—¿Botánica? —no pudo impedir que la voz dejase traslucir la sorpresa.

—Es una parte muy importante del plan de estudios —contestó Jet—. Hay muchas plantas que pueden sernos útiles en nuestro trabajo. La adelfa, por ejemplo. Puedes sacar un veneno similar a la digitalina de las hojas, un veneno que paraliza el sistema nervioso y causa la muerte instantánea. Las bayas del muérdago pueden ser también fatales. Debes aprender cómo crecen las peonías. Un solo baya puede matar a un adulto en minutos. Mañana puedes venir a mi invernadero, Alex. Cada flor significa un funeral.

Hablaba en una forma que resultaba completamente natural. De nuevo, Alex sintió cierto desasosiego. Pero no dijo nada.

Pasaron junto a una clase que un día debió ser una capilla, con más frescos desvaídos sobre los muros, y sin ventanas. Otro profesor, con cabellos color jengibre y un rostro rubicundo y castigado, estaba ante una pizarra, hablando para una docena de estudiantes, dos de los cuales eran mujeres. Había un diagrama complicado sobre la pizarra y cada uno de los estudiantes tenía lo que parecía una caja de cigarros sobre el pupitre.

—... y pueden pasar el circuito principal a través de la tapa y de vuelta al explosivo plástico —estaba diciendo—. Y es aquí, frente al cierre, donde siempre hay que poner el disparador de vibraciones...

Jet se había detenido un instante ante la puerta.

—Ese es el señor Ross —susurró—. Especialista técnico. Es de tu país, de Glasgow. Lo conocerás esta noche.

Siguieron. A sus espaldas, Alex oyó cómo el señor Ross volvía a hablar.

—No juegue y concéntrese, por favor, señorita Craig. No queremos salir todos por los aires...

Abandonaron el edificio principal y se dirigieron hacia el bloque de apartamentos más próximo de entre los que Alex había visto desde el bote. Una vez más, el edificio parecía abandonado si se observaba desde fuera, y era elegante y moderno en su interior. Jet llevó a Alex a una habitación con aire acondicionado de la segunda planta. Tenía dos niveles, con una cama de matrimonio dominando sobre un gran espacio de estar que tenía sofás y un escritorio. Había ventanas francesas con un balcón y una vista al mar.

—Volveré a las cinco —le dijo Jet—. Tienes una cita con la enfermera. La señora Rothman quiere que te hagan un examen completo. Quedaremos a beber algo a las seis y la cena será pronto, a las siete. Esta noche hay ejercicio; los estudiantes tendrán que nadar. Pero no te preocupes, tú no vas a tomar parte.

Se inclinó por segunda vez y salió de la habitación. Alex se quedó solo. Se sentó en uno de los sofás, advirtiendo que la estancia tenía nevera, televisión e incluso PlayStation 2, colocada allí seguramente para su diversión.

¿En qué se había metido? ¿Había hecho lo correcto? Dudas muy negras llenaron su mente y se obligó conscientemente a meditar. Recordó el vídeo que le habían mostrado, las terribles imágenes que había visto. La señora Jones que murmuraba dos palabras por el radiotransmisor. Cerró los ojos.

En el exterior, las olas rompían contra las playas de la isla y los estudiantes en trajes blancos ejecutaron una vez más los movimientos de la muerte silenciosa.

A dos mil kilómetros de distancia, la mujer que tanto había ocupado los pensamientos de Alex examinaba una fotografía. Había una única hoja de papel unida a la misma y en las dos estaban impresas las palabras ALTO SECRETO en rojo. La mujer conocía el significado de la foto. No le quedaba más que una opción. Pero por una vez —y para ella era realmente la primera vez— se sentía reacia. No podía permitir que las emociones se interpusiesen en su camino. Si eso sucedía, se cometían errores y eso en su trabajo podía ser desastroso. Pero aun así...

La señora Jones se quitó las gafas y se frotó los ojos. Había recibido la fotografía y el informe hacía unos pocos minutos. Desde aquel instante había hecho dos llamadas, esperando, contra toda probabilidad, que hubiese un error. Pero no había duda alguna. La evidencia estaba delante de ella. Se inclinó y apretó un botón de su teléfono, antes de hablar.

—William... ¿Está el señor Blunt en su oficina?

En una oficina exterior su ayudante personal, William Dearly, echó una ojeada a su ordenador. Tenía veintitrés años, era licenciado por Cambridge, estaba sentado en una silla de ruedas.

—No ha abandonado el edificio todavía, señora Jones.

—¿Hay alguna reunión programada?

—Nada pendiente.

—Muy bien. Voy para allá.

Había que hacerlo. La señora Jones cogió la foto y la hoja mecanografiada y se fue por el pasillo de la planta decimosexta del edificio que simulaba ser un banco internacional, pero que en realidad era el cuartel general de Operaciones Especiales del MI6. Alan Blunt era su superior inmediato. Se preguntó cómo reaccionaría al saber que Alex Rider se había unido a Scorpia.

La oficina de Blunt estaba al final del pasillo, con vistas a Liverpool Street. La señora Jones entró sin llamar. No lo necesitaba. William tenía que haber llamado para informar de que estaba al llegar. Y, desde luego, Blunt no mostró sorpresa alguna cuando entró. No con esa cara redonda y extrañamente poco definida, que no mostraba emoción alguna. También él había estado leyendo un informe, de siete centímetros de grosor. Ella pudo ver que había tomado algunas pulcras notas usando una pluma estilográfica y tinta verde para reconocerlo al instante.

—¿Y bien? —le preguntó mientras se sentaba.

—Esto acaba de llegar del SatInt. Pensé que querría verlo —SatInt significaba Satélite de Inteligencia. Le pasó los documentos.

La señora Jones observó detenidamente a Alan Blunt, mientras este leía aquel único papel. Había sido su ayudante durante siete años y había trabajado para él durante diez más antes de eso. Nunca había estado en su casa. Nunca había conocido a su mujer. Pero lo más probable era que lo conociese mejor que nadie en aquel edificio. Y estaba preocupada. Poco tiempo antes había cometido un grave error, al no prestar atención a Alex en aquel asunto de Damian Cray. Como resultado, Cray había estado a minutos de destruir la mitad del mundo. Blunt había recibido un serio rapapolvo del ministro de Interior, pero eso tampoco era lo que más le preocupaba. Lo peor era el hecho de que él, el jefe de Operaciones Especiales, había sido superado por un chico de catorce años. La señora Jones se preguntaba cuánto tiempo aguantaría.

En esos momentos estaba examinando la foto, con los ojos inescrutables tras las gafas de montura de acero. La imagen mostraba dos figuras, un hombre y un chico, juntos en una lancha. La habían tomado sobre Malagosto y aumentado muchas veces. Las caras de ambos eran borrosas.

—¿Alex Rider? —preguntó Blunt. Había un tono apagado en su voz.

—Tomaron la foto desde un satélite espía —dijo la señora Jones—. Pero Smithers estuvo trabajando en uno de sus ordenadores y es él, sin lugar a dudas.

—¿Quién es el hombre que está con él?

—Creemos que pudiera ser un agente de Scorpia llamado Nile. Es difícil de precisar. La fotografía es en blanco y negro, pero tiene que ser él. He sacado este detalle para que lo viese usted.

—¿Así que tenemos que suponer que Rider ha decidido cambiar de bando?

—He hablado con su ama de llaves, esa chica estadounidense... Jack Starbright. Al parecer, Alex desapareció hace cuatro días en un viaje a Venecia.

—¿Desapareció dónde?

—Ella no lo sabe. Es de lo más sorprendente que no la haya llamado. Son amigos íntimos.

—¿Podría ser que el chico, de alguna forma, se hubiera cruzado en el camino de Scorpia y lo hubiesen llevado a la fuerza?

—Me gustaría creerlo —la señora Jones suspiró. No podía esquivar el tema más tiempo—. Pero siempre existió la posibilidad de que Yassen Gregorovich hubiese logrado hablar con Alex antes de morir. Cuando me reuní con Alex tras aquel asunto de Cray, noté que algo no iba bien. Creo que Yassen le habló de John Rider.

—El Puente Alberto.

—Sí.

—Eso es muy lamentable.

Se produjo un largo silencio. La señora Jones sabía que Blunt debía estar sopesando una docena de posibilidades, considerándolas y descartándolas en cuestión de segundos. Nunca había conocido a nadie con una cabeza tan analítica.

—Scorpia no ha estado muy activa en los últimos tiempos —dijo él.

—Es cierto. Han estado muy tranquilos. Creemos que tienen algo que ver en un asunto de sabotaje en Empresas Consanto, cerca de Amalfi, ocurrido ayer por la noche.

—La empresa bioquímica.

—Sí. Acabamos de recibir los informes y estamos estudiándolos. Debe haber una relación.

—Si Scorpia ha reclutado a Alex, lo usarán contra nosotros.

—Lo sé.

Blunt echó una última mirada a la fotografía.

—Esto es Malagosto —dijo—. Y eso significa que no es su prisionero. Lo están entrenando. Creo que debe aumentar inmediatamente sus medidas de seguridad.

—¿Y usted?

—Yo no estaba en el Puente Alberto —dejó la fotografía—. Quiero que todos los agentes de Venecia se pongan en estado de alerta, y debemos avisar a los aeropuertos y todos los puntos de entrada a las Islas Británicas. Quiero a Alex Rider.

—Ileso —ella pronunció aquella palabra como si fuese un reto.

Blunt la miró con ojos vacuos.

—Como sea.

EL CAMPANARIO

—Entonces, Alex. ¿Qué ves?

Alex estaba sentado en una silla de cuero en una estancia despejada y blanqueada al fondo del monasterio. Se encontraba a un lado de un escritorio, cara a cara con un sonriente hombre de mediana edad que se sentaba al otro extremo. El hombre era el doctor Kart Steiner y, aunque hablaba con ligero acento alemán, había llegado a la isla procedente de Sudáfrica. Era psiquiatra y eso era lo que, con sus gafas de montura plateada, pelo escaso y ojos que eran siempre más inquisitivos que amistosos. El doctor Steiner sujetaba una carta blanca con una forma negra dibujada en ella. La figura no se parecía a nada; no era más que una serie de borrones. Pero se suponía que Alex tenía que interpretarlo.

Pensó por un momento. Sabía lo que era un test de Rorschach; lo había visto en una película. Suponía que debía ser importante. Pero no estaba seguro de ver nada en particular en la carta. Por último, habló.

—Supongo que es un hombre volando por los aires —sugirió—. Lleva una mochila.

—Excelente. ¡Muy bien! —el doctor Steiner bajó la carta para levantar otra—. ¿Y en esta?

La segunda forma era más fácil.

—Un balón de fútbol hinchándose.

—Bien, gracias.

El doctor Steiner bajó la segunda carta y hubo un breve silencio en la oficina. En el exterior, Alex pudo escuchar disparos. Los otros estudiantes estaban abajo, en el campo de tiro. Pero no se podía ver aquel lugar por la ventana. Tal vez el psiquiatra había elegido aquella estancia por esa razón.

—¿Entonces, cómo te sientes aquí? —le preguntó el doctor Steiner.

Alex se encogió de hombros.

—Muy bien.

—¿No sientes ansiedad? ¿Nada que quieras comentar?

—No. Estoy bien; gracias, doctor Steiner.

—Bien. Eso es bueno —el psiquiatra parecía decidido a ser positivo. Alex se preguntó si la entrevista había terminado, pero entonces el hombre abrió una carpeta—. Aquí tengo tu informe médico.

Alex se sintió nervioso durante un instante. Había pasado el examen físico el primer día de estancia en la isla. Completamente desnudo, había tenido que pasar una serie completa de pruebas a manos de una enfermera italiana que hablaba muy poquito inglés. Habían tomado muestras de sangre y orina, le habían medido la tensión y hecho pruebas de vista, oído y reflejos. Ahora, se preguntó si habrían encontrado algo mal.

Pero el doctor Steiner seguía sonriendo.

—Estás en muy buena forma, Alex —comentó—. Me alegra ver que te has cuidado. Nada de excesos con la comida. Nada de tabaco. Excelente.

Abrió un cajón del escritorio y sacó una jeringa hipodérmica y un frasco. Ante los ojos de Alex, clavó la aguja en la botella y llenó la jeringa.

—¿Qué es eso? —preguntó Alex.

—Según tu informe médico, tienes una pequeña anemia. Supongo que era de esperar, tras todo lo que te ha ocurrido. Y supongo que es muy fatigoso el estar aquí en la isla. La enfermera ha recetado un complejo vitamínico. Este —alzó la aguja hacia la luz y expulsó unas gotas del líquido ambarino por la punta—. Súbete la manga, por favor.

Alex titubeó.

—Creí que era usted psiquiatra.

—Estoy cualificado para ponerte una inyección —le replicó el doctor Steiner. Alzó un dedo acusador—. No me digas que tienes miedo de un pinchazo.

—En absoluto —murmuró Alex. Se subió la manga de la camina.

Dos minutos más tarde había salido.

Se había perdido las prácticas con armas por culpa del examen médico y fue a unirse con los otros estudiantes en el campo de tiro. Este se hallaba en el extremo occidental de la isla, el lado que daba a Venecia. Aunque Scorpia estaba legalmente en Malagosto, no querían llamar la atención con el sonido de disparos, y el bosque suministraba una pantalla natural. Había en la isla una porción larga y plana en la que no crecía nada que no fuesen hierbas salvajes, y allí la escuela había construido una ciudad de decorados, con oficinas y tiendas que no eran más que las fachadas, como el decorado de una película. Alex ya había estado allí un par de veces, usando un arma de mano para dispar contra blancos de papel —anillos negros con un centro rojo— que asomaban de repente por ventanas y puertas.

Gordon Ross, el técnico especialista de cabellos color jengibre que parecía haber adquirido la mayor parte de sus habilidades en las peores cárceles escocesas, se ocupaba del campo de tiro. Asintió al ver a Alex aproximarse.

—Buenas tardes, señor Rider. ¿Cómo ha ido la visita al loquero? ¿Le ha dicho que está loco? ¡Porque, si no, no sé qué diablos está haciendo aquí!

Cierto número de estudiantes estaban a su alrededor, descargando y ajustando las armas. Alex ya los conocía a todos. Klaus, un mercenario alemán que se había entrenado con los talibanes en Afganistán. Walker, que había pasado cinco años con la CIA en Washington, antes de llegar a la conclusión de que ganaría más trabajando para otro bando. Una de las dos mujeres presentes se había hecho bastante inseparable de Alex y este se preguntaba si le habían encargado vigilarlo. Su nombre era Amanda y había sido soldado del ejército israelí en la zona ocupada de Gaza. Al verlo, levantó una mano para saludarlo. Parecía genuinamente complacida de su presencia.

Pero todos lo parecían. Eso era lo extraño. Lo habían aceptado en la vida cotidiana de Malagosto sin problemas. Eso, en sí mismo, era de lo más destacable. Alex recordó cuando el MI6 lo envió a entrenarse con los SAS en Gales. Había sido un extraño desde el día de su llegada, no querido ni bienvenido, un niño en un mundo de adultos. Era, de lejos, la persona más joven allí, pero eso no parecía importar. Más bien al contrario. Era aceptado e incluso admirado por los demás estudiantes. Era el hijo de John Rider. Todos sabían lo que eso significaba.

—Has llegado justo a tiempo de demostrarnos qué sabes hacer antes del almuerzo —dijo Gordon Ross. Su acento escocés hacía que casi cualquier cosa que decía sonase como un reto—. Hiciste una buena puntuación anteayer. De hecho, quedaste segundo de toda la clase. Vamos a ver si puedes hacerlo mejor hoy. ¡Pero en esta ocasión he preparado una pequeña sorpresa!

Tendió una pistola a Alex, una FN semiautomática de fabricación belga. Alex la sopesó, tratando de encontrar el balance entre el arma y él mismo. Ross había explicado que eso era esencial para la técnica que él llamaba fuego instintivo.

—Recordad que debéis disparar instantáneamente. No podéis pararos a tomar puntería. Si lo hacéis, estáis muertos. En una situación de combate real, uno no tiene tiempo para tonterías. Vosotros y la pistola sois uno. Y si creéis que podéis alcanzar al blanco, lo alcanzaréis. Eso es todo lo que es el fuego instintivo.

Ahora Alex avanzó con el arma al costado, observando las puertas y ventanas de mentira situadas frente a él. Sabía que no habría aviso. En cualquier instante aparecería un blanco. Tenía que estar dispuesto a girar y abrir fuego.

Esperó. Sabía que los otros estudiantes lo observaban. Por el rabillo del ojo captó la silueta de Gordon Ross. ¿Sonreía el profesor?

Hubo un súbito movimiento.

Un blanco había aparecido en la ventana superior y, de inmediato, Alex comprendió que las dianas con sus anillos impersonales habían sido sustituidas. En su lugar había surgido una foto. Era una fotografía a color de tamaño natural de un joven. Alex no sabía quién era, pero eso carecía de importancia. Era un blanco.

No había tiempo para dudar.

Alex alzó el arma y disparó.

Ese mismo día, más tarde, Oliver d'Arc, el director del Centro de Entrenamiento y... de Scorpia, estaba sentado en su oficina de Malagosto, hablando con Julia Rothman. Su imagen llenaba la pantalla del ordenador portátil de su escritorio. Había una *webcam* en una estantería y su propia imagen tenía que estar apareciendo simultáneamente en algún lugar del Palacio de la Viuda, al otro lado de las aguas, en Venecia. La señora Rothman nunca iba a la isla. Se sabía vigilada tanto por los servicios de espionaje estadounidenses como por los británicos, y puede que un día se sintiesen tentados de lanzar contra la isla un misil balístico no nuclear. Era demasiado peligroso.

Era la segunda ocasión en la que hablaban después de la llegada de Alex. Eran exactamente las siete de la tarde. En el exterior, el sol había comenzado a ponerse.

—¿Cómo evoluciona? —interrogó la señora Rothman. Su *webcam* no la suavizaba; su rostro en la pantalla aparecía frío y un poco descolorido.

D'Arc se lo pensó. Puso el pulgar y el índice a los lados del mentón, tironeándose de la barba.

—El chico es, desde luego, excepcional —murmuró—. Por supuesto que su tío, Ian Rider, lo entrenó desde pequeño, casi desde que pudo comenzar a caminar. Tengo que decir que hizo un buen trabajo.

—¿Y?

—Es muy inteligente. Sumamente ingenioso. Todos aquí lo quieren. Por desgracia, empero, tengo mis dudas de que pueda servirnos para algo.

—Lamento mucho oír eso, profesor d'Arc. Explíquese, por favor.

—Le daré dos ejemplos, señora Rothman. Hoy mismo, Alex volvió al campo de tiro. Hemos estado dándole un curso de disparo instintivo. Tengo que decir que es algo que nunca habíamos hecho antes, y a nuestros estudiantes les lleva varias semanas dominarlo. Alex, con tan solo unas pocas horas en el campo, había logrado resultados impresionantes. Su porcentaje de aciertos al cabo del segundo día era del setenta y dos por ciento.

—No veo qué tiene eso de malo.

D'Arc se irguió en su asiento. Con su traje y corbata tan serios, encogido al tamaño de la pantalla de la señora Rothman, más parecía la marioneta de un ventrílocuo.

—Hoy cambiamos los blancos —explicó—. En vez de dianas negras y rojas, se pidió a Alex que disparase contra fotografías de hombres y mujeres. Se supone que debía apuntar a las áreas vitales: corazón… o entre los ojos.

—¿Qué resultado obtuvo?

—Ahí está el quid de la cuestión. Su porcentaje

cayó al cuarenta y seis por ciento. Erró a varios blancos seguidos —d'Arc se quitó las gafas y las limpió con un trapo—. También tengo los resultados del test de Rorschach —continuó—. Se le pidió que identificase ciertas manchas…

—Sé lo que es el test de Rorschach, profesor.

—Por supuesto. Discúlpeme. Bueno, hay una forma que todos los estudiantes que han venido aquí han identificado como un hombre tirado en un charco de sangre. Excepto Alex. Dijo que le parecía un hombre volando por los aires con una mochila. Otra forma, que invariablemente es considerada como una pistola apuntando a la cabeza de alguien, fue vista por él como algo inflando una pelota. Y en nuestro primer encuentro, Alex me dijo que no podía matar para nosotros, y he de decir que, desde el punto de vista psicológico, parece carecer de lo que podríamos llamar instinto asesino.

Hubo una larga pausa. La imagen en el monitor tembló.

—Es muy desagradable —siguió d'Arc—. Tras haber conocido a Alex, he de decir que un asesino adolescente nos sería sumamente útil. Las posibilidades son casi ilimitadas. Creo que tenemos que establecer como una de nuestras prioridades el encontrar uno.

—Dudo que haya muchos adolescentes con la experiencia de Alex.

—Eso es lo que dije al comienzo. Pero aun así…

Hubo otra pausa. La señora Rothman tomó una decisión.

—¿Ha visto Alex al doctor Steiner? —preguntó.

—Sí. Todo se ha realizado exactamente según sus instrucciones.

—Bien —asintió—. Dice usted que Alex no matará para nosotros, pero puede estar equivocado. Es tan solo una cuestión de darle el blanco adecuado… y en esta ocasión no estoy hablando de papel.

—¿Quiere enviarlo a una misión?

—Como usted bien sabe, Espada Invisible está a punto de entrar en su fase crítica y final. Meter en el asunto ahora a Alex Rider puede ser, a la postre, una distracción importante. Y si *da* resultado, como creo que hará, nos resultará, de hecho, muy útil. Llegado el caso, el momento no puede ser mejor.

Julia Rothman se inclinó hacia delante, hasta que sus ojos llenaron la pantalla.

—Esto es lo que quiero que haga…

Había doscientos cuarenta y siete peldaños hasta lo alto del campanario. Alex lo sabía porque los había contado uno a uno. La cima de la torre estaba vacía y era una estancia sencilla con muros de ladrillo visto y olor a humedad. Obviamente, había sido abandonada hacía muchos años. Las propias campanas habían sido robadas o se habían caído y perdido.

Las escaleras estaban hechas de piedra y subían dando vueltas, ajustadas a las paredes de la torre, y había ventanucos que dejaban pasar la luz suficiente para ver. Había una puerta en lo alto. Alex se preguntó si estaría cerrada. La torre se usaba ocasionalmente, durante los ejercicios de camuflaje, cuando los estudiantes tenían que deslizarse de un extremo a otro de la isla. Había allí un puesto de vigilancia muy útil. Pero nunca antes había subido.

La puerta estaba abierta. Llevaba a una plataforma cuadrada, de unos dicz metros de ancho, al aire libre. En otro tiempo había habido una balaustrada que cerraba la plataforma y la hacía segura. Pero en algún momento la habían quitado y ahora el suelo de piedra acababa de golpe. Si Alex daba algunos pasos más, entraría en la nada. Caería y se mataría.

Alex se acercó al borde con precaución y echó un vistazo abajo. Estaba justo sobre el patio del monasterio. Podía ver el *makiwara* que habían levantado esa misma tarde. Se trataba de un grueso poste envuelto en almohadillado de cuero en la parte superior. Se usaba para practicar kick-boxing y golpes de kárate. No había nadie a la vista. Las lecciones del día habían acabado y los demás estudiantes estaban descansando antes de la cena.

Echó una ojeada a los bosques que rodeaban el monasterio, ya oscuros e impenetrables. El sol se hundía en el mar, arrojando un último resto de luz sobre las aguas negras. A lo lejos podía ver parpadear las luces de Venecia. ¿Qué podía estar pasando en esos momentos? Los turistas tenían que estar saliendo de sus hoteles, en dirección a los restaurantes y bares. Habría conciertos en algunas iglesias. Los gondoleros habrían amarrado sus botes. El invierno podía estar aún muy lejano, pero el tiempo ya era demasiado frío como para que la gente se arriesgase a un crucero vespertino. Alex seguía encontrando duro de creer que esa isla, con todos sus secretos, existiese tan próxima a uno de los destinos más populares de las vacaciones. Dos mundos. Lado a lado. Pero uno de ellos estaba ciego, completamente ignorante de la existencia del otro.

Se quedó allí inmóvil, sintiendo cómo la brisa acariciaba sus cabellos. Vestía tan solo una camisa de manga larga y vaqueros, y sentía el fresco vespertino. Pero de alguna forma estaba lejos de todo. Era como si se hubiese vuelto parte de la torre, una estatua o una gárgola. Estaba en Malagosto porque no tenía donde ir, no tenía otra elección.

Pensó en el último par de semanas. ¿Cuánto llevaba en la isla? No tenía idea. En cierta forma, era como estar en el colegio. Había profesores y clases y lecciones, y los días se parecían hasta el punto de confundirse. Lo único distinto es que las materias no eran las mismas que había estudiado en Brookland.

Lo primero era la historia, y el profesor era Gordon Ross. Pero su versión de la historia no tenía relación con reyes y reinas, batallas y tratados. Ross era especialista en historia de las armas.

—Veamos. Este es el cuchillo de doble hoja de los comandos, desarrollado en la Segunda Guerra Mundial por Fairbairn y Sykes. Uno era un especialista en muerte silenciosa, y el otro un tirador de élite de fusil. ¿No es una belleza? Pueden ver que es una belleza con una hoja de dieciocho centímetros, con gavilanes y una estría en ambos filos. Está diseñado para encajar exactamente en la palma. Puede parecerte un poco pesada, Alex, ya que tu mano no está completamente desarrollada. Pero, aun así, es la mejor arma mortífera jamás inventada. Las pistolas son ruidosas, las pistolas pueden fallar. Pero el cuchillo de comando es un verdadero amigo. Hace su trabajo en el acto y jamás te falla.

Luego estaban las lecciones prácticas con el profesor Yermalov. Tal y como Nile había dicho, era el personaje menos amigable de todo el personal de Malagosto; un sujeto hosco y silencioso que rondaría la cincuentena y que no tenía tiempo para nadie. Pronto supo Alex por qué. Yermalov procedía de Chechenia y había perdido toda su familia en la guerra con Rusia.

—Hoy voy a enseñarles cómo hacerse invisibles —dijo.

Alex no pudo esconder una débil sonrisa.

Yermalov se apercibió de ello.

—¿Cree que le estoy gastando una broma, señor Rider? ¿Cree que le estoy contando un cuento para niños? ¿Una capa de invisibilidad? Se equivoca. Les estoy enseñando las artes de los ninjas, los mejores espías que jamás hayan existido. Los asesinos ninja del Japón feudal tenían la fama de ser capaces de desvanecerse en el aire. Lo cierto era que usaban los cinco elementos de la fuga y la ocultación... el *gotonpo*. No se trataba de magia, sino de ciencia. Podían sumergirse, respirando mediante un tubo. Podían enterrarse a pocos centímetros bajo la superficie de la tierra. Si llevaban ropas protectoras, podían ocultarse en el interior del fuego. Para desvanecerse en el aire, llevaban encima una cuerda o incluso una escalerilla oculta. Y existían otras posibilidades. Desarrollaron el arte de desplazar la atención o cegar los ojos. Cieguen a sus enemigos con humo o productos químicos y se convertirán en invisibles. Esto es lo que les voy a enseñar ahora, y esta tarde la señorita Binnag les enseñará cómo hacer una pólvora cegadora con guindillas...

Hubo también otros ejercicios. Cómo montar y desmontar una pistola automática con los ojos cerrados (Alex había dejado caer todas las piezas, para diversión del resto de la clase). Cómo emplear el miedo. Cómo emplear la sorpresa. Cómo encauzar el ataque. Había libros de texto, incluyendo un manual de las partes más vulnerables del cuerpo humano, escrito por un tal doctor Three, así como pizarras e incluso exámenes escritos. Se sentaban en clase en pupitres ordinarios. Solo había una diferencia. Aquella era una escuela de asesinos.

Y entonces llegó la demostración. Algo que Alex nunca olvidaría.

Una tarde los estudiantes se habían reunido en el patio principal, donde Oliver d'Arc los esperaba junto a Nile, que estaba vestido con ropas de judo blancas y un cinturón negro en torno a la cintura. Resultaba extraño cómo, a menudo, los dos colores parecían rodearlo, como mofándose siempre de su desazón.

—Nile fue uno de nuestros mejores estudiantes —explicó d'Arc—. Desde entonces ha ido subiendo en el escalafón de Scorpia con misiones sucesivas en Washington, Londres, Bangkok, Sidney... lo cierto es que por todo el mundo. Ha tenido la gentileza de mostrarnos algunas de sus técnicas. Estoy seguro de que aprenderéis algo de él —se inclinó—. Gracias, Nile.

En la siguiente media hora, Alex vio una demostración de fuerza, agilidad y forma que nunca olvidaría. Nile destrozó ladrillos y planchas con los codos, puños y pies desnudos. Tres estudiantes con largos palos de madera lo rodearon. Los derrotó sin armas, cimbreándose, moviéndose tan rápido que a veces las manos no eran más que manchones. Luego procedió a hacer una demostración con armas ninja: cuchillos, espadas, lanzas y cadenas. Alex vio cómo lanzaba una docena de *hira shuriken* a un blanco de madera. Se trataba de proyectiles mortíferos, con forma de estrella, que giraban en el aire, con las puntas de acero aguzadas. Uno tras otro se hundieron en la madera, clavándose en el círculo interior. Nile nunca fallaba. ¿Y ese era un hombre con algún tipo de debilidad secreta? Alex no podía verla, y comprendió ahora cómo lo había derrotado con tanta facilidad en el Palacio de la Viuda. Nunca tendría una oportunidad contra Nile.

Pero estaban en el mismo bando.

Alex se recordó eso estando en lo alto del campanario, observando cómo caía la noche y se extendía la oscuridad. Había hecho una elección. Ahora era parte de Scorpia.

Como su padre.

¿Había tomado la decisión correcta? En su momento, todo había parecido muy simple. Yassen Gregorovich le había dicho la verdad; la señora Rothman se lo había mostrado en la película. Pero aún no estaba seguro. Había una vocecilla susurrándole en la brisa vespertina que le decía que todo aquello era un terrible error, que no tenía que estar allí, que no era demasiado tarde para retroceder. ¿Pero dónde ir? ¿Cómo regresar a Inglaterra, sabiendo lo que sabía? El Puente Alberto. No podía borrar aquellas imágenes de su cabeza. Los tres agentes de Scorpia esperando. La señora Jones hablando por el radiotransmisor. La traición. John Rider cayendo hacia delante y yaciendo inmóvil.

Alex sentía cómo el odio corroía su interior. Era más fuerte que nada de lo que hubiera experimentado con anterioridad en su vida. Se preguntó si alguna vez conseguiría llevar una vida normal. No parecía existir ningún lugar al que pudiera ir. Puede que lo mejor para todos fuese que diera un paso adelante. Ya se encontraba al mismo borde. ¿Por qué no dejar que la noche lo sumiera?

—¿Alex?

No había escuchado llegar a nadie. Miró a su alrededor y vio a Nile parado en el umbral, con una mano descansando en el marco.

—Te estaba buscando, Alex. ¿Qué estabas haciendo?

—Pensando un poco.

—El profesor Yermalov dijo que creía haberte visto venir. No debieras estará aquí.

Alex esperaba que Nile avanzase, pero se quedó donde estaba.

—Lo único que buscaba era estar solo —le explicó Alex.

—Creo que debías bajar. Podrías caerte.

Alex dudó, antes de aceptar.

—De acuerdo.

Siguió a Nile por las escaleras de caracol hasta salir a nivel del suelo.

—El profesor d'Arc quiere verte —le dijo Nile.

—¿Para castigarme?

—¿Por qué se te ocurre eso? Lo has hecho sumamente bien. Todos están contentos contigo. Llevas aquí menos de quince días, pero ya has hecho grandes progresos.

Regresaron juntos. Se cruzaron con un par de estudiantes que murmuraron un saludo. Tan solo el día antes, Alex les había visto librar un duelo feroz con espadas de esgrima. Eran asesinos mortales; también eran sus amigos. Agitó la cabeza y siguió a Nile al interior del monasterio, al estudio de d'Arc.

Como de costumbre, el director estaba sentado tras su escritorio. Lucía tan pulcro como siempre, con la barba recortada a la perfección.

—Siéntate, Alex, por favor —dijo. Tecleó un poco en su ordenador y contempló la pantalla a través de sus gafas de montura dorada—. Tengo aquí algunas de tus notas —prosiguió luego—. Te complacerá saber que todos los profesores te tienen en alta estima —frunció el ceño—. Pero tenemos un pequeño problema. Tu perfil psicológico…

Alex no dijo nada.

—En cuanto al tema de matar —dijo d'Arc—, presté atención a lo que me dijiste la primera vez que entraste en mi oficina y, como ya te he dicho, hay muchas labores que puedes desarrollar para Scorpia. Pero aquí está el problema, mi querido muchacho. Si tienes miedo de matar, tienes miedo de Scorpia. No eres uno de los nuestros completamente… y me temo que nunca lo serás. Eso es insatisfactorio.

—¿Me está diciendo que me vaya?

—No exactamente. Solo te pido que confíes en nosotros un poco más. Estoy buscando alguna forma en la que sientas que eres del todo uno de los nuestros. Y creo que tengo la solución.

D'Arc apagó el ordenador y contorneó el escritorio. Estaba vestido con otro traje; usaba uno distinto cada día. Este era pardo, de espiguilla.

—Tienes que aprender a matar —dijo de repente. Tienes que hacerlo sin ninguna duda. Porque, una vez que lo has hecho en una ocasión, descubres que no es para tanto. Es lo mismo que lanzarse de cabeza a la piscina. Es tan fácil como eso. Pero tienes que cruzar la barrera psicológica, Alex, si quieres convertirte en uno de los nuestros —alzó una mano—. Sé que eres muy joven; sé que no es fácil. Pero quiero ayudarte. Quiero hacértelo menos doloroso. Y creo poder.

»Voy a enviarte mañana a Inglaterra. Esa misma tarde realizarás tu primera misión para Scorpia y, si tienes éxito, no habrá vuelta atrás. Comprenderás que eres de verdad uno de los nuestros y nosotros sabremos que podemos confiar en ti. Pero aquí viene lo bueno —d'Arc sonrió, mostrando dientes que no parecían reales—. Hemos elegido la persona en el mundo que, supongo que en eso estarás de acuerdo, más merece la muerte. Es alguien de la quien tienes razones para despreciar y confiamos en que tu odio y rabia te ayuden a llegar al final, apartando las últimas dudas que puedas tener.

»La señora Jones. La ayudante jefe de Operaciones Especiales del MI6. Ella fue la única responsable de la muerte de tu padre.

»Sabemos dónde vive; te ayudaremos a llegar a ella. Esa es la persona que tienes que matar.

«ESTIMADO PRIMER MINISTRO...»

JUSTO antes de las cuatro de la tarde, un hombre bajó de un taxi en Whitehall, pagó una flamante nota de veinte libras y comenzó a cruzar la escasa distancia que lo separaba de Downing Street. El hombre había salido de Paddington, pero no vivía allí. Ni había llegado a Londres en tren. Tenía unos treinta años y el pelo corto y rubio, y vestía traje y corbata.

No es posible entrar en Downing Street; no al menos desde que Margaret Thatcher levantó grandes puertas antiterroristas. Gran Bretaña es la única democracia cuyos líderes sienten la necesidad de ocultarse tras barrotes. Como siempre, había un policía allí, casi a punto de acabar su turno de ocho horas.

El hombre se dirigió hacia él, al tiempo que sacaba un envoltorio plano y blanco, hecho de un papel de gran calidad. Más tarde, una vez que el papel fue analizado, se descubrió que procedía de una empresa napolitana. No había huellas dactilares, aunque el hombre que lo había entregado no llevaba guantes.

No tenía huellas dactilares porque se las habían eliminado quirúrgicamente.

—Buenas tardes —dijo. No tenía acento de ninguna clase. Su voz era agradable y cortés.

—Buenas tardes, señor.

—Tengo una carta para el primer ministro.

El policía había oído eso un centenar de veces. Se trataba de excéntricos y grupos de presión, gente con quejas que exponer, gente que necesitaba ayuda. A menudo acudían con cartas y peticiones, esperando que llegasen al escritorio del primer ministro. El policía era amigable. Y estaba acostumbrado.

—Gracias, señor. Si quiere dejármela, yo se la haré llegar.

El policía cogió la carta, y esas serían las únicas huellas dactilares que se encontrarían más tarde. Escrito en la parte delantera de la carta con una caligrafía pulcra y fluida, se leía: *A la atención del Primer Ministro de Gran Bretaña, Primer Lord del Tesoro. 10 de Downing Street.* La llevó a la larga y estrecha oficina que es poco más que un cubículo, y que es por donde el público ha de pasar antes de entrar en la famosa calle. Eso es lo más cerca que llega una carta del número diez, normalmente. Se la reenvía a una oficina donde una secretaria, una de tantas, la abre y lee. Si fuese necesario, se pasa al departamento apropiado. Lo más probable es que, al cabo de unas pocas semanas, el remitente reciba una respuesta tipo y mecanografiada.

Con esta carta fue distinto.

Cuando el agente al mando la aceptó, le dio la vuelta y fue entonces cuando vio el escorpión plateado estampado en el otro lado. Hay muchos símbolos y palabras código empleados por las organizaciones criminales y terroristas. Están diseñados para hacerse instantáneamente identificables, de forma que las autoridades se los tomen en serio. El agente al mando comprendió al momento que estaba ante una comunicación de Scorpia y apretó el botón de alarma, alertando a la media docena de policías situados en el exterior.

—¿Quién ha entregado esto? —pregunto.

—Fue alguien… —el policía era viejo y a punto de jubilarse. Y tras ese día, el término de su carrera iba a estar mucho más cerca—. Un hombre joven. Rubio. Con un traje.

—Salga y trate de encontrarlo.

Pero ya era demasiado tarde. Segundos después de que el hombre del traje hubiese entregado la carta, otro taxi había acudido y se había subido en él. El taxi en cuestión no tenía licencia y su matrícula era falsa. Al cabo de menos de un kilómetro, el hombre se había bajado de nuevo para desaparecer entre las multitudes que hormigueaban por Charing Cross Station. Su pelo era ahora castaño oscuro; se había quitado la chaqueta y llevaba gafas de sol. Nunca lo vieron de nuevo.

A las cinco y media la carta ya había sido fotografiada, el papel analizado, el sobre examinado en busca de algún resto de agentes bioquímicos. El primer ministro no estaba en el país. Se había ido a Ciudad de México para participar junto con otros líderes mundiales en una cumbre sobre medio ambiente. Estaba en plena sesión fotográfica cuando tuvo que salir y lo informaron sobre la carta. Ya estaba de regreso al país.

Entre tanto, había dos hombres sentados en su oficina privada. Uno era el secretario permanente de la Oficina del Gabinete. El otro era el director de comunicaciones. Cada uno tenía una copia de la carta, compuesta de tres hojas de papel, mecanografiadas y sin firmar.

Rezaba así:

> Estimado Primer Ministro:
>
> Me temo que es mi penoso deber informarle de que estamos a punto de sumir en el terror a su país.
>
> Actuamos a las órdenes de un cliente extranjero que desea realizar algunos ajustes en la balanza de los poderes mundiales. Tiene cuatro exigencias:
>
> 1. Que los estadounidenses retiren sus tropas y agentes secretos de todos los países del mundo. Los estadounidenses no deben actuar nunca más como los policías del mundo.
> 2. Los estadounidenses deben anunciar su intención de destruir todas sus armas nucleares, así como las convencionales de largo alcance. Damos un plazo de seis meses para realizar esto y llevarlo a cabo por completo. Al cabo de ese tiempo, los Estados Unidos deben estar desarmados.

3. Han de pagar mil millones de dólares al Banco Mundial, dinero que se empleará en reconstruir países pobres o destruidos por las recientes guerras.
4. El presidente de los Estados Unidos debe dimitir de inmediato.

Señor Primer Ministro, se preguntará por qué le enviamos esta carta a usted, en vez de hacerlo directamente al Gobierno estadounidense.

La razón es muy simple. Ustedes son los mejores amigos de los estadounidenses. Siempre han apoyado su política exterior. Así que es hora de ver si ellos les son tan leales a ustedes como ustedes lo han sido con ellos.

Si ellos no cumplen, ustedes pagarán el precio.

Esperaremos dos días. Para ser más precisos, estamos dispuestos a darles cuarenta y ocho horas, a partir del momento en que reciban esta carta. A lo largo de ese plazo esperamos ver cómo el presidente de los Estados Unidos acepta nuestras condiciones. Al expirar el plazo, infligiremos un terrible castigo a la población británica.

Debemos informarle, Primer Ministro, de que hemos desarrollado un arma nueva, llamada Espada Invisible. Esta arma está actualmente a punto y operativa. Si el presidente de los Estados Unidos decide no dar satisfacción a nuestras cuatro exigencias en el tiempo señalado, entonces —exactamente a las cuatro de la tarde del jueves— muchos millares de estudiantes de Londres morirán. Permítame asegurarle con la mayor sinceridad que es inevitable. La tecnología está dispuesta, los blancos están ya señalados. Esto no es una amenaza vacía.

Aun así, es comprensible que dude del poder de Espada Invisible.

Hemos, por tanto, preparado una demostración. Esta tarde el equipo de reserva de fútbol inglés ha de regresar a Inglaterra desde Nigeria, donde han jugado varios partidos amistosos. Cuando lea esta carta, ya estarán en el aire. Deben llegar al aeropuerto de Heathrow a las siete y cinco.

Exactamente a las siete y cuarto, los dieciocho miembros de ese equipo, incluidos los entrenadores, morirán. No podrán salvarlos, no podrán protegerlos, solo podrán observar. Esperamos, mediante tal acción, que entiendan que tienen que tomarse esto en serio y obrar con diligencia para convencer a los estadounidenses y que accedan. Solo haciéndolo podrán evitar una matanza terrible y sin sentido de tantos jóvenes.

Nos hemos tomado la libertad de enviar una copia de esta carta al embajador estadounidense en Londres. Estaremos atentos a los nuevos canales de televisión, donde esperamos que se haga el anuncio. No recibirán más comunicados nuestros. Se lo reiteramos: estas exigencias no son negociables. La cuenta atrás ya ha comenzado.

Suyos afectísimos.

SCORPIA

Hubo un largo silencio, roto solo por el tictac de un viejo reloj, mientras los dos hombres releían la carta por cuarta y quinta vez. Ambos temían la reacción del otro, ya que se preguntaban cuál sería. Los dos hombres no podían ser más diferentes. Ni podían caerse peor el uno al otro.

Sir Graham Adair había sido un funcionario civil durante toda su vida, nunca parte de ningún gobierno, sino sirviéndolos siempre, aconsejándolos y (al decir de algunos) controlándolos. Estaba ya en la sesentena y tenía el cabello plateado y un rostro acostumbrado a esconder sus emociones. Vestía, como de costumbre, un traje oscuro y anticuado. Era de la clase de hombres que son parcos en movimientos y que nunca dice nada hasta haberlo pensado primero. Había trabajado con seis primeros ministros y opinaba de muy distinta forma sobre todos ellos. Pero nunca había confiado a nadie, ni siquiera a su esposa, sus pensamientos más íntimos. Era el perfecto funcionario de carrera. Siendo, como era, uno de los hombres más poderosos del país, se complacía en el hecho de que muy poca gente conociera su nombre.

El director de comunicaciones ni siquiera había nacido cuando sir Graham había entrado ya por primera vez en Downing Street. Mark Kellner era uno de los muchos «consejeros designados» de los que gustaba rodearse el primer pinistro; y también era el más influyente de todos. Había estado en la universidad —estudiando políticas y economía— con la esposa del primer ministro. Había trabajado cierto tiempo en televisión, hasta que lo habían invitado a probar fortuna en los entresijos del poder. Era un hombre bajo y delgado con gafas y el cabello demasiado rizado. También vestía un traje y había algo de caspa en sus hombros.

Fue Kellner el que rompió el silencio con una única palabra de cuatro letras. Sir Graham lo miró. Él nunca empleaba ese tipo de lenguaje.

—¿No se creerá nada de esta basura, no? —preguntó Kellner.

—Esta carta es de Scorpia —le respondió sir Graham—. Ya he tenido que tratar con ellos en el pasado, y tengo que decirle que no se caracterizan por amenazar en vano.

—¿Se ha creído que puedan haber inventado una especie de arma secreta? ¿Una espada invisible? —Mark Kellner no podía esconder el desprecio en su voz—. ¿Y qué va a pasar entonces? ¿Van a agitar alguna especie de varita mágica y todos van a caer muertos?

—Como ya le he dicho, señor Kellner, opino que Scorpia no ha enviado esta carta si no tuviese medios para respaldarla. Son, probablemente, la organización criminal más peligrosa del mundo. Mayor que la Mafia, más implacable que las tríadas.

—Pero dígame, ¿qué clase de arma puede apuntar a niños? Millares de escolares, eso es lo que han dicho. ¿Cómo lo van a hacer? ¿Lanzando alguna especie de bomba a los patios? ¡O puede que se les ocurra atacar las escuelas con granadas de mano!

—Han dicho que el arma está a punto y operativa.

—¡Esa arma no existe! —Kellner golpeó con las manos sobre su copia de la carta—. Y, aunque existiese, sus peticiones son ridículas. El presidente estadounidense no va a dimitir. Su popularidad es mayor que nunca. Y en lo que toca a la petición de que los estadounidenses desmantelen su sistema armamentístico, ¿de verdad Scorpia cree que se lo van a pensar un solo minuto? ¡Los estadounidenses adoran las armas! Tienen más armas que nadie en el mundo. Enseñe esta carta a su presidente y se reirá de usted.

—El MI6 no se inclina a descartar la posibilidad de que el arma exista.

—¿Ha hablado ya con ellos?

—He mantenido una conversación telefónica con Alan Blunt esta misma tarde. Le he enviado una copia de la carta. Cree, como yo, que tenemos que tomarnos el asunto con la máxima seriedad.

—El primer ministro ha cancelado su visita a México —murmuró Kellner—. Viene en vuelo de vuelta mientras nosotros hablamos. ¡No podemos tomárnoslo más en serio!

—Estoy convencido de que tenemos que estarle muy agradecido al primer ministro por interrumpir su conferencia —contestó secamente sir Graham—. Pero he de decir que el avión que ha de importarnos es ese que trae a los futbolistas. He hablado también con British Airways. El vuelo 0074 se retrasó en la salida de Lagos y solo pudo salir esta tarde, justo a las doce y media, hora de Inglaterra. Aterrizará en Heathrow a las siete y cinco, tal y como dice la carta. Y el equipo de reserva de fútbol inglés está a bordo.

—¿Y qué sugiere que debemos hacer? —preguntó Kellner.

—Es muy simple. La amenaza al avión está en Heathrow. Scorpia nos ha ayudado diciéndonos el lugar y la hora. Por tanto, debemos desviar de inmediato el avión. Puede aterrizar en Birmingham o Manchester. Nuestra prioridad absoluta debe ser preservar la seguridad de los jugadores.

—Temo no estar de acuerdo.

Sir Graham Adair observó al director de comunicaciones con ojos llenos de desprecio helado. Había hablado por teléfono con Alan Blunt. Los dos habían esperado aquello.

—Permítame explicarle lo que yo pienso —prosiguió Kellner. Alzó dos dedos en el aire, como para remarcar lo que iba a decir—. Sé que tiene miedo de Scorpia; lo ha dejado bien claro. Bueno. He leído sus exigencias y, personalmente, pienso que son una pandilla de idiotas. Pero, de todas formas, nos han dado una oportunidad de demostrar su falacia. Desviar a ese equipo de fútbol es la última cosa que debemos hacer. Podemos usar la llegada del avión para comprobar la validez de esa autoproclamada Espada Invisible. Y a las siete y dieciséis sabremos que no existe y que podemos poner la carta de Scorpia donde debe estar... ¡en la papelera!

—¿Está dispuesto a arriesgar la vida de nuestros jugadores?

—No hay riesgo alguno. Haremos un cordón de seguridad alrededor del aeropuerto de Heathrow, para hacer imposible que nadie se acerque. La carta dice que los jugadores serán alcanzados a las siete y cuarto, exactamente. Podemos saber quién está exactamente en el avión. Luego asegurarnos de que hay cien soldados armados rodeando el avión en cuanto aterrice. Scorpia puede traerse su arma, y así sabremos exactamente qué es y cómo trabaja. En cuanto alguien trate de poner el pie en el aeropuerto, lo arrestaremos y lo meteremos en la cárcel. Fin de la historia; fin de la amenaza.

—¿Y cómo piensa meter un centenar de guardias extras en el aeropuerto de Heathrow? —le preguntó sir Graham—. Desatará un pánico nacional.

Kellner sonrió.

—¿Piensa que no se me ocurrirá ningún artificio para salvar esa dificultad? Diré que se trata de un ejercicio de simulacro. Nadie va a extrañarse.

El secretario permanente suspiró. Había veces que se preguntaba si no era demasiado viejo para ese tipo de trabajo; y, desde luego, esa era una de las veces. Quedaba una última pregunta. Aunque ya sabía la respuesta.

—¿Se lo ha comentado al primer ministro? —preguntó.

—Sí. Mientras usted hablaba con el MI6, yo hablaba con él. Y está de acuerdo conmigo. Así que me temo que en este asunto no tiene usted nada que decir, sir Graham.

—¿Conoce los riesgos?

—Lo cierto es que no creemos que haya riesgo alguno. Es muy simple. Si no actuamos ahora, perderemos la oportunidad de ver esa arma en acción. Si lo hacemos a mi manera, Scorpia se verá obligada a descubrir sus cartas.

Sir Graham Adair se incorporó.

—Parece que no tenemos nada más que discutir —dijo.

—Sería bueno que pusiese al tanto al MI6.

—Por supuesto —sir Graham se fue hacia la puerta. Se detuvo y giró—. ¿Y qué pasa si está equivocado? —preguntó—. ¿Qué pasa si matan a nuestros jugadores?

Kellner se encogió de hombros.

—Por lo menos sabremos a qué nos enfrentamos —dijo—. Y además perdieron todos los partidos en Nigeria. Estoy seguro de que podremos reunir otro equipo.

El avión que aterrizaba en Heathrow era un Boeing 747; el vuelo BA 0074 procedente de Lagos. Había estado volando seis horas y treinta y cinco minutos. Había salido tarde. Hubo una demora, al parecer interminable, en Lagos: una especie de problema técnico. De eso se había ocupado Scorpia, por supuesto. Era importante que el avión siguiese el plan que se había trazado. Tenía que aterrizar a las cinco y siete. De hecho, tocó la pista con una diferencia de cinco minutos.

Los dieciocho componentes del equipo de fútbol estaban sentados en clase preferente. Tenían los rostros demudados y los ojos velados, y no solo por el largo vuelo, sino también por la serie de derrotas que dejaban atrás. No eran más que partidos amistosos. El resultado no tenía que importar, pero el viaje había sido algo así como una humillación.

Mientras miraban por las ventanillas, contemplando las luces grises y el asfalto gris de Heathrow en el crepúsculo, la voz del comandante resonó por el altavoz.

—Buenas tardes, señoras y señores, y bienvenidos al aeropuerto de Heathrow. Una vez más, les pido disculpas por los retrasos. Acabo de hablar con la torre de control y, por algún motivo, no vamos a aterrizar en el terminal principal, así que vamos a tardar un poco más. Por favor, permanezcan en sus asientos, con los cinturones puestos y los desembarcaremos en cuanto sea posible.

Y sucedió algo extraño. Mientras el avión rodaba, aparecieron dos *jeeps* del ejército, surgidos de ninguna parte, para escoltarlos a lo largo de la pista. Había soldados con metralletas en las partes traseras. Siguiendo las instrucciones de la torre de control, el avión giró y comenzó a alejarse de los edificios principales. Los dos *jeeps* lo acompañaban.

Alan Blunt estaba de pie junto a una ventana de observación, contemplando al 747 a través de unos prismáticos en miniatura. No se movió mientras el avión avanzaba con pesadez hacia un área de estacionamiento concreta, de cemento. Cuando bajó los prismáticos, sus ojos siguieron fijos en la distancia. No había hablado durante varios minutos; apenas respiraba siquiera. No hay nada más peligroso que un gobierno que no confía en sus propios servicios de espionaje y seguridad. Por desgracia, como bien sabía Blunt, el primer ministro había mostrado su disgusto tanto con el MI5 como con el MI6 ya desde el primer día en que llegó al poder. Aquel era el resultado.

—¿Y ahora qué? —Sir Graham Adair estaba de pie a su lado. El secretario permanente de la Oficina del Gabinete conocía muy bien a Alan Blunt. Se reunían formalmente una vez al mes, para discutir asuntos de espionaje. También eran miembros del mismo club y, ocasionalmente, jugaban juntos al bridge. Ahora estaba observando el cielo y la pista como si esperase ver cómo un misil impactaba contra el avión que se movía lentamente.

—Estamos a punto de ver cómo mueren dieciocho personas.

—Kellner es un maldito estúpido, pero, de todas formas, no entiendo cómo van a hacerlo —sir Graham no quería creerlo—. El aeropuerto está sellado desde las seis. Hemos triplicado la seguridad. Todo el mundo está en máxima alerta. ¿Ha mirado la lista de pasajeros?

Blunt sabía todo sobre cada hombre, mujer y niño que había subido al avión en Lagos. Cientos de

agentes habían gastado las últimas horas comprobando y cruzando datos, prestando atención a cualquier cosa que pudiera ser mínimamente sospecho-
sa. Si había asesinos o terroristas en el avión, tenían
que estar bien camuflados. Al mismo tiempo, los pilotos y la tripulación de cabina habían sido alertados
y estaban atentos a cualquier incidencia. Si una sola
persona se incorporaba siquiera antes de que el equipo hubiese desembarcado, darían la alarma.

—Por supuesto que lo hemos hecho —respondió
irritable Blunt.

—¿Y?

—Turistas. Hombres de negocios. Familias. Dos
meteorólogos y un cocinero famoso. Nadie parece
entender a qué nos estamos enfrentando.

—Dígamelo usted.

—Scorpia hará lo que ha dicho que hará: es tan
simple como eso. Nunca fallan.

—Esta vez no les resultará tan fácil —sir Graham
miró al reloj. Eran las siete y nueve—. Aún es posible
que nos hayan avisado en falso.

—Le avisaron únicamente porque sabían que no
podría hacer nada.

El avión se detuvo con los dos *jeeps* a ambos lados. Al mismo tiempo, aparecieron más soldados armados. Estaban por todas partes. Unos en grupos
por el terreno, observando el avión a través de las
miras telescópicas de sus armas automáticas. Había
tiradores en los tejados, conectados mediante radio.

Policías armados con perros entrenados esperaban a la entrada de la terminal principal. Todas las puertas estaban guardadas. No dejaban entrar o salir a nadie.

Habían pasado otros sesenta segundos. Quedaban cinco minutos para el final de la cuenta: las siete y cuarto.

En el avión, el comandante apagó los motores. Normalmente los pasajeros estarían ya levantándose, cogiendo los equipajes de mano, ansiosos por salir. Pero ya todos se daban cuenta de que algo iba mal. El avión parecía haberse detenido en mitad de ninguna parte. Les apuntaban focos poderosos, como tratando de clavarlos al suelo. No había ninguna pasarela de pasajeros conectando la puerta con la terminal. Un vehículo avanzaba despacio, llevando una escalerilla. Soldados de uniforme caqui con cascos y visores se deslizaban a su lado. Por cualquier ventanilla a la que se asomasen los pasajeros, estos podían ver fuerzas armadas que rodeaban por completo el avión.

El comandante habló de nuevo, con una voz que era deliberadamente tranquila y despreocupada.

—Damas y caballeros, parece que tenemos un pequeño problema aquí, en Heathrow, pero la torre de control me asegura que es cuestión de rutina… no hay nada de qué preocuparse. Abriremos la puerta principal en un momento, pero debo pedirles que permanezcan en sus asientos hasta que se les indique

que pueden salir. Primero desembarcarán los pasajeros de clase preferente, empezando por las filas del siete al nueve. El resto podrá salir inmediatamente. Debo pedirles que tengan paciencia unos minutos más.

Filas siete a nueve. El comandante ya había sido instruido. Esas eran las filas que ocupaba el equipo de fútbol. No habían informado a ninguno de los jugadores de lo que estaba ocurriendo.

Quedaban cuatro minutos.

Los jugadores se incorporaron y comenzaron a recoger sus equipajes de mano, que consistían en una variedad de bolsas de deporte y *souvenirs:* ropas de brillantes colores y tallas de madera. Estaban contentos de haber sido elegidos los primeros. Algunos incluso pensaban que era una cosa bastante divertida.

La escalera quedó conectada al lateral del avión y Blunt observó mientras un hombre con mono naranja subía corriendo a situarse junto a la puerta. El hombre parecía un técnico del aeropuerto, pero la verdad es que trabajaba para el MI6. Una docena de soldados llegaron corriendo y formaron un círculo alrededor de la escalera, con las armas apuntando hacia el exterior, de forma que parecían un puercoespín humano. Todos los ángulos estaban cubiertos. El edificio más cercano se encontraba a más de cincuenta metros.

Al mismo tiempo, apareció un autobús. Este era uno de los dos que Heathrow guardaba para ocasiones especiales como esa. Parecía un autobús ordinario, pero su carrocería era de acero reforzado y sus ventanas eran blindadas. Blunt se había ocupado de todos esos preparativos, trabajando con la policía y las autoridades aeroportuarias. Tan pronto como los jugadores estuvieran a bordo, los sacarían del aeropuerto, sin pasar por aduanas ni controles de pasaporte. Coches veloces estaban esperando al otro lado de la verja. Los jugadores, dos o tres por coche, serían enviados a un lugar secreto de Londres. Y entonces estarían a salvo.

O eso esperaban todos. Blunt no estaba nada seguro.

—No hay nada —murmuró sir Graham—. No hay nadie cerca.

Era verdad. El área circundante al avión estaba vacía. Puede que hubiese una cincuentena de soldados y policías a la vista. Pero nadie más.

—Scorpia tiene que haber estado esperando esto.

—Tal vez uno de los soldados… —sir Graham no había pensado en eso hasta aquel momento, cuando ya era demasiado tarde.

—Los hemos comprobado a todos —repuso Blunt—. Revisé personalmente la lista.

—Entonces, por Dios que…

La puerta del avión se abrió.

Apareció una azafata en lo alto de la escalera, parpadeando nerviosa ante el resplandor de los focos. Fue entonces cuando pudo apreciar lo seria que tenía que ser la situación. Era como si el aeroplano hubiese aterrizado en un campo de batalla. Estaba totalmente rodeado. Había hombres armados por doquier.

El agente del MI6 con el mono naranja habló brevemente con ella, y la azafata volvió al interior. Luego salió el primero de los futbolistas, con una bolsa de deportes colgando del hombro.

—Ese es Hill-Smith —dijo sir Graham—. Es el capitán del equipo.

Blunt echó una ojeada a su reloj. Eran las siete y catorce.

Edmund Hill-Smith tenía el pelo oscuro y era un hombre bien plantado. Miró a su alrededor, obviamente desconcertado. Otros miembros del equipo lo seguían. Un negro con gafas. Su nombre era Jackson Burke, y era el portero. Tras él uno de los delanteros, un hombre de pelo rubio. Portaba un sombrero de paja, que debía haber comprado en un mercado nigeriano. Uno a uno, fueron apareciendo en la puerta y comenzaron a bajar las escaleras hacia el autobús que los esperaba.

Blunt no dijo nada. Una pequeña arteria latía en su sien. Los dieciocho hombres habían salido. Sir Graham miró a derecha e izquierda. ¿De dónde iba a llegarles el ataque? No había nada que pudiera hacer nadie. Hill-Smith y Burke ya habían llegado al autobús. Estaban a salvo en su interior.

Blunt giró la muñeca. La manecilla larga de su reloj pasaba de y veinte.

Uno de los jugadores, el último en abandonar el avión, pareció tambalearse. Sir Graham vio cómo uno de los soldados se daba la vuelta, alarmado. Dentro del autobús, Burke se venció de espaldas, con los hombros golpeando contra el cristal. Otro jugador, a mitad de la escalerilla, dejó caer su bolsa y se agarró el pecho, con el rostro contorsionado por el dolor. Se desplomó, cayendo sobre los dos hombres que tenía delante. Pero ellos también parecían ser víctimas de alguna fuerza invisible…

Los jugadores se desplomaron uno tras otro. Los soldados gritaban y gesticulaban. Lo que estaba ocurriendo era imposible. No había enemigo alguno. Nadie había hecho nada. Pero dieciocho atletas saludables estaban cayendo delante de sus ojos. Sir Graham vio cómo uno de los soldados hablaba frenéticamente por un radiotransmisor y, un segundo más tarde, apareció una flotilla de ambulancias, con las luces centelleando, enfilando a toda velocidad el avión. Así que alguien había previsto que podía suceder lo peor. Sir Graham echó una mirada a Blunt y comprendió que había sido él.

Las ambulancias habían llegado ya demasiado tarde. Cuando aparecieron, Burke estaba caído de espaldas, dando sus últimos estertores. Hill-Smith se le había unido, desplomado sobre el suelo del autobús, los labios morados, los ojos vacíos. Los peldaños estaban llenos de cuerpos, uno o dos aún debatiéndose débilmente, los demás sumidos en una quietud mortal. El hombre del cabello rubio estaba perdido en un amasijo de cuerpos. El sombrero de paja se había ido rodando, arrastrado por la pista en alas de la brisa.

—¿Qué? —sir Graham boqueaba—. ¿Cómo? —no podía encontrar las palabras.

—Espada Invisible —le contestó Blunt.

En ese preciso instante, como medio kilómetro más lejos, en la Terminal Dos, estaban llegando los pasajeros de un vuelo procedente de Roma. En el control de pasaportes un agente se fijó en una pareja que viajaba con su hijo. El chico tenía catorce años. Tenía sobrepeso, pelo negro, gafas gruesas y acné. Había un ligero bigote en su labio superior. Era italiano y, según el pasaporte, su nombre era Federico Casali.

El agente de inmigración podría haber observado más detenidamente al chico. Había una alerta referente a un adolescente de catorce años llamado Alex Rider. Pero sabía lo que estaba ocurriendo fuera, en la pista principal. Todos lo sabían. El aeropuerto entero estaba sumido en el pánico y por eso estaba distraído. Ni siquiera comparó el rostro que tenía delante con la foto que había estado circulando. Lo que estaba ocurriendo fuera era mucho más importante.

Scorpia lo había cronometrado a la perfección.

El chico cogió su pasaporte y se alejó arrastrando los pies a través de la aduana para salir del aeropuerto.

Alex Rider había vuelto a casa.

ENTREGA DE *PIZZA*

Los espías tienen que ser muy cuidadosos respecto de donde viven.

Una persona ordinaria puede elegir una casa o un piso en función de sus hermosas vistas, por la forma de las habitaciones o porque le resulta acogedora. Pero para los espías, el primer factor es la seguridad. Hay un salón confortable... pero ¿puede ofrecer un buen blanco a la bala de un posible tirador? Un jardín es hermoso... siempre que la verja sea lo suficientemente alta y que no haya matorrales bastantes como para ocultar a un intruso. Hay que comprobar al vecindario, por supuesto. Y al cartero, el lechero, el limpiaventanas y todos aquellos que se acercan a la puerta delantera. Esa misma puerta ha de tener por lo menos cinco cerraduras distintas y también sistemas de alarma, cámaras nocturnas y botones de alarma. Alguien dijo una vez que la casa de un inglés es su castillo. Para un espía es además su prisión.

La señora Jones vivía en un ático, en la novena planta de un edificio de Clerkenwell, no lejos del mercado de Smithfields. Había allí cuarenta pisos y el informe de seguridad del MI6 indicaba que la mayor parte de los residentes eran banqueros o abogados, que trabajaban en la City. Melbourne House no era un lugar barato. La señora Jones disponía de doscientos metros cuadrados y dos terrazas privadas en la última planta; mucho espacio, sobre todo porque vivía sola. En el mercado inmobiliario le hubiese costado más de un millón de libras cuando lo compró siete años atrás. Pero lo cierto es que el MI6 tenía un archivo sobre el vendedor. Este lo había visto y se había sentido contento de llegar a un acuerdo.

El piso era seguro. Y desde el momento en que Alan Blunt había decidido que su segundo al mando podía necesitar protección, lo era mucho más.

Las puertas delanteras se abrían a una recepción larga y bastante poco acogedora con un escritorio, dos higuerones y un simple ascensor al final de todo. Había cámaras de televisión sobre el escritorio y en la calle, grabando a todo aquel que entraba. Melbourne House tenía porteros las veinticuatro horas, siete días a la semana, pero Blunt los había reemplazado por agentes de su propio servicio. Estarían allí tanto como fuese necesario. También había instalado un detector de metales próximo al mostrador de recepción, idéntico a los que uno puede encontrar en un aeropuerto. Todos los visitantes tenían que pasar a través de él.

Los demás residentes no se habían mostrado especialmente contentos ante esto, pero les habían asegurado que era temporal. Habían aceptado a regañadientes. Todos sabían que la mujer que vivía sola en la última planta trabajaba en algo del Gobierno. También sabían que era mejor no hacer demasiadas preguntas. El detector de metales llegó; lo instalaron. La vida prosiguió.

Era imposible entrar en Melbourne House sin pasar por delante de los dos agentes del mostrador. Había una entrada en la parte trasera, pero estaba cerrada y con alarmas. No se podía trepar por el edificio. Los muros no tenían asideros de ninguna clase; además, había más agentes patrullando constantemente. Por último, había siempre un agente de servicio ante la puerta de la señora Jones, y tenía una buena visión del pasillo en ambas direcciones. No había lugar donde ocultarse. El agente, en contacto por radio con los de abajo, estaba armado con un arma de alta tecnología, sensible a sus huellas dactilares. Solo él podía dispararla, por lo que si, aunque fuese imposible, lo sorprendían, no podrían usar su arma.

La señora Jones había protestado ante tanta medida. Era una de las pocas veces en que había discutido con su superior.

—¡Por Dios, Alan! Estamos hablando de Alex Rider.

—No, señora Jones. Estamos hablando de Scorpia.

No hubo más discusión después de eso.

A las once y media de esa noche, varias horas después de las muertes del aeropuerto de Heathrow, había dos agentes sentados ante el mostrador. Los dos tenían veintitantos años y vestían los uniformes de los guardias de seguridad. Uno era regordete, con pelo corto y rubio, y el rostro infantil del que nunca ha roto un plato. Se llamaba Lloyd. Lo habían reclutado para el MI6 directamente en la universidad, pero estaba desencantándose rápidamente. Esa clase de trabajo, por ejemplo. No era lo que había esperado. El otro hombre era moreno y de aspecto extranjero; lo podrían haber confundido con un jugador brasileño. Estaba fumándose un cigarrillo, aunque estaba prohibido, y eso disgustaba a Lloyd. Se llamaba Ramírez. Aquel par había comenzado su turno hacía unas pocas horas. Estarían allí hasta las siete de la mañana, cuando la señora Jones se fuese.

Se aburrían. En lo que a ellos tocaba, no tenían oportunidad alguna de hacer nada estando tan cerca su jefe en la planta nueve. Y como si quisieran ofenderlos, les habían dicho que estuvieran atentos a un chico de catorce años. Les habían dado una foto de Alex Rider, y ambos habían estado de acuerdo en que aquello era una tontería. ¿Por qué iba un estudiante a disparar contra el segundo al mando de Operaciones Especiales?

—Puede que sea su tía —bromeó Lloyd—. A lo mejor se le olvidó su cumpleaños y quiere vengarse de ella.

Ramírez lanzó un anillo de humo.

—¿De verdad lo crees?

—No sé. ¿Tú que opinas?

—No opino. Esto es una pérdida de tiempo.

Habían estado hablando sobre los sucesos de Heathrow. Aunque pertenecían al MI6, eran demasiado novatos como para que les contasen qué había ocurrido de verdad con el equipo de fútbol. Según la radio, habían contraído una extraña enfermedad en Nigeria. Aunque de momento nadie había dado explicaciones de cómo habían conseguido morirse todos a la vez.

—Puede que fuese malaria —especuló Lloyd—. Cosa de esos mosquitos de por allí.

—¿Mosquitos?

—Supermosquitos. Modificados genéticamente.

—Sí. ¡Seguro!

Justo en ese instante las puertas se abrieron y un joven negro de andares arrogantes entró en la recepción, vestido con ropas de cuero de motorista, con un casco en la mano y una mochila de tela al hombro. Había un logo en su pecho, que se repetía en la mochila:

Perelli's Pizzas
Su pizza a medida y al momento

Los agentes lo examinaron con la mirada. Tendría diecisiete o dieciocho años. El pelo corto y rizado, y una barba rala. Un diente de oro. Y mucha pose. Sonreía de forma torcida, como si no estuviese sencillamente entregando comida rápida en un piso caro. Como si viviese allí.

Lloyd lo detuvo.

—¿Adónde la llevas?

El repartidor pareció cogido por sorpresa. Buscó en su bolsillo y sacó una mugrienta hoja de papel.

—Foster —dijo—. Han pedido una *pizza* en la sexta planta.

Ramírez empezaba a tomar interés en el asunto. Iba a ser una larga noche. Nadie había entrado ni salido aún.

—Vamos a echar un vistazo a tu bolsa —dijo.

El repartidor hizo rodar los ojos.

—¿Me estás tomando el pelo, tío? No es más que una maldita *pizza*, eso es todo. ¿Qué es este sitio? ¿Fort Knox o algo parecido?

—Tenemos que ver lo que hay dentro —le informó Lloyd.

—Vale. ¡Por Dios!

El repartidor abrió la bolsa y sacó una botella de Coca-Cola de un litro que colocó sobre el mostrador.

—Creí entender que solo traías una *pizza* —refunfuñó Lloyd.

—Una *pizza*. Una botella de cola. ¿Por qué no llaman a mi oficina?

Los dos agentes cambiaron miradas.

—¿Qué más llevas encima? —le preguntó Lloyd.

—¿Es que quieren verlo todo?

—Sí. Por supuesto que queremos.

—¡Vale! ¡Vale!

El repartidor colocó su casco al lado de la botella. Sacó un puñado de pajitas de beber, dentro de sus envoltorios. Con ellas había una tarjeta rectangular, de unos quince centímetros de largo. Lloyd la cogió.

—¿Qué es esto?

¿A usted que le parece? —el repartidor suspiró—. Mejor no haberla traído. Es algo así como... una promoción. ¿No sabe leer?

—Si quieres entrar en este sitio, mejor cuida tus modales.

Lloyd examinó la tarjeta. Había imágenes de *pizzas* a ambos lados y una serie de ofertas especiales. Pizza tamaño familiar, cola y pan de ajo por solo nueve libras. Si se pide antes de las siete, una libra menos.

—¿Quiere pedir una *pizza*? —le preguntó el repartidor.

Estaba buscando las cosquillas a los dos agentes por el lado que no debía.

—No —le respondió Lloyd—. Pero queremos ver la que vas a entregar.

—¡No puedes hacer eso, tío! No es higiénico.

—Si no la vemos, no la entregas.

—Vale. Lo que digas. ¿Sabes? He repartido *pizzas* por todo Londres y jamás me ha pasado esto.

Frunciendo el ceño, sacó la caja de cartón, aún caliente al tacto, y la depositó sobre el mostrador de recepción. Lloyd levantó la tapa y allí estaba la *pizza*; una cuatro estaciones con jamón, queso, tomate y aceitunas negras. El aroma de la *mozzarella* fundida se alzó en oleadas.

—¿Quieres probarla también? —preguntó con sarcasmo el repartidor

—No. ¿Y ahí que llevas?

—Nada en absoluto. Está vacía —el repartidor abrió la mochila para mostrársela. A ver, si tanto os preocupa la seguridad, ¿por qué no la entregáis vosotros mismos?

Lloyd cerró la caja. Sabía que debía hacer justamente eso. ¡Pero era un agente secreto, no un *pizzero*! Y, de todas formas, la *pizza* no iba a ir más que hasta la sexta planta. Podía ver desde donde estaba el ascensor. Había un panel de acero al lado de la puerta, marcado con la letra G y números del uno al nueve. Cada número se encendía según subía el ascensor y si el repartidor de *pizzas* trataba de ir más lejos, lo vería. En cuanto a las escaleras situadas entre las plantas, habían sido equipadas con alarmas de presión y cámaras de seguridad. Incluso los conductos de aire acondicionado que surcaban el edificio tenían alarmas.

Era un lugar seguro.

—Vale —decidió—. Puedes subirla. Vete derecho a la planta sexta. No vayas a ningún otro sitio. ¿Me has entendido?

—¿Para qué iba querer ir a ningún otro lado? Tengo una *pizza* para alguien llamado Foxter y ese está en la sexta planta.

El repartidor rellenó la mochila y se marchó.

—Pasa por el detector de metales —le ordenó Ramírez.

—¿Tenéis un detector de metales? Creí que esto era un bloque de pisos, no el aeropuerto de Heathrow.

El repartidor tendió su casco a Ramírez y, con la mochila aún a la espalda, pasó a través del arco metálico. La máquina guardó silencio.

—¡Ya está! —dijo—. Estoy limpio. ¿Puedo ahora entregar la *pizza*?

—¡Espera un momento! —el agente de pelo rubio sonaba amenazador—. Te has olvidado la cola, y la tarjeta de promociones —cogió ambas cosa del mostrador y se las tendió.

—Sí. Gracias —el repartidor se encaminó hacia los ascensores.

Sabía que lo retendrían.

Bajo la peluca y la máscara de látex negra, Alex Rider se permitió un suspiro de alivio. El disfraz había funcionado. Nile le había dicho que no había razón alguna para dudarlo. Había tenido cuidado en que su voz sonase mayor, con acento auténtico. El traje de motorista lo había hecho más fornido y llevaba zapatos especiales que le prestaban tres centímetros de altura adicionales. No le había preocupado que registraran su mochila. En cuanto había puesto los ojos encima de Lloyd y Ramírez, se había percatado de que eran nuevos en el negocio, con poca experiencia.

Si hubieran aceptado su ofrecimiento y exigido llamar a la empresa de *pizzas*, Alex les hubiera dado una tarjeta comercial con el teléfono. Pero hubiera sido Scorpia quien hubiese respondido. Si hubieran sido espabilados, los dos agentes hubiesen telefoneado a la sexta planta. Pero Sara Foster, la propietaria del piso, estaba ausente. Habían desviado su teléfono desde el exterior. La llamada se hubiera redirigido... de nuevo a Scorpia.

Todo había salido según lo planeado.

Habían llevado a Alex desde Malagosto a Roma, donde había tomado un vuelo con dos agentes de Scorpia que nunca había visto antes. Habían ido con él a Heathrow, acompañándolo a través del control de pasaportes y asegurándose de que no había problemas. ¿Cómo iba a haberlos? Alex iba disfrazado, tenía pasaporte falso. Y parecía haber alguna especie de alerta de seguridad en el aeropuerto, y todos estaban corriendo de un lado a otro. Sin duda, obra de Scorpia.

Lo habían llevado de Heathrow a una casa en mitad de Londres, de la que solo había tenido un atisbo de la puerta delantera y de la calle tranquila y arbolada en la que se hallaba, antes de que le apurasen a entrar. Nile estaba allí esperándolo, sentado en una silla antigua, con las piernas cruzadas.

—¡Federico! —saludó a Alex por el nombre de su falso pasaporte.

Alex habló poco. Nile enseguida lo puso al tanto. Le estaba tendiendo otro disfraz —el traje del repartidor de *pizzas*—, así como todo cuanto necesitaba para invadir el piso de la señora Jones y matarla. Salir de nuevo iba a ser el problema.

—Será fácil —le dijo Nile—. No tienes más que salir por donde has entrado. Y si hay algún problema, estoy seguro de que podrás solucionarlo, Alex. Tengo puesta en ti la máxima confianza, Alex.

Scorpia ya había reconocido previamente el piso. Nile le mostró los planos. Sabían dónde estaban las cámaras, cuántas alarmas de presión había, cuántos agentes destacados. Y todo había funcionado a la perfección, hasta el truco de la botella de cola que Alex había olvidado deliberadamente en el mostrador de recepción, *y que le habían devuelto sin pasar por el arco detector de metales*. Era cuestión de simple psicología. Una botella de plástico rellena de líquido. ¿Cómo iba a contener algo metálico?

Alex llegó al ascensor y se detuvo. Aquel era el momento clave.

Daba la espalda a los dos agentes. Estaba parado entre ellos y el ascensor, bloqueando su línea de visión. Ya había sacado, mientras caminaba, la tarjeta de ofertas especiales de la mochila de lona y ahora la sostenía con ambas manos. Lo cierto es que había despegado uno de los lados para mostrar que debajo había una delgada placa plateada con una letra G y los números del uno al nueve. Era idéntica a la placa que había junto al ascensor. El otro lado era magnético. Como por casualidad, Alex se inclinó hacia delante y colocó el panel falso sobre el real. Quedó emplazado de inmediato. Al colocarlo se había activado también. No era cuestión más que de sincronización.

Las puertas del ascensor se abrieron y entró. Al darse la vuelta, vio a los dos agentes que lo observaban. Tendió la mano y apretó el botón de la planta novena. Las puertas se cerraron, obstruyendo la visión. Un segundo después, el ascensor se sacudió y comenzó su ascenso.

Los dos agentes vieron cómo los números cambiaban junto a la puerta del ascensor. Planta baja… uno… dos… Lo que no podían entender era que no estaban viendo el verdadero avance del ascensor. Un chip delgado y una pila de reloj dentro de la placa plateada se encargaban de encender los números falsos. Los verdaderos estaban ocultos debajo.

Alex llegó a la planta novena.

El panel plateado mostraba que se había detenido en la planta sexta.

Le había llevado treinta segundos subir desde la planta baja. En ese tiempo, Alex se había quitado el traje de motorista para revelar que debajo llevaba ropajes sueltos, ligeros y negros: el uniforme de los asesinos ninja. Se quitó la peluca y arrancó la máscara de látex del rostro. Salió casi de una pieza. Por último, se quitó los dientes de oro. Las puertas se abrieron. De nuevo era él mismo.

Le habían enseñado un plano de todo el edificio. El piso de la señora Jones estaba a la derecha y había dos fallos imperdonables de seguridad. Aunque había cámaras en circuito cerrado de televisión en las salidas de incendio, no había ninguna en el pasillo. Y los agentes apostados frente a la puerta podían ver todo el camino, de un extremo a otro, pero no dentro del ascensor. Dos puntos ciegos. Alex estaba a punto de sacar ventaja de ambos.

El agente de la novena planta había oído llegar el ascensor. Al igual que Lloyd y Ramírez abajo, era nuevo en el oficio. Se preguntó por qué habían enviado el ascensor. Tal vez tuviera que llamar abajo y preguntar. Antes de que pudiera tomar cualquier decisión, un chico de pelo rubio y muerte en los ojos emergió. Alex Rider empuñaba una de las pajitas que los dos agentes habían visto, pero no examinado. La había sacado de su envoltorio y ya la tenía entre los labios. Sopló.

El *fukidake*, una cerbatana, era otra de las armas letales usadas por los ninjas. Un dardo de aguja que disparado contra una arteria mayor podía causar la muerte en el acto. Pero había también otros dardos que habían sido ahuecados y se rellenaban de veneno. Un ninja podía herir a un hombre a una distancia de veinte metros o más sin hacer el más mínimo sonido. Alex estaba mucho más cerca. Por suerte para el agente, el dardo que disparó con la pajita solo contenía una droga narcótica. Le alcanzó en un lado de la mejilla. El agente abrió la boca para gritar, miró de forma estúpida a Alex y luego se derrumbó.

Alex sabía que tenía que moverse rápido. Los dos agentes de abajo le habían dado un par de minutos, pero esperaban que bajase. Cogió la botella de cola y la abrió; no girando el tapón, sino abriendo la propia botella. Esta se dividió en dos. Cayó un líquido marrón oscuro, empapando la alfombra. Dentro de la botella había un paquete, envuelto en plástico marrón, el mismo color que la cola. Como la etiqueta cubría la mayor parte del mismo, el paquete había resultado completamente invisible. Alex lo rasgó. Dentro había una pistola.

Era una Kahr P9 de doble acción, semiautomática, fabricada en Estados Unidos. Tenía quince centímetros de longitud, hecha de acero inoxidable y polímeros, pesaba trescientos gramos, lo que la hacía una de las pistolas más pequeñas y ligeras del mundo. El cargador podía contener siete balas; pero, para bajar el peso, Scorpia le había dado solo una. Era cuanto necesitaba Alex.

Cargado con la mochila de tela de la *pizza*, pasó junto al agente narcotizado hasta llegar a la puerta de la señora Jones. Tenía tres cerraduras, tal y como le habían dicho. Levantó la tapa de la caja de la *pizza* y sacó tres aceitunas negras, metiendo una en cada cerradura. La mochila de lona tenía un falso fondo. Lo abrió y sacó tres cables, que conectó a las aceitunas. Había una caja de plástico y un botón en el fondo de la mochila. Agachándose, Alex apretó el botón. Las aceitunas, que no eran tales, explotaron silenciosamente, con fogonazos brillantes, ardiendo dentro de las cerraduras. Se alzó en el aire un leve olor a metal quemado. La puerta se abrió.

Empuñando con fuerza la pistola, Alex entró en una gran estancia, con cortinas grises en el muro más alejado, una mesa y cuatro sillas, y un conjunto de sofás de cuero. Estaba iluminado con un suave resplandor amarillo que surgía de una única lámpara. La estancia era moderna y poco amueblada; poco podía decirle todo aquello de la señora Jones que ya no supiera. Incluso las pinturas de los muros eran abstractas, manchurrones de color que no transmitían nada. Pero había pistas. Vio una fotografía en un estante, de una señora Jones más joven, que de hecho sonreía, con dos niños, un chico y una chica de unos seis y cuatro años, respectivamente. ¿Sobrino y sobrina? Se le parecían mucho.

La señora Jones leía libros; tenía una televisión cara y un lector de DVD; y había un tablero de ajedrez. Tenía una partida a medias. ¿Pero con quién?, se preguntó Alex. Nile le había dicho que vivía sola.

Escuchó un suave ronroneo y vio a un gato siamés tendido sobre uno de los sofás. Eso sí fue una sorpresa. No esperaba que la ayudante jefe de Operaciones Especiales del MI6 necesitase compañía de ninguna clase.

El ronroneo subió de tono. Era como si el gato tratase de avisar a su dueña de que él estaba allí; y, como en respuesta, una puerta se abrió en el otro extremo de la habitación.

—¿Qué pasa, Q?

Apareció la señora Jones. Al acercarse al gato, vio de repente a Alex y se detuvo.

—¡Alex!

—Hola, señora Jones.

Vestía una bata de seda gris. Alex, de repente, tuvo una visión de la vida que llevaba y de la vacuidad de la misma. Llegaba del trabajo, se pegaba una ducha, cenaba sola. Luego estaba la partida de ajedrez... puede que jugada a través de Internet. Las noticias de las diez en televisión. Y el gato.

Ella se detuvo en mitad de la estancia. No parecía alarmada. No podía hacer nada; no había botón de alarma ni nada que pudiese tocar. Tenía el pelo aún mojado de la ducha; Alex se fijó en que llevaba los pies desnudos. Él alzó la mano y ella vio la pistola.

—¿Te ha enviado Scorpia? —preguntó ella.

—Sí.

—Para matarme.

—Sí.

Ella asintió, como entendiendo por qué.

—Te han hablado de tu padre —dijo.

—Sí.

—Lo siento, Alex.

—¿Siente haberlo matado?

—Siento no habértelo contado yo.

No trató de moverse, se quedó allí inmóvil, frente a él. Alex sabía que no tenía mucho tiempo. En cualquier momento el ascensor volvería a la planta baja. Y en cuanto los agentes viesen que no estaba dentro, darían la alarma. Puede que ya estuviesen en camino.

—¿Qué ha sido de Winters? —preguntó ella. Alex no sabía a quién se refería—. Estaba ante mi puerta —se explicó entonces ella.

Así que Winters era el tercer agente.

—Lo he dejado inconsciente.

—Entonces has logrado pasar delante de los dos de abajo. Y has irrumpido en mi casa —la señora Jones se encogió de hombros—. Scorpia te ha entrenado bien.

—No fue Scorpia la que me entrenó, señora Jones; fue usted.

—Pero ahora te has unido a Scorpia.

Alex asintió.

—No llego a imaginarte como un asesino, Alex. Entiendo que no te caiga bien; ni yo ni Alan Blunt. Eso sí puedo comprenderlo. Pero te conozco. No creo que tengas idea de en lo que te has metido. Supongo que en Scorpia fueron todo sonrisas; seguro que estuvieron encantados de verte. Pero te han estado mintiendo…

—¡Basta! —el dedo de Alex se engarfió sobre el gatillo. Comprendía que estaba tratando de ponérselo difícil. Ya le habían advertido de que eso es lo que haría. Hablar con él, usar su nombre de pila, para recordarle que no era solo un recorte de papel, ni una diana. Estaba sembrando la duda en su mente. Y, por supuesto, ganando tiempo.

Nile le había dicho que lo hiciese rápido, en cuanto la viese. Alex comprendía que la cosa se estaba poniendo fea, que ella le había ganado ya la primera mano, aunque él tuviese la pistola. Se recordó a sí mismo lo que la señora Rothman le había enseñado en Positano. El Puente Alberto. La muerte de su padre. Estaba cara a cara con la mujer que había dado orden de disparar.

—¿Por qué lo hizo? —preguntó. Su voz se había convertido en un susurro. Estaba tratando de encauzar el odio, de dotarse de la fuerza necesaria para hacer aquello que había ido a hacer.

—¿Hacer qué, Alex?

—Usted mató a mi padre.

La señora Jones lo miró durante un largo instante y fue imposible de describir lo que asomó a aquellos ojos negros. Pero Alex pudo comprender que estaba haciendo algún tipo de cálculo. Por supuesto, su vida entera era una serie de cálculos, y cuando se salía de los patrones, por lo normal alguien perdía la vida. La única diferencia es que esta vez la muerte podía ser la suya.

Pareció tomar una decisión.

—¿Podrás perdonarme, Alex? —preguntó, con súbita dureza—. Estamos hablando de John Rider, un hombre al que nunca conociste. Nunca hablaste con él, no lo recuerdas. No sabes nada de él.

—¡Aun así era mi padre!

—Era un asesino. Trabajaba para Scorpia. ¿Tienes idea de cuánta gente mató?

Cinco o seis. Eso era lo que la señora Rothman le había dicho.

—Está aquel asunto del hombre de negocios de Perú; estaba casado y tenía un hijo de tu edad. Luego el cura de Río de Janeiro; trataba de ayudar a los chicos de la calle, pero, por desgracia, se ganó demasiados enemigos, así que lo quitaron de en medio. Y aquel policía ingles. Un espía estadounidense. Y aquella mujer; estaba a punto de dejar al descubierto a una gran empresa de Sidney. No tenía más que veintiséis años, Alex, y él le disparó cuando iba a salir del coche…

—¡Basta! —Alex empuñaba ahora la pistola con las dos manos—. No quiero escuchar nada más.

—Sí, tienes que hacerlo, Alex. Quieres saber por qué había que pararlo. Y eso es lo que vas a hacer, ¿no? Seguir los pasos de tu padre. Estoy convencida de que te van a mandar por todo el mundo, a matar a gente que no conoces. Estoy segura de que serás muy bueno en eso. Tu padre era uno de los mejores.

—Usted lo engañó. Era su prisionero y dijeron que lo dejarían ir. Lo iban a cambiar por alguien. Pero le dispararon por la espalda. Lo vi…

—Siempre supuse que lo habrían filmado —murmuró la señora Jones. Hizo un gesto y Alex se envaró, preguntándose si estaría tratando de distraerlo. Pero estaban solos. El gato se había ido a dormir. Nadie se acercaba a la habitación—. Te haré una advertencia —dijo ella—. Te vendrá bien si vas a trabajar para Scorpia. Una vez que te pasas al otro lado, no hay reglas. Esos no creen en el juego limpio. Ni nosotros tampoco.

—Habían secuestrado a un chico de dieciocho años —Alex recordó a la figura del puente—. Era el hijo de un funcionario británico. Iban a matarlo, pero primero iban a torturarlo. Teníamos que recuperarlo; así que, sí, arreglé un intercambio. Pero no podíamos liberar a tu padre. Era demasiado peligroso. Hubiera muerto demasiada gente. Así que preparé el intercambio. Dos hombres en un puente. Un tirador. Lo hice bien y me alegro. Puedes pegarme un tiro si de verdad te vas a sentir mejor. Pero vuelvo a decírtelo: tú no conocías a tu padre. Y si tuviera que hacerlo de nuevo, lo haría exactamente igual.

—Si piensa que mi padre era tan malvado, ¿qué pasa conmigo? —Alex estaba tratando de reunir la voluntad suficiente como para disparar. Había creído que la rabia le daría fuerzas, pero estaba más cansado que rabioso. Así que buscó otra forma de convencerse para disparar. Era el hijo de su padre. Era su sangre.

La señora Jones dio un paso hacia él.

—¡Quieta! —la pistola estaba a menos de un metro de ella, apuntando directamente al corazón.

—No creo que seas un asesino, Alex. Nunca conociste a tu padre. ¿Por qué ibas a ser como él? ¿O crees que los niños se forjan en el momento de nacer? Creo que tienes una oportunidad...

—Nunca elegí trabajar para ustedes.

—¿De veras? Tras el asunto de Stormbreaker, tuviste una oportunidad de marcharte. Nuestros caminos no se hubieran cruzado nunca más. Pero por si no lo recuerdas, tú *elegiste* meterte en líos con aquellos traficantes de drogas y nosotros tuvimos que sacarte de ellos. Y luego estuvo aquel asunto de Wimbledon. No te enviamos nosotros. Tú quisiste ir... y si no hubieses chafado el asunto a los mafiosos chinos, nosotros no hubiéramos tenido que enviarte a Estados Unidos.

—¡Está tergiversándolo todo!

—Y luego está el asunto de Damian Cray. Te metiste en ello por tu propia cuenta, y te estamos muy agradecidos, Alex. Pero si me preguntas a mí, ¿qué te voy a decir que eres? Creo que eres demasiado honrado como para apretar ese gatillo. No vas a dispararme. Ni ahora ni nunca.

—Se equivoca —dijo Alex. Le estaba mintiendo, lo sabía. Siempre le había mentido. Podía hacerlo. Tenía que hacerlo.

Empuñó la pistola con firmeza.

Dejó que el odio lo inundase.

Y disparó.

El aire, frente a él, pareció explotar en fragmentos.

La señora Jones lo había engañado. Lo había estado engañando desde el primer momento y no se había dado cuenta. La habitación estaba dividida en dos partes. Había un gran panel de cristal transparente y a prueba de balas que iba de una esquina a otra. Ella estaba a un lado, y él al otro. A la media luz había resultado invisible, pero ahora el cristal se había cuarteado, con un millar de grietas surgiendo del agujero creado por la bala. La señora Jones había casi desaparecido de vista, con el rostro roto como si fuera una imagen fragmentada de sí misma. Una alarma había comenzado a sonar; la puerta se abrió y Alex fue apresado y lanzado contra el sofá. Perdió la pistola. Alguien gritaba algo en su oído, pero no pudo entender las palabras. El gato bufó y pasó corriendo a su lado. Le sujetaron los brazos a la espalda. Una rodilla oprimía su espalda. Le pusieron un saco sobre la cabeza y sintió cómo le cerraban acero alrededor de las muñecas. Hubo un clic. Ya no pudo mover las manos.

Pero sí podo oír varias voces en la estancia.

—¿Está bien, señora Jones?

—Lo siento, señora…

—Tenemos el coche ahí fuera…

—¡No le hagan daño!

Arrancaron a Alex del sofá, con las manos sujetas a la espalda. Se sentía dolorido y enfermo. Había fallado a Scorpia. Había fallado a su padre. Se había fallado a sí mismo.

No lloró. No se resistió. Inerme e inmovilizado, dejó que lo sacasen del cuarto, de vuelta al pasillo y a la noche.

COBRA

L A habitación era un cuadrado blanco y desnudo, diseñado para intimidar. Alex había medido el espacio: diez pasos de largo por cuatro de ancho. Había un camastro estrecho sin sábanas ni mantas y, tras una partición, un aseo. Eso era todo. La puerta carecía de tirador y estaba tan bien encajada en el muro que resultaba casi invisible. No había ventanas. La luz procedía de un panel cuadrado del cielo raso y estaba controlada desde fuera.

Alex no tenía idea de cuánto tiempo llevaba allí. Le habían quitado el reloj.

Habían sacado a rastras a Alex del piso de la señora Jones y lo habían metido en un coche. Llevaba el saco negro aún en la cabeza. No tenía idea de adónde iba. Condujeron durante lo que calculó sería un cuarto de hora, luego redujeron la velocidad. Alex sintió que el estómago se le revolvía y comprendió que habían tomado por alguna especie de rampa. ¿Lo habían llevado a los sótanos del Cuartel General en Liverpool Street? Ya había estado una vez allí, pero en esta ocasión no tuvo oportunidad de orientarse. El coche se detuvo. La puerta se abrió y le sacaron a rastras. Nadie habló. Echó a andar, atrapado entre dos hombres, y bajó por unas escaleras. Luego le soltaron las manos y le retiraron el saco. Tuvo el tiempo justo de atisbar a Lloyd y Ramírez, los dos agentes del mostrador de recepción, mientras se marchaban. Luego la puerta se cerró y se quedó solo.

Se tumbó de espaldas, recordando aquel momento final en el piso. Le sorprendía no haber visto la barrera de cristal hasta que fue demasiado tarde. ¿Habían amplificado la voz de la señora Jones de alguna forma? No importaba. Había tratado de matarla. Había encontrado por fin la forma de apretar el gatillo, demostrando que Scorpia había tenido razón acerca de él.

Era un asesino. ¿Tienes idea de a cuánta gente mató?
Alex recordó que la señora Jones le había dicho eso sobre su padre. Pero lo peor era que él medio había comprendido lo que decía. Supongamos que su padre no hubiese muerto en el Puente Alberto. Supongamos que Alex hubiese crecido a su lado y de alguna forma hubiese descubierto a lo que se dedicaba su padre. ¿Qué hubiese sentido? ¿Habría sido capaz de perdonárselo?

Sentado a solas en aquella cruel estancia blanca, Alex recordó el momento en que había disparado la pistola. Sintió de nuevo la sacudida en la mano. Vio cómo el cristal invisible se resquebrajaba sin quebrarse. ¡El bueno de Smithers! Casi seguro que había sido el maestro de artefactos del MI6 el que lo había colocado. Y a pesar de todo, Alex se alegraba. Se alegraba de no haber matado a la señora Jones.

Se preguntó qué iba a ocurrirle ahora. ¿Lo llevaría el MI6 a juicio? Lo más seguro era que lo interrogasen. Querrían conocer datos sobre Malagosto, sobre la señora Rothman y sobre Nile. Pero puede que, tras eso, lo dejasen marcharse. Tras lo que había sucedido, nunca más iban a confiar en él.

Se durmió, no solo agotado, sino también vacío. Tuvo un sueño negro y vacuo, sin sueños, sin sensación alguna de comodidad o calidez.

Lo despertó el sonido de la puerta al abrirse. Abrió los ojos y parpadeó. Era desconcertante no tener idea del tiempo transcurrido. Podía haber estado durmiendo unas horas o toda la noche. No sentía haber descansado; tenía el cuello agarrotado. Pero sin una ventana era imposible de decirlo.

—¿Necesitas ir al retrete?

—No.

—Entonces sígueme.

El hombre en la puerta no eran Lloyd ni Ramírez, ni nadie que Alex conociese del MI6. Tenía un rostro inexpresivo y plano, y Alex comprendió que, si se encontrasen al día siguiente, puede que ya lo hubiese olvidado. Salió del camastro y fue hacia la puerta, de repente nervioso. No había allí nadie que conociese. Ni Tom, ni Jack Starbright... nadie. El MI6 podía hacerlo desaparecer. Para siempre. Nadie sabría qué le había ocurrido. Puede que ese fuese el plan.

Pero no podía hacer nada. Siguió al agente a lo largo de un pasillo curvo con suelo de malla de acero y grandes tuberías corriendo por el cielo raso. Podía haber estado perfectamente en la sala de máquinas de un barco.

—Estoy ambriento —se quejó. Y lo estaba. Pero también quería demostrar a ese agente que no tenía miedo.

—Te llevo a que desayunes.

¡Desayuno! Así que había dormido toda la noche.

—No se preocupe —respondió Alex—. Puedes dejarme que vaya a un McDonald's.

—Me temo que eso no es posible...

Llegaron ante una segunda puerta y Alex penetró en una sala extraña y curvada; era obvio que estaban bajo tierra. Había gruesos paneles de cristal encajados en el techo y podía ver las siluetas de la gente, transeúntes, caminando encima. La sala estaba bajo una acera. Pies de diferentes tamaños y forma tocaban, brevemente, el cristal. Encima de ellos, los transeúntes eran como fantasmas que giraban y se agitaban, moviéndose en silencio camino del trabajo.

Había una mesa en la que habían dispuesto macedonia de frutas, cereales, leche, cruasáns y café. Alex se alegró de encontrarse el desayuno, aunque perdió parte del apetito al ver a la persona con la que tendría que compartirlo. Alan Blunt lo estaba aguardando, sentado en una silla, al otro lado de la mesa, vestido con otro de sus trajes grises y pulcros. Lo cierto es que parecía el banquero que decía ser, un hombre en la cincuentena, más cómodo entre columnas y estadísticas que entre humanos.

—Buenos días, Alex —dijo.

Alex no contestó.

—Puede irse, Burns. Gracias.

El agente cabeceó antes de retirarse. La puerta se cerró. Alex se acercó a la mesa y se sentó.

—¿Tienes hambre, Alex? Por favor. Sírvete tú mismo.

—No, gracias —Alex tenía hambre. Pero se sentiría incómodo comiendo con aquel individuo.

—No seas tonto. Necesitas desayunar. Vas a tener un día muy ajetreado —Blunt esperó la respuesta de Alex. Pero este no dijo nada—. ¿No comprendes el problema en el que te has metido? —le preguntó.

—Creo que, después de todo, me voy a tomar unos cereales.

Se sirvió. Blunt lo observó con frialdad.

—Tenemos muy poco tiempo —le dijo, mientras Alex comía—. Tengo algunas preguntas que hacerte. Es mejor que respondas con sinceridad y sin ocultar nada.

—¿Y si no?

—¿A ti qué te parece? ¿Crees que vamos a darte suero de la verdad o algo así? Vas a responder a mis preguntas porque te conviene. Lo cierto es que no creo que tengas idea de lo que está en juego. Pero créeme cuando te digo que esta reunión es vital. Tenemos que saber lo que conoces. Muchas más vidas de lo que supones están en juego.

Alex bajó la cuchara y asintió.

—Adelante.

—¿Fuiste reclutado por Julia Rothman?

—¿La conoce?

—Por supuesto que la conocemos.

—Sí. Así fue.

—¿Te enviaron a Malagosto?

—Sí.

—Y luego te mandaron a matar a la señora Jones.

Alex sintió que tenía que defenderse.

—Ella mató a mi padre.

—Eso no importa.

—Puede que a usted no.

—Limítate a responder a las preguntas.

—Sí. Me mandaron a matar a la señora Jones.

—Bien —Blunt cabeceó—. Tengo que saber cómo te enviaron a Londres. Qué te dijeron. Y qué ibas a hacer cuando completases la misión.

Alex dudó. Si se lo contaba a Blunt, sabía que estaría traicionando a Scorpia. Pero de repente eso no le importaba. Lo habían metido en un mundo donde todos traicionaban a todos. Lo único que quería era salir de allí.

—Tenían un plano del piso —dijo—. Lo sabían todo, excepto el tema de la pantalla de cristal. Todo lo que tuve que hacer fue esperar a que apareciese. Dos de sus agentes me ayudaron a pasar por Heathrow. Llegamos como si fuésemos una familia italiana, nunca me dieron sus nombres verdaderos. Yo tenía un pasaporte falsificado.

—¿Dónde te llevaron?

—No lo sé. A alguna casa en alguna parte. No tuve oportunidad de ver la dirección —Alex hizo una pausa—. ¿Dónde está la señora Jones?

—No quiere verte.

Alex asintió.

—Es comprensible.

—¿Qué se supone que tenías que hacer, tras matarla?

—Me dieron un número de teléfono. Se supone que tenía que llamar en el momento que hubiera hecho lo que me pidieron. Pero ya saben que me han capturado. Supongo que estaban observando el piso.

Siguió un largo silencio. Blunt estaba examinando detenidamente a Alex, como lo haría un científico con un espécimen interesante de laboratorio. Alex se agitó incómodo en su silla.

—¿Quieres trabajar para Scorpia? —le preguntó Blunt.

—No sé —Alex se encogió de hombros—. No estoy muy seguro de que sea diferente a trabajar con ustedes.

—No crees eso. No puedes creerlo.

—¡No quiero trabajar para ninguno de los dos! —le cortó Alex—. Solo quiero volver al colegio. No quiero volver a ver a ninguno nunca más.

—Quisiera que fuese posible, Alex —por una vez, Blunt sonaba de verdad sincero—. Deja que te diga algo que te sorprenderá. Hace tiempo que nos conocemos. En ese tiempo has demostrado ser sumamente útil. Has tenido más éxito del que jamás hubiera soñado. Y, aun así, me gustaría que nunca nos hubiéramos encontrado.

—¿Por qué?

—Porque significa que debe haber algo mal, rematadamente mal, cuando la seguridad de todo el país descansa sobre los hombros de un chico de catorce años. Créeme, me gustaría dejarte ir. No perteneces a mi mundo más de lo que yo pertenezco al tuyo. Pero no puedo dejarte volver a Brookland porque en aproximadamente treinta horas todos los chicos de ese colegio estarán muertos. Y miles de chicos en todo Londres correrán la misma suerte. Eso es lo que nos han prometido tus amigos de Scorpia, y no tengo la menor duda de que son capaces de cumplir lo que prometen.

—¿Miles? —Alex se había quedado blanco. No había esperado algo como eso. ¿En qué se había metido?

—Puede que más. Puede que muchos miles.

—¿Cómo?

—No lo sabemos. Ya ves. Todo lo que puedo decirte por ahora es que Scorpia ha presentado una serie de exigencias. No podemos darles lo que piden. Así que nos van a hacer pagar un alto precio.

—¿Qué es lo que quiere de mí? —le preguntó Alex. Era como si le hubieran quitado todas las fuerzas.

—Scorpia ha cometido un error. Te han enviado hasta nosotros. Quiero saber todo lo que sabes... todo lo que Julia Rothman te ha dicho. Aún no tenemos ni idea de a qué nos enfrentamos, Alex. Puede que al menos seas capaz de suministrarnos una pista.

Miles de chicos en Londres.

Asesinato, Alex. Es parte de a lo que nos dedicamos.

Eso le había dicho ella.

Eso era lo que quería decir.

—No sé nada —dijo Alex, con la cabeza gacha.

—Puede que sepas más de lo que crees. Eres todo cuanto se interpone entre Scorpia y un baño de sangre inimaginable. Sé lo que piensas de mí; sé lo que sientes hacia el MI6. ¿Pero estás dispuesto a ayudarnos?

Alex levantó con lentitud la cabeza. Estudió al hombre que se sentaba frente a él y vio algo que jamás hubiera creído posible.

Alan Blunt tenía miedo.

—Sí —dijo—. Les ayudaré.

—Bien. Entonces acaba el desayuno, date una ducha y cámbiate. El primer ministro ha convocado una reunión en Cobra. Quiero que asistas.

* * *

Cobra.

El acrónimo de Cabinet Office Briefing Room A[4]; que fue donde, en el 10 de Downing Street, tuvo lugar la reunión. Cobra es un consejo de emergencia, la última respuesta gubernamental a una crisis de gran envergadura.

El primer ministro está presente, por supuesto, cuando se reúne Cobra. También están sus ministros de más peso, su director de comunicaciones, el jefe de personal y representantes de la policía, el ejército y los servicios de espionaje y seguridad. Por último, están los funcionarios civiles, hombres de trajes oscuros y cargos con nombres largos y sin ningún significado. Todo lo que allí ocurre, todo lo que se dice, se registra, cronometra y luego se archiva durante treinta años al amparo del Acta de Secretos Oficiales. La política puede ser un juego, pero Cobra es mortíferamente seria. Las decisiones que se toman allí pueden derribar a un gobierno. Una decisión equivocada destruir a todo el país.

---

[4] Oficina de Información del Gabinete, Habitación A. *(N. del T.)*

Mostraron a Alex Rider otro cuarto y permitieron que se diera una ducha y se vistiese ropas limpias. Reconoció los Pepe Jeans y la camisa de rugby de la World Cup; eran suyas. Alguien debía haberlas cogido de su casa, y verlas allí sobre una silla le hizo sentir un ramalazo de pena. No había hablado con Jack desde que abandonó Venecia. Se preguntó si alguien del MI6 le habría contado lo que estaba ocurriendo. Lo dudaba. El MI6 nunca contaba nada a nadie a no ser que fuese necesario.

Pero, según se ponía los pantalones, algo crujió en el bolsillo de atrás. Metió la mano y sacó una arrugada hoja de papel. La abrió y reconoció la caligrafía de Jack.

> *Alex:*
>
> *¿En qué lío te has metido esta vez? Dos agentes secretos (espías) esperan en la planta de abajo. Trajes y gafas de sol. Creo que son educados, pero me la juego a que no miren en los bolsillos.*
>
> *Te echo de menos. Cuídate. Trata de volver a casa entero.*
>
> *Te quiere.*
>
> *Jack*

Eso le hizo sonreír. Parecía haber transcurrido largo tiempo desde que algo le había hecho alegrarse por última vez.

Como había supuesto, la celda y la sala de interrogatorios estaban bajo el cuartel general del MI6. Lo llevaron a un aparcamiento, donde le esperaba un Jaguar XJ6 azul marino, y los sacaron a los dos por una rampa, a la propia Liverpool Street. Alex se acomodó en el asiento de cuero. Le parecía extraño estar sentado tan cerca del jefe de Operaciones Especiales del MI6, sin una mesa o un escritorio de por medio.

Blunt no estaba de humor para hablar.

—Ya te he puesto al corriente de todo antes —murmuró brevemente—. Pero mientras estamos aquí, creo que debieras pensar en todo lo que te ha sucedido mientras estabas con Scorpia. Todo lo que has visto. De tener más tiempo, te informaría de todo yo mismo. Pero Cobra no puede esperar.

Tras eso, se sumergió en la lectura de un informe que sacó de su maletín, y fue como si Alex estuviese solo. Miró por la ventanilla, mientras el conductor enfilaba hacia el oeste, cruzando Londres. Eran las nueve y cuarto. La gente aún se dirigía al trabajo. Las tiendas estaban abriendo. A uno de los lados del cristal, la vida trascurría con total normalidad. Pero, una vez más, Alex estaba en el lado equivocado, sentado en aquel automóvil con aquel hombre, dirigiéndose a Dios sabe dónde.

Observó cómo llegaban a Charing Cross y se detenían ante los semáforos de Trafalgar Square. Blunt seguía leyendo. De repente, Alex sintió la necesidad de conocer algo.

—¿Está casada la señora Jones? —preguntó.

Blunt alzó la vista.

—Lo estaba.

—Vi una foto de dos niños en su piso.

—Eran suyos. Debieran tener tu edad ahora. Pero los perdió.

—¿Murieron?

—Se los quitaron.

Alex asimiló eso. La réplica de Blunt lo dejaba prácticamente a oscuras.

—¿Está usted casado? —preguntó luego.

Blunt apartó la cabeza.

—No comento mi vida personal.

Alex se encogió de hombros. La verdad es que le sorprendía que Blunt tuviese alguna vida personal.

Avanzaron por Whitehall y luego giraron a la derecha, a través de las puertas que ya estaban abiertas para recibirlos. El cocho se detuvo y Alex descendió, con la cabeza dándole vueltas. Estaba delante de lo que era probablemente la puerta delantera más famosa del mundo. Y esa puerta estaba abierta. Un policía se acercó para guiarlo. Blunt ya había entrado. Alex lo siguió.

La primera sorpresa fue lo grande que era el interior del 10 de Downing Street. Era dos o tres veces mayor de lo que había esperado, abriéndose en todas direcciones, con techos altos y un pasillo alejándose en la distancia. Había lámparas colgadas del techo. Obras de arte, prestadas por las grandes galerías, cubrían los muros.

Blunt había sido recibido por un hombre alto y de pelo gris, vestido con un traje anticuado y corbata gris. Aquel hombre tenía ese tipo de rostro que no hubiese desentonado en un retrato victoriano. Pertenecía a otro mundo y, al igual que una vieja pintura, parecía haberse desdibujado. Solo los ojos, pequeños y oscuros, mostraban vida. Resplandecieron al ver a Alex y pareció reconocerlo al instante.

—Así que este es Alex Rider —dijo el hombre. Tendió la mano—. Soy Graham Adair.

Miraba a Alex como si lo conociese, pero Alex estaba convencido de que no se habían encontrado nunca.

—Sir Graham es el secretario permanente de la Oficina del Gabinete —explicó Blunt.

—He oído grandes cosas de ti, Alex. He de decir que me complace conocerte. Tengo una enorme deuda contigo. Más, supongo, de lo que podrías imaginar.

—Gracias —Alex se sentía desconcertado. No sabía a qué se refería sir Graham, y se preguntó si aquel hombre había estado involucrado de alguna forma en alguna de sus misiones previas.

—Tengo entendido que te vas a unir con nosotros en Cobra. Me alegro sobremanera, aunque he de advertirte que habrá una o dos personas que saben menos sobre ti, y a las que va a disgustar tu presencia.

—Estoy acostumbrado —dijo Alex.

—Estoy seguro de ello. Bueno, ven por aquí. Espero que puedas ayudarnos. Nos enfrentamos a algo insólito y ninguno de nosotros sabe muy bien qué hacer.

Alex siguió al secretario permanente a través del pasillo, cruzando una arcada para entrar en una estancia grande y recubierta de madera, con al menos catorce personas reunidas en torno a una inmensa mesa de conferencias. La primera impresión de Alex fue que rondaban todos la mediana edad y que, con alguna excepción, eran todos hombres y blancos. Luego se dio cuenta de que podía reconocer muchos rostros allí presentes. El primer ministro estaba sentado a la cabecera de la mesa. El viceprimer ministro, gordo y carrilludo, estaba a su lado. El ministro de Asuntos Exteriores jugueteaba nervioso con su corbata. Otro hombre, que pudiera ser el ministro de Defensa, estaba frente a él. La mayoría de los hombres vestían trajes, pero también se veían uniformes, del ejército y la policía. Todos los presentes tenían delante una gruesa carpeta. Dos mujeres entradas en años, vestidas con trajes negros y camisas blancas, estaban sentadas en las esquinas, con los dedos apoyados sobre lo que parecían máquinas de escribir en miniatura.

Blunt empujó a Alex hacia una silla vacía en la mesa y se sentó a su lado. Sir Graham tomó asiento al otro lado. Alex se percató de que algunas cabezas se volvían hacia él, pero nadie dijo nada.

El primer ministro se puso en pie y Alex sintió el mismo escalofrío que sintiera cuando se encontró por primera vez con Damian Cray: el que da la comprensión de estar viendo, de cerca, a un rostro conocido en todo el mundo. El primer ministro parecía más viejo y cansado que en televisión. Allí no había maquillajes, ni iluminaciones favorables. Parecía derrotado.

—Buenos días —dijo, y todos en la estancia callaron.

La reunión de Cobra acaba de comenzar.

CONTROL REMOTO

ESTUVIERON hablando durante tres horas.

El primer ministro había leído el contenido de la carta de Scorpia, y había copias en todas las carpetas de la mesa. Alex leyó la suya con una sensación de incredulidad enfermiza. Dieciocho personas inocentes habían ya muerto y nadie en la habitación tenía la más remota idea de lo que había ocurrido. ¿Sería capaz Scorpia de seguir y atacar a los chicos de Londres? Alex no tenía duda alguna de ello, pero nadie le pidió su opinión y durante toda la primera hora habían estado discutiendo el asunto una y otra vez. Por lo menos la mitad de los presentes creían que era un farol. La otra mitad quería presionar a los estadounidenses, para que aceptasen las exigencias de Scorpia.

Pero no había nada que hacer en ese aspecto. El ministro de Asuntos Exteriores se había reunido ya con el embajador estadounidense. El primer ministro había estado varias horas al teléfono, hablando con el presidente de los Estados Unidos. La posición de los Estados Unidos era la siguiente: las peticiones de Scorpia eran inaceptables. Consideraban esas peticiones risibles, casi seguro una locura. El presidente había ofrecido la ayuda del FBI para perseguir a Scorpia. Doscientos agentes estadounidenses estaban ya rumbo a Londres. No había nada más que hacer. Los británicos estaban enfrentados a sus propios medios.

Esa respuesta sembró la desazón en la reunión de Cobra. El viceprimer ministro golpeó la mesa con el puño.

—¡Es increíble! Un escándalo. Hemos ayudado a los estadounidenses, son nuestros mejores aliados. ¡Y ahora nos dan la espalda y nos dicen que nos tiremos de cabeza al barranco!

—Eso no es exactamente lo que han dicho —el ministro de Asuntos Exteriores era más cauto—. Y no sé qué podrían hacer. El presidente tiene razón en una cosa. Esas exigencias son inaceptables.

—¡Pueden tratar de negociar!

—Pero la carta decía que no habría negociaciones.

—Eso dice. ¡Pero, aun así, hay que intentarlo!

Alex oía discutir a los dos hombres, que en realidad no escuchaban al otro. ¡Así que así era como trabajaba el Gobierno!

Cerca había un especialista médico, con un informe de cómo habían muerto los futbolistas.

—Fueron envenenados —anunció. Era un hombre bajo, calvo, con un rostro redondo y sonrosado. Se había puesto un traje arrugado para aquella reunión, pero Alex podría afirmar que pasaba la mayor parte de su vida con una bata blanca—. Encontramos restos de cianuro que parecen haber sido liberados directamente al corazón. Eran cantidades muy pequeñas… pero suficientes como para producir la muerte.

—¿Cómo se lo administraron? —alguien, un jefe de policía, preguntó.

—No lo sabemos aún. No les dispararon, eso es seguro. No había perforaciones inexplicadas de la piel y solo encontramos una cosa rara. Descubrimos muy leves trazas de oro en su sangre.

—¿Oro? —el director de comunicaciones habó por primera vez y Alex se dio cuenta de que estaba sentado al lado del primer ministro. Era el menor —y en muchas formas el menos impresionante— de todos los hombres de la estancia. Y, aun así, con esa simple palabra, hizo que todas las cabezas se girasen.

—Sí, señor Kellner. No creo que las partículas de oro contribuyesen a su muerte. Pero cada uno de los jugadores tenía el mismo…

—Bueno, pues a mí me parece bastante obvio —dijo Kellner, con una especie de graznido. Se incorporó y observó la atestada mesa con ojos fríos y arrogantes. A Alex le desagradó al instante. Había visto chicos así en Brookland. Y eran de los que iban corriendo a llorar a los profesores en cuanto les sacudían—. Todos esos hombres murieron al mismo tiempo —prosiguió—. Así que resulta obvio que fueron envenenados a la vez. ¿Cómo lo hicieron? ¡Está claro que cuando estaban en el avión! Ya lo he comprobado. El vuelo duró seis horas y treinta y cinco minutos y les dieron algo de comer al poco de salir de Lagos. Debía haber cianuro en la comida y actuó justo cuando llegaron a Heathrow.

—¿Nos está diciendo que no existe el arma secreta? —preguntó el viceprimer ministro. Parpadeó con pesadez—. ¿Qué quería decir Scorpia con eso de la Espada Invisible entonces?

—Es un truco. Tratan de hacernos creer que pueden matar a gente con una especie de control remoto...

Control remoto. Eso le recordó algo a Alex. Recordó algo que había visto en el Palacio de la Viuda. ¿Qué era?

—... pero no existe Espada Invisible. Están tratando de asustarnos.

—Me parece que no estoy de acuerdo con usted, señor Kellner —el especialista médico parecía intimidado por el director de comunicaciones—. Podrían haberles dado veneno al mismo tiempo, supongo. Pero cada uno de esos hombres tenía su propio metabolismo. El veneno hubiera hecho efecto más rápido en unos que en otros.

—Eran atletas. Sus metabolismos serían más o menos los mismos.

—No, señor Kellner. No estoy de acuerdo. Había también dos entrenadores y un gerente...

—Al diablo con ellos. No existe Espada Invisible. Esa gente está jugando con nosotros. Presentan exigencias que saben que los estadounidenses no pueden satisfacer, y nos amenazan con algo que no puede ocurrir.

—Esa no es la forma de actuar de Scorpia.

Alex se sorprendió al ver que era Blunt el que había hablado. El jefe de Operaciones Especiales del MI6 estaba sentado a su izquierda. Su voz era tranquila y sin tono.

—Ya hemos lidiado con ellos antes y nunca han hecho amenazas en vano.

—Usted estaba en Heathrow, señor Blunt. ¿Qué cree que sucedió?

—No lo sé.

—Bueno, esto es bastante penoso, ¿no? Los servicios de inteligencia se sientan a la mesa y no tienen ninguna inteligencia que ofrecer. Y ya que estamos aquí —Mark Kellner pareció fijarse en Alex por primera vez—, me encantaría saber por qué ha traído a un chico aquí. ¿Es hijo suyo?

—Es Alex Rider —esta vez fue sir Graham Adair el que habló. Sus ojos oscuros se posaron en el director de comunicaciones—. Y como usted sabe, Alex nos ha ayudado en más de una ocasión. También resulta ser la última persona que entró en contacto con Scorpia.

—¿De veras? ¿Y cómo es eso?

—Lo envié a Venecia, camuflado —dijo Blunt, y Alex se quedó sorprendido por la naturalidad con que mentía—. Scorpia tiene un centro de entrenamiento en la isla de Malagosto y queríamos conocer ciertos detalles. Alex se entrenó allí durante algún tiempo.

Uno de los políticos carraspeó.

—¿De veras es necesario, señor Blunt? —preguntó—. Me refiero a que, si llega a saberse que el Gobierno está usando niños de colegio para estos trabajos, la cosa se nos podría fea.

—No creo que eso sea relevante en estos momentos —contestó Blunt.

El jefe de policía parecía desconcertado. Era un hombre entrado en años, con un uniforme azul de botones de plata bien pulidos.

—Si conocen a Scorpia, si saben incluso dónde encontrarlos, ¿por qué no se ocupan de ellos? —preguntó—. ¿Por qué no mandamos a los SAS y lo matamos a todos?

—Al Gobierno italiano no le iba a complacer mucho el ver su territorio invadido —replicó Blunt—. De todas formas, no es tan simple como eso. Scorpia es una organización mundial. Conocemos a algunos de sus líderes, pero no a todos. Si eliminamos a una rama, la otra se limitará a ocuparse de la operación.

Y luego se vengarán. Scorpia jamás olvida ni perdona. Tienen que recordar algo: puede que sean ellos los que nos amenazan, pero están trabajando para un cliente y ese cliente es nuestro verdadero enemigo.

—¿Y qué descubrió Alex Rider en Malagosto? —graznó Kellner. No iba a permitir que lo bajasen de su pedestal. Y menos que lo hiciese Alan Blunt. Y desde luego no un chico de catorce años.

Alex sintió sus ojos fijos en él. Se envaró, incómodo.

—La señora Rothman me invitó a cenar y mencionó Espada Invisible. Pero no me dijo qué era.

—¿Quién es exactamente Julia Rothman? —preguntó Kellner.

—Es parte de la directiva de Scorpia —dijo Blunt—. Es uno de los nueve miembros superiores. Alex se la encontró cuando estaba en Italia.

—Bueno, es una pena —dijo Kellner—. Pero si eso es todo lo que Alex tiene que ofrecer, no lo necesitamos más aquí.

—Había algo referente a una cadena de distribución —añadió Alex, recordando la conversación que había espiado en el Palacio de la Viuda—. No sé qué significa, pero tiene que ver algo con todo esto.

En una esquina de la habitación una mujer joven, de pelo negro y pulcramente vestida, se enderezó en su silla y miró a Alex con súbito interés.

Pero Kellner se le había adelantado.

—Tenemos que preguntarnos si es posible que Scorpia pueda envenenar a miles de chicos y arreglárselas para que haga efecto exactamente a las cuatro en punto de la tarde, mañana…

—Hay que sacarlos de la escuela —dijo uno de los militares.

—¡Imposible! Lo del equipo de fútbol fue una maniobra. Quieren sembrar el pánico entre la gente con esto, y si hacemos eso socavará la credibilidad del Gobierno. Puede que sea eso lo que buscan.

—¿Entonces qué sugiere que hagamos? —preguntó sir Graham Adair. El secretario permanente conseguía a duras penas mantener un tono de voz normal. Recordó lo que había visto en el aeropuerto de Heathrow; no estaba dispuesto a ver de nuevo cómo ocurría en todo Londres.

—Ignorarlos. Decirles que no hay trato.

—¡No podemos hacer eso! —como casi todos, el ministro de Asuntos Exteriores tenía, obviamente, miedo de Kellner. Pero estaba dispuesto a hablar—. ¡No podemos correr un riesgo así!

—No hay riesgo alguno. Piénselo por un instante. Los futbolistas fueron envenenados con cianuro. Estaban todos juntos en el mismo avión. No fue difícil. Pero si quisiera envenenar a miles de chicos, ¿cómo lo haría?

—Con inyecciones —dijo Alex.

Todos volvieron a mirarlo.

Se le había ocurrido de repente. De golpe le había venido la idea, como si se la hubiesen soplado. Había estado pensando en un viaje que había hecho una vez a Suramérica, hacía mucho tiempo. Y luego recordó lo que había estado viendo en Consanto. Las pequeñas probetas. Toda aquella maquinaria... todo completamente estéril. ¿Para qué servía? Ahora entendió cuál era el nexo de unión con el doctor Liebermann. Y había algo más. Estando con Julia Rothman en el restaurante, ella había hecho una broma.

Podríamos decir que su muerte ha sido como un pinchazo en nuestro propio brazo.

Un tiro en el brazo. Una inyección.

—Todos los escolares de Londres reciben una inyección en el mismo punto —dijo Alex. A su pesar, era ahora el centro de la atención. El primer ministro, la mitad del gabinete, los jefes de la policía y el ejército, los funcionarios civiles; todos los hombres más poderosos del país, congregados en esa sala. Estaba rodeado por todos ellos. Y lo estaban escuchando—. Cuando estaba en Consanto, vi probetas con líquido en su interior —prosiguió—. Y había bandejas con algo que parecían huevos.

—Algunas vacunas se producen en huevos —explicó el especialista médico—. Y Consanto suministra vacunas a todo el mundo —cabeceó al tener una nueva ocurrencia—. Eso puede explicar lo que escuchaste. ¡Por supuesto! Cadena de distribución. Se refiere al transporte de vacunas. Tienen que mantenerse a ciertas temperaturas. Si se rompe la cadena, la vacuna no es útil.

—Prosigue, Alex —le instó sir Graham Adair.

—Los vi cómo mataban a un hombre llamado doctor Liebermann. Trabajaba en Consanto y Julia Rothman me dijo que le había pagado un montón de dinero para que le ayudase a hacer algo. Puede que metiese algo en un envío de vacunas. Algún tipo de veneno. Podrían inyectarse en los chicos de colegio. Hay siempre vacunaciones al comienzo del trimestre…

Adair puso los ojos en el especialista médico, que asintió.

—Es cierto. Hubo campaña de vacunaciones en Londres la pasada semana.

—¡La semana pasada! —Mark Kellner lo cortó. Su tono de voz había cambiado; no iba a aceptar nada de todo aquello—. Si les hubieran inyectado cianuro hace una semana, ¿cómo es que no están ya muertos? ¿Cómo se las va a arreglar Julia Rothman para que el veneno haga efecto mañana por la tarde a las cuatro? —unas pocas cabezas se movieron en asentimiento, y él prosiguió—. Y supongo que el equipo de fútbol no recibió vacunas mientras estaban en el extranjero. ¿O me equivoco?

—Por supuesto que fueron inyectados —gruñó el secretario permanente, y Alex vio que ya no era capaz de contener la furia. Ni siquiera lo intentaba—. Estuvieron en Nigeria. No se les iba a permitir entrar en el país sin ser vacunados.

—¡Exacto! —el especialista médico no podía ocultar la excitación en su voz—. Fueron vacunados contra la fiebre amarilla.

—¡Hace un mes! —insistió Kellner.

—Entonces la pregunta no es cómo les administraron el veneno —dijo sir Graham—. La pregunta es: ¿cómo consiguen que no actúe hasta que ellos quieren? Ese es el secreto de Espada Invisible.

—¿Qué puedes decirnos, Alex? —preguntó Blunt.

—Estamos hablando de control remoto —respondió este—. Bueno, la señora Rothman tiene un tigre siberiano en su oficina. Me atacó y creí que me iba a matar...

—¿De veras pretendes que nos creamos eso? —preguntó Kellner.

Alex lo ignoró.

—Pero en ese instante entró alguien y apretó un botón de lo que parecía un aparato de control remoto. Ya saben, como los de las teles. El tigre se tumbó y se durmió.

—Nanocápsulas.

La joven que estaba sentada en una esquina y que había estado examinando detenidamente a Alex pronunció esa simple palabra. Estaba claro que no la habían considerado lo bastante importante como para darle un sitio en la mesa, pero entonces se incorporó y se acercó. Parecía rondar la treintena —era, después de Alex, la persona más joven en la sala—, delgada y pálida, vestía un traje con camisa blanca y una cadena plateada alrededor del cuello.

—¿Qué demonios es una nanocápsula? —preguntó el viceprimer ministro—. Y, ya puestos, ¿quién es usted?

—Es la doctora Rachel Stephenson —dijo el especialista médico—. Escritora e investigadora… una especialista en el campo de la nanotecnología.

—Anda, ahora nos vamos al campo de la ciencia-ficción.

—Ninguna ficción —replicó la doctora Stephenson, negándose a dejarse intimidar—. La nanotecnología trata de manipular a nivel atómico y ya se está aplicando en más formas de las que cree. Las universidades, las empresas de alimentación, las farmacéuticas y, por supuesto, los militares gastan millones de libras al año para desarrollar programa y todos están de acuerdo. En menos tiempo del que creen, la vida del ser humano sobre la tierra cambiará para siempre. Hay algunos grandes avances en ese aspecto y, si no lo cree, va siendo hora de que despierte.

Kellner se tomó aquello como un insulto personal.

—No creo… —comenzó.

—Háblenos de las nanocápsulas —dijo el primer ministro, y Alex tuvo la impresión de que había hablado tras una pausa.

—Sí, señor —la doctora Stephenson puso en orden sus pensamientos—. Ya había pensado en la nanocápsulas cuando escuché lo de las partículas de oro, pero Alex me lo acabó de poner claro. Es bastante complicado y sé que no tenemos mucho tiempo, así que trataré de exponerlo lo más simple posible.

»Las inyecciones *pueden* ser la respuesta. Lo que hizo esa gente fue inyectar primero a los futbolistas y Dios sabe a cuántos chicos con nanocápsulas de revestimiento de oro —hizo una pausa—. Estamos hablando de balas diminutas, y por diminutas me estoy refiriendo a cien nanómetros. Para el que no lo sepa, un nanómetro es la milmillonésima parte de un metro. O para decirlo de otra manera, un cabello de la cabeza tiene cien mil nanómetros de ancho. Así que cada una de esas balas es mil veces más pequeña que la punta de un cabello humano.

Se inclinó hacia delante, dejando descansar las manos sobre la mesa. Nadie se movió. Alex no podía oír ni siquiera respiraciones.

—¿En qué consisten esas balas? —prosiguió la doctora Stephenson—. Bueno, no es fácil de imaginar. Pero si piensan en un huevo de chocolate, pueden hacerse una pequeña idea. El interior tiene lo que llamamos un lecho de polímero y puede estar hecho de un material que no es muy diferente al de una bolsa de supermercado. No olviden, no obstante, que estamos hablando de unas pocas moléculas. El polímero se mantiene cohesionado y es bastante fácil de mezclar con cianuro. Cuando el polímero y el cianuro se disocian, la persona muere.

»¿Y qué impide que se disocien? Bueno, eso es el chocolate en el exterior del huevo, excepto que en este caso estamos hablando de oro. Una cápsula de oro, lo bastante delgada como para ser invisible. El doctor Liebermann, el hombre al que mataron, pudo crear todo eso usando química coloidal avanzada —se detuvo de nuevo—. Lo siento, lo estoy poniendo quizá más complicado de lo que realmente es. Básicamente, lo que tenemos es una bala con un veneno dentro, y luego se fija una proteína en el exterior, en la cápsula.

—¿Qué misión tiene la proteína? —preguntó alguien.

—Guía al elemento, un poco como la dirección de un misil. Sería demasiado largo explicar cómo trabaja, pero las proteínas pueden encontrar su camino a lo largo del cuerpo humano. Saben exactamente dónde ir. Y una vez que se inyecta la nanocápsula, la proteína adecuada puede dirigirla directamente al corazón.

—¿Cuántas de esas nanocápsulas se necesitan inyectar? —preguntó Blunt.

—Es imposible responder a eso —le contestó la doctora Stephenson—. Se asientan directamente en el corazón. Una vez que el cianuro se libera, actúa de inmediato, así que no se necesitan muchas. Lo cierto es que hemos estudiado los efectos de las nanocápsulas en el cuerpo humano, en busca de una cura para el cáncer. Por supuesto, la cosa es bastante diferente, ya que Scorpia solo está interesada en matar, pero permítanme… —se lo pensó durante un momento—. No hay mucho líquido en una inyección de las que se han usado. La quinta parte del líquido que cabe en una cucharilla. Como simple especulación, puedo decir que se necesitaría añadir una parte de cianuro por cada cien partes de la vacuna —sopesó la idea y cabeceó—. Eso supone algo así como mil millones de nanosferas —dijo—. Lo bastante como para cubrir la cabeza de un alfiler.

—Pero ha dicho que el veneno está a salvo. Protegido por el oro.

—Sí. Pero me temo que esa es la parte en la que esa gente ha sido especialmente astuta. El polímero y el veneno están en contacto con el oro. Todo está dentro del corazón y no causa daño alguno. Si se le deja librado a su suerte, será eliminado por el organismo y nadie se enterará de nada.

»Pero Scorpia puede romper el oro. Y puede hacerlo, tal y como ha dicho Alex, mediante control remoto. ¿Nunca han puesto un huevo en un microondas? Al cabo de unos pocos momentos explota. Pues sucede exactamente lo mismo. Es perfectamente posible que estén pensando en usar la tecnología de microondas —Stephenson sacudió la cabeza, haciendo ondear sus largos cabellos—. No. Las microondas tienen una frecuencia demasiado baja. Lo siento. No soy una experta en resonancias —titubeó—. Puede que usen terahercios.

—Lo siento, doctora Stephenson —dijo el ministro de Asuntos Exteriores—, pero me he perdido. ¿Qué son los terahercios?

—Aún no se usan mucho. En el espectro electromagnético se sitúan entre los infrarrojos y los microondas, y se están investigando para usos médicos y de comunicaciones por satélite.

—Así que nos está diciendo que Scorpia puede enviar una señal a través de un satélite, romper el oro, liberar el veneno...

—Sí, señor. Excepto que no necesitan realmente un satélite. De hecho, no podrían. Las emisiones de terahercios no son lo bastante potentes. Si me pide mi opinión, cuando aquellos pobres tipos bajaron del avión en Heathrow, debía haber alguna especie de antena parabólica apuntándoles. Debió ser colocada probablemente hace mucho tiempo, en alguno de los edificios, o puede que en un mástil, y ya deben haberla retirado. Todo lo que tuvieron que hacer fue apretar un interruptor, y los rayos de terahercios rompieron el oro y... en fin, ya sabe el resultado.

—¿Hay alguna posibilidad de que las nanocápsulas se puedan romper accidentalmente? —preguntó sir Graham Adair.

—No. Eso es lo más brillante de todo el plan. Se necesita conocer el exacto grosor del oro. Eso es lo que indica la frecuencia a usar. Es como cuando se rompe un cristal tocando la nota justa. En mi opinión, Alex vio usar la misma tecnología con aquel tigre. El animal debía tener algún tipo de narcótico en su sangre. Lo único que se necesitaba era apretar un botón y se dormía.

—Entonces, si no van a usar un satélite, ¿qué es lo que tenemos que buscar?

—Una antena parabólica. Es igual que las de televisión, solo que mucho más grande. Nos han dicho que apuntan a los chicos de Londres, así que tiene que estar en alguna parte de Londres. Puede que instalada en el lateral de algún edificio de oficinas. Le llaman Espada Invisible. Pero yo diría que son más bien como flechas invisibles disparadas desde antenas de satélite. Salen en línea recta.

—¿Y cuánto tarda el oro en romperse una vez que se aprieta el botón?

—Unos pocos minutos. Puede que menos. Y en cuanto el oro se rompa, los chicos morirán.

La doctora Stephenson retrocedió y se sentó de nuevo. No tenía nada más que decir. De inmediato, todo el mundo comenzó a hablar a la vez. Alex vio cómo algunos de los funcionarios hablaban por teléfonos móviles. Las dos mujeres vestidas de blanco y negro tecleaban con furia, tratando de registrar aquella babel de conversaciones. Entre tanto, el secretario permanente se había inclinado para rebasar a Alex y hablar, rápido y tranquilo, con Alan Blunt. Alex vio que el jefe de espías asentía. Luego, el primer ministro levantó una mano reclamando silencio.

Transcurrieron unos segundos hasta que el clamor murió.

El primer ministro echó una ojeada a su director de comunicaciones, que tenía la mirada baja y se mordisqueaba las uñas. Todos aguardaban sus palabras.

—De acuerdo —dijo Kellner— Ya sabemos a lo que nos enfrentamos. Ya sabemos lo que es Espada Invisible. La pregunta es: ¿qué vamos a hacer?

HORA DE TOMAR DECISIONES

—TIENEN que evacuar Londres.

Fue sir Graham Adair quien hizo la sugerencia. Ese fue el resultado de una rápida conversación con Alan Blunt. Su voz era suave y mesurada, pero Alex podía sentir la tensión. El secretario permanente era tan quebradizo como el hielo.

—Scorpia ha planeado esto en el preciso momento. Las cuatro en punto. Millares de chicos estarán saliendo de la escuela, camino de casa. No tenemos idea de cuán lejos pueden llegar esas ondas de terahercios. Puede haber varias antenas montadas en edificios por toda la capital… cerca de las escuelas y las estaciones de metro. Ningún chico en Londres estará a salvo. Pero como acaba de decirnos la doctora Stephenson, si no entran en contacto con los rayos el veneno acabará siendo eliminado de su organismo. Así que tenemos que alejarlos mientras tanto de la ciudad.

—¿Una evacuación a tan gran escala? —el jefe de policía meneó la cabeza—. ¿Tiene usted idea de qué tipo de organización se necesita? Se supone que todo esto va a tener lugar a las cuatro de la tarde de mañana. No podemos montarlo a tiempo.

—Puede intentar…

—Discúlpeme, sir Graham. ¿Pero qué razón vamos a dar exactamente? Cerraríamos todas las escuelas de la capital. Tendríamos que desplazar a familias enteras. ¿Dónde van a ir? ¿Qué les vamos a decir?

—Podemos contarles la verdad.

—No estoy de acuerdo —Alex no se sorprendió de que el director de comunicaciones hubiese elegido ese instante para volver a entrar en la conversación—. Si le cuenta al público británico que sus chicos han sido inoculados con algún tipo de nanopartículas, desatará una situación de pánico que puede desembocar en una estampida en masa.

—Eso es mejor que tener las calles llenas de cadáveres —murmuró Blunt.

—¿Y cómo sabe que Scorpia no va a apretar el botón de todas formas? —prosiguió Kellner—. Si aparecemos en la televisión y avisamos de que vamos a evacuar la capital, puede que decidan cumplir su amenaza unas horas antes de lo previsto.

—No tenemos alternativa —dijo sir Graham—. No podemos dejar a los chicos abandonados al peligro. Si no hacemos nada… —agitó la cabeza—. La nación nunca nos lo perdonaría.

Alex echó una mirada al primer ministro, que se sentaba en el extremo más alejado de la mesa. Parecía haberse hundido en los últimos minutos. Tenía incluso menos color en el rostro de lo que tenía al comenzar la reunión. El viceprimer ministro masticaba con furia un chicle; el ministro de Asuntos Exteriores limpiaba sus gafas. Todos estaban esperando que aquellos tres hombres tomasen una decisión, pero parecían completamente fuera de juego. El primer ministro pasó la mirada entre Kellner y Adair.

Por último habló.

—Creo que Mark tiene razón.

—Primer ministro… —comenzó sir Graham.

—Si tuviésemos más tiempo, puede que pudiéramos hacer algo. Pero no tenemos más que veinticuatro horas. Y es cierto. Si hacemos esto público, aterraremos a la población. Y también alertaremos a Scorpia. Gracias a… —el primer ministro agitó la cabeza brevemente en dirección a Alex, pero no pareció dispuesto a mencionar su nombre— sabemos contra qué arma nos enfrentamos. Espada Invisible. Es la única ventaja que tenemos. No podemos arriesgarnos a perder esa ventaja saliendo en televisión.

—¿Entonces qué haremos? —preguntó el viceprimer ministro.

Mark Kellner se volvió hacia la doctora Stephenson. Había una luz turbia en sus ojos, aumentada por sus gafas redondas y de montura metálica. Alex comprendió que estaba perdiendo el juicio.

—Antenas parabólicas —dijo.

—Sí —la doctora Stephenson asintió.

—Nos dice que deben ser bastante grandes. ¿Podríamos reconocerlas?

La doctora Stephenson se lo pensó durante unos instantes.

—Supongo que estarán camufladas —dijo lentamente—. Hay montones de edificios en Londres que tienen antenas parabólicas, por una u otra razón. Pero estoy segura de que debe ser posible encontrarlas si están donde no deben estar.

—Y supone que deben estar en lugar elevado.

—Sí, probablemente. He dicho que como a un centenar de metros. Pero eso solo es un cálculo aproximado.

—Eso lo hará más fácil —Kellner ya había olvidado que solo unos minutos antes dudaba de la misma existencia de Espada Invisible. Volvía a tener el control de la situación—. Si tiene razón, estamos buscando unas antenas parabólicas ilegales que han sido montadas en estructuras elevadas durante los últimos dos o tres meses —anunció—. Todo lo que tenemos que hacer es encontrarlas y desconectarlas. Al mismo tiempo, tenemos que averiguar quiénes exactamente ha recibido inyecciones procedentes de Consanto. Todos los nombres y direcciones. Eso nos dará también una pista de dónde pueden estar las antenas... en qué áreas de Londres.

—Disculpe, primer ministro —sir Graham estaba exasperado—. Dice que es difícil evacuar Londres. Pero lo que se está sugiriendo aquí es imposible. Un gran juego del escondite, y no tenemos idea de cuántas antenas estamos buscando. Con que una solo quede sin detectar, los chicos morirán.

—No tenemos alternativa —insistió Kellner—. Si hacemos público esto, los chicos también morirán.

—Puedo poner veinte mil agentes a trabajar de inmediato —dijo el jefe de policía—. La policía metropolitana. La de los condados vecinos. Puedo movilizar a todos los efectivos del sur de Inglaterra.

—Yo puedo aportar tropas —ese fue el apunte de un militar.

—¿Y creen que la visión de toda esa gente subiendo y bajando edificios no provocará el pánico entre el público? —exclamó sir Graham.

El primer ministro alzó las manos, reclamando silencio.

—Empezaremos la búsqueda de inmediato —ordenó—. Podemos hacerlo de forma discreta; podemos decir que es una alerta terrorista. No importa lo que digamos. Nadie tiene por qué saberlo.

—No tienen que ser difíciles de encontrar —musitó Kellner—. No puede haber tantos edificios altos en Londres. Y estamos buscando un disco acoplado a un lateral.

—Y hay otra posibilidad —añadió el primer ministro. Miró a Blunt—. Esa mujer, Julia Rothman.

Ella sabe dónde están las antenas parabólicas. ¿Pueden localizarla?

Blunt no exteriorizó ninguna emoción en absoluto. No miró a ninguno de los presentes en la habitación. Sus ojos eran rendijas vacías.

—Es posible —dijo—. Podemos intentarlo.

—Entonces le sugiero que se ponga en movimiento.

—Muy bien, primer ministro.

Blunt se incorporó. Sir Graham asintió y Alex también se puso de pie. Se sentía de repente muy cansado, como si hubiera estado en aquella sala durante días.

—Me alegro de haberte conocido por fin, Alex —dijo el primer ministro—. Gracias por todo lo que has hecho.

Pudiera haber estado dando las gracias a Alex por haber servido té y bizcochos. Un momento más tarde Alex había sido olvidado. Blunt y él abandonaron la habitación.

Alex sabía lo que esperaban de él.

No dijo nada mientras Blunt y él volvían en coche a Liverpool Street. Blunt tampoco pronunció palabra, excepto una vez, justo cuando salían de Downing Street.

—Lo has hecho bien, Alex —dijo.

—Gracias.

Era la primera vez que el jefe de Operaciones Especiales del MI6 le dedicaba un elogio.

Por último, entraron en la habitación de la planta decimosexta, la oficina que Alex conocía tan bien. La señora Jones los estaba esperando. Fue la primera vez que Alex se encontró con ella, después de haber intentado matarla. Se la veía exactamente igual que como siempre la había recordado. Era como si nada hubiese ocurrido entre ellos. Estaba vestida de negro, con las piernas cruzadas. Siempre estaba chupando uno de sus dulces de menta.

Hubo un breve silencio al entrar Alex.

—Hola, Alex —dijo ella.

—Señora Jones —Alex se sentía incómodo, sin saber muy bien qué decir—. Siento mucho lo que ha ocurrido —guardó silencio.

—Creo que hay algo que debieras saber, Alex. Es importante —miró a Blunt—. ¿Se lo ha contado?

—No.

Ella suspiró antes de volverse de nuevo hacia Alex.

—Sé que crees que me pegaste un tiro, pero no es así. Hemos examinado la cuestión a fondo. La bala no tendría que haberse disparado desde tan cerca. Estabas a menos de dos metros de mí y no había forma de que errases por accidente, así que, hasta donde yo supongo, algo te detuvo en el último segundo. Por mucho que me odies, y supongo que tienes derecho a ello, no fuiste capaz de dispararme a sangre fría.

—No la odio —dijo Alex. Era verdad. No sentía nada.

—Bueno, no necesitas odiarte a ti tampoco. Sea lo que sea que te hayan dicho los de Scorpia, tú no eres uno de ellos.

—¿Nos ponemos manos a la obra?

Blunt se había sentado detrás de su escritorio. Comentó brevemente lo que había ocurrido en Cobra.

—Han tomado la decisión equivocada —concluyó—. Van a buscar las parabólicas, como si hubiese alguna esperanza de encontrarlas. Creen que la evacuación sería más difícil.

—Kellner —la señora Jones pronunció esa palabra con voz pesada.

—Por supuesto. El primer ministro hace siempre lo que él le dice. Y el problema es que Kellner ha perdido el juicio. Creo que no tenemos más que una única esperanza.

—Quiere que vuelva —dijo Alex.

Era obvio. Blunt había hablado de encontrar a Julia Rothman. Pero también había admitido que no sabía dónde estaba. Nadie lo sabía. Solo Alex podía encontrarla. Tenía un número de teléfono; estaban esperando que llamase.

—Saben que he fallado —dijo—. Y saben que me han hecho prisionero.

—Has podido escapar —sugirió la señora Jones—. Scorpia no sabe si estoy viva o muerta. Puedes decir que me mataste y que conseguiste escapar de nosotros después.

—Puede que no me crean.

—Tienes que convencerlos —la señora Jones dudó—. Sé que hay muchas preguntas, Alex —prosiguió—. Tras todo lo que ha ocurrido, estoy segura de que no quieres ver a ninguno de nosotros nunca más. Pero ya sabes cuál es la situación. Si hubiera otra forma de…

—No la hay —respondió Alex. Había tomado su decisión incluso antes de abandonar Downing Street—. Puedo llamarlos. No sé si puede funcionar, no sé si responderán siquiera. Pero puedo intentarlo.

—Nuestra única esperanza es que te lleven junto a Julia Rothman. Es nuestra única oportunidad de encontrarla, y puede que ella nos lleve a las parabólicas —Blunt se inclinó para apretar un botón de su teléfono—. Haga el favor de enviarme a Smithers —musitó al aparato.

Smithers. Alex casi sonrió. Se le ocurrió que Alan Blunt y la señora Jones ya tenían pensado todo aquello. Sabían que lo enviarían de vuelta y que habían pedido a Smithers que acudiese con todos los artilugios que pudiese necesitar. Aquello era típico del MI6. Iban siempre un paso por delante. No solo planificaban el futuro, sino que lo controlaban.

—Esto es lo que quiero que hagas —le explicó Blunt—. Arreglaremos tu fuga. Si lo hacemos lo bastante espectacular, puede que salga incluso en las noticias de la noche. Tienes que llamar a Scorpia. Puedes decirles que le pegaste un tiro a la señora Jones. Tienes que sonar nervioso, al borde del pánico; pídeles que te recojan.

—¿Cree que vendrán?

—Confiemos en ello. Si de alguna forma consigues contactar con Julia Rothman, serás capaz de averiguar dónde están colocados las parabólicas. Y en cuanto lo sepas, te pondrás en contacto con nosotros. Ya nos ocuparemos entonces de los demás.

—Tienes que ser muy precavido —le avisó la señora Jones—. Los de Scorpia no son estúpidos. Ellos te enviaron y, cuando regreses, estarán muy recelosos. Te vigilarán, Alex. Examinarán todo cuanto hagas y digas. Tienes que mentirles. ¿Crees que puedes hacerlo?

—¿Cómo me pondré en contacto con ustedes? —preguntó Alex—. Dudo que me dejen usar un teléfono.

Como respondiendo a tal pregunta, la puerta se abrió para dejar pasar a Smithers. Alex se sintió en alguna extraña forma de verlo. Smithers era tan grueso y jovial que a duras penas podía un creer que fuese parte alguna del MI6. Vestía un traje de *tweed* que estaba por lo menos cinco años anticuado. Con la cabeza calva, el bigote negro, varias papadas y un rostro franco y sonriente, podía haber sido el tío perfecto, de esos que hacen trucos de magia en las reuniones.

Aun así, por una vez, incluso él estaba serio. ·

—¡Alex, mi querido muchacho! —exclamó—. Hay un buen jaleo montado, ¿eh? ¿Cómo estás? ¿Todo bien?

—Hola, señor Smithers —contestó Alex.

—Lamento que te hayas visto mezclado con Scorpia. Son una gente muy, muy desagradable. Peor aún que los rusos. Algunas de las cosas a las que se dedican son... bueno, decididamente criminales —estaba sin respiración y se sentó con pesadez en un asiento vacío—. Sabotaje y corrupción. Inteligencia y asesinato. ¿Y qué más?

—¿Qué tiene para nosotros, Smithers? —preguntó Blunt.

—Bueno, usted siempre me pide lo imposible, señor Blunt, y esta vez es incluso peor. Hay todo un surtido de útiles que me gustaría dar al joven Alex. Estoy siempre trabajando sobre nuevas ideas. Acabo de terminar con par de patines. Hay cuchillas, de hecho, ocultas en las ruedas y pueden cortarlo todo. Tengo un estupendo cubo de Rubik que es en realidad una granada. Pero, tal y como yo lo entiendo, esa gente no le va a dejar nada cuando vuelva. Si algo les resulta lejanamente sospechoso, lo examinarán y entonces sabrán que trabaja para nosotros.

—Necesita un localizador —intervino la señora Jones—. Tenemos que saber dónde está en cada momento. Y tiene que ser capaz de mandarnos una señal cuando sea hora de ponerse en marcha.

—Lo sé —repuso Smithers. Echó mano al bolsillo—. Creo que tengo la solución. Es lo último que se esperan... pero, al mismo tiempo, es el tipo de cosa que se supone que ha de tener un adolescente.

Sacó una bolsa de plástico translúcido y, en el interior, Alex distinguió un pequeño objeto de metal y plástico. No pudo ahorrarse una sonrisa. La última vez que había visto algo así fue en el dentista.

Era un alambre. Para los dientes.

—Tendremos que hacer algunos pequeños ajustes, pero encajará de forma cómoda en tu boca —Smithers golpeteó la bolsa—. El cable que va sobre tus dientes es transparente, así que no lo verán. Lo cierto es que es una antena de radio. El alambre comenzará a transmitir en el momento en que tú des la señal —hizo girar la bolsa entre sus gruesos dedos y le mostró el botón—. Aquí hay un pequeño interruptor —prosiguió—. Se activa con la lengua. En cuanto lo hagas, enviará una señal de alerta y podremos acudir.

La señora Jones cabeceó.

—Buen trabajo, Smithers. Una labor de primera.

Smithers suspiró.

—Me sienta muy mal mandar a Alex a la misión desarmado. ¡He creado un artefacto nuevo y maravilloso para alguien como él! He estado trabajando en una agenda electrónica que, en realidad, es un lanza-llamas. Le llamo la Napalm Organizer…

—Nada de armas —dijo Blunt.

—No podemos correr el riesgo —convino la señora Jones.

—Tienen razón —Smithers se incorporó lenta y fatigosamente—. Ten cuidado Alex. Ya sabes que me tienes preocupado. No te arriesgues a que te maten. Quiero volver a verte.

Se fue, cerrando la puerta al salir.

—Lo siento, Alex —dijo la señora Jones.

—No —Alex sabía que tenía razón. Aunque pudiera persuadir a Scorpia de que había cumplido su encargo, no confiarían en él. Lo revisarían de pies a cabeza.

—Activa el aparato de localización en cuanto encuentres las parabólicas —le ordenó Blunt.

—Siempre es posible que no te lleven hasta ellas —añadió la señora Jones—. En tal caso, si no puedes avanzar, si te sientes en peligro, actívalo de todas formas. Mandaremos a las fuerzas especiales a sacarte.

Eso fue una sorpresa para Alex. Ella nunca había demostrado demasiada preocupación por él en el pasado. Era como si la irrupción en su piso hubiese cambiado algunas cosas entre ellos. La observó, sentada rígidamente, pulcra y contenida, mascando lentamente la menta, y supuso que había algo que no le había contado. Bueno, pues aquí estaban los dos.

—¿Estas decidido, Alex? —preguntó.

—Sí —Alex hizo una pausa—. ¿De veras pueden preparar mi fuga?

Blunt se permitió una sonrisa tenue y sin humor.

—Claro —contestó—. Se lo tragarán.

Sucedió en Londres y salió en las noticias de las seis.

Un coche circulaba a gran velocidad por la Westway, una de las rutas principales de salida de la ciudad. El coche estaba en lo alto, ya que esa parte de la carretera corría sobre grandes columnas de hormigón. De repente perdió el control. Los testigos dijeron que dio bandazos a derecha e izquierda, enfilando el tráfico que venía en dirección contraria. Al menos una docena de automóviles se vieron involucrados en la colisión múltiple. Había un Fiat Uno, hecho un amasijo. Un BMW con un lateral destrozado. Una furgoneta llena de flores no había podido detenerse a tiempo y había chocado contra ellos. Las puertas se abrieron y de repente, en una forma estrambótica, la carretera se vio cubierta de rosas y crisantemos. Un taxi, al tratar de sortear el caos, golpeó contra el quitamiedos y saltó por encima, estampándose contra la ventana superior de una casa.

Fue un milagro que nadie resultase muerto, aunque una docena de personas acabaron en el hospital.

El resultado del accidente había sido grabado por la policía de tráfico desde un helicóptero, y se mostraba por televisión. La carretera estaba cerrada. El humo aún surgía de un coche incendiado. Había metal retorcido y cristales por todas partes.

Entrevistaron a cierto número de testigos y describieron lo que habían presenciado. Había un chico en el coche primero, según dijeron, aquel que había comenzado todo. Lo habían visto salir después de que todo sucedió. Había salido corriendo por la carretera y desaparecido entre el tráfico. También hubo un hombre, vestido con traje oscuro y gafas, que trató de seguirlo. Pero aquel hombre estaba, obviamente, herido. Renqueaba. Y el chico había escapado.

Dos horas más tarde, la carretera seguía cerrada. La policía decía que quería localizar urgentemente al chico, para interrogarlo. Pero aparte de que tenía unos catorce años e iba vestido de negro, no había descripción alguna. No dieron nombre. El tráfico en Londres occidental se había convertido en un gigantesco embotellamiento. Podía llevar días arreglar los daños.

Sentada en una habitación de hotel en Mayfair, Julia Rothman vio las noticias y sus ojos se estrecharon. Sabía quién era el chico, por supuesto. No podía ser ningún otro. Se preguntó qué habría sucedido. Y, además, se preguntó cuándo se pondría Alex Rider en contacto con ellos.

Lo cierto es que Alex no hizo la llamada hasta las siete de la tarde. Estaba en una cabina telefónica, cerca de Marble Arch. Ya llevaba puesto el alambre, dando a su boca tiempo para acostumbrarse. Pero, aun así, le resultó duro no arrastrar las palabras.

Le respondió un hombre.

—¿Sí?

—Soy Alex Rider.

—¿Dónde estás?

—En una cabina de Edgware Road.

Era verdad. Alex estaba vestido de nuevo con el traje negro de ninja que Scorpia le había dado. La cabina estaba a las puertas de un restaurante libanés. No había duda de que Scorpia podía usar equipo sofisticado para rastrear la llamada. Se preguntó cuánto tiempo tardarían en llegar hasta él.

Volvió sus pensamientos al choque de automóviles. Tuvo que admitir que el MI6 lo había montado con brillantez. No menos de veinte coches se habían visto implicados y solo habían tenido un par de horas, trabajando con especialistas, para organizarlo. Ni una solo persona de las que pasaban por allí había resultado herida. Pero viendo las filmaciones de televisión y escuchando las noticias, Scorpia tendría que tragárselo como algo real. Era lo que Blunt había dicho desde el principio. Cuanto más grande fuese el choque, menos razones tendría Scorpia para dudar. La portada de la última edición del *Evening*

Stardart llevaba una fotografía del taxi incrustado en la ventana de la casa.

Nada de todo eso importaba a la voz al otro lado del hilo telefónico.

—¿Ha muerto la mujer? —preguntó. *La mujer.* Scorpia ya no la llamaría señora Jones nunca más. Los cadáveres no necesitan nombres.

—Sí —fue la respuesta de Alex.

Cuando fuesen a recogerlo, encontrarían la Kahr P9 en su bolsillo, con la única bala ya disparada. Y si le examinaban las manos (Blunt estaba seguro de que lo harían) encontrarían restos de pólvora en sus dedos. Y había una mancha de sangre en la manga de su camisa. El mismo tipo sanguíneo que la señora Jones. Ella misma había dado la muestra.

—¿Qué sucedió?

—Me capturaron cuando huía. Me llevaron a Liverpool Street y me interrogaron. Esta tarde me llevaban a otro sitio, pero conseguí escaparme —Alex se permitió un pequeño toque de pánico en la voz. Era un adolescente, acababa de cometer su primer asesinato y estaba en peligro—. Escuche. Me dijeron que me recogerían en cuanto lo hiciese. Estoy en una cabina. Me están buscando. Quiero ver a Nile y...

Hubo una breve pausa.

—De acuerdo. Vete hasta la estación de metro de Bank. Hay una intersección allí. Siete calles. Espera a la salida de la boca principal a las nueve en punto y nosotros iremos a recogerte.

—¿Quién…? —Comenzó Alex. Pero al otro lado ya habían colgado.

Colgó y salió de la cabina telefónica. Pasaron dos coches de policía, con las luces destellando. Pero no estaban interesados en él. Alex se tomó unos instantes antes de ponerse en marcha, en dirección este. La estación de Bank estaba en la otra parte de Londres y le iba a llevar por lo menos una hora de paseo llegar. No tenía dinero y no podía arriesgarse a que lo detuviesen por colarse en un autobús. Y al llegar… ¡siete calles! Scorpia estaba siendo cuidadosa. Podían llegar desde cualquier dirección. Si era una trampa y el MI6 lo estaba siguiendo, tendrían que dividirse entre las siete calles.

Anduvo por las atestadas aceras, manteniéndose en las sombras y tratando de no pensar en lo que iba a ser de él. La noche había caído ya. Podía ver una luna grande y blanca, colgando muerta de los cielos. Todo acabaría, de una forma u otra, al día siguiente. Quedaban veinte horas hasta el ultimátum de Scorpia.

Ese era su momento límite también.

Había algo que no le había contado a la señora Jones.

Recordaba lo sucedido en Malagosto. El último día lo habían llevado a ver a un psiquiatra, un hombre inquisitivo, de mediana edad, que le había hecho ciertos test y había dado un informe médico. ¿Qué era lo que el doctor Steiner le había dicho?

Que estaba un poco anémico. Que necesitaba más vitaminas.

Y había dado a Alex una inyección.

Alex no tenía duda alguna de que le habían inoculado las mismas nanocápsulas que estaban a punto de matar a millares de chicos en Londres. Podía casi sentirlas en su sangre, millones de cápsulas doradas arremolinándose en el interior de su corazón, esperando el momento de liberar su mortífero contenido. Scorpia lo había engañado. Se habían estado riendo de él desde el principio. Incluso mientras sorbía su champán en Positano, la señora Rothman tenía que haber estado maquinando qué hacer con él.

No se lo había dicho a la señora Jones porque no quería que lo supiese. Y, al mismo tiempo, estaba completamente decidido. Cuando apretasen el interruptor, moriría. Pero aún quedaba tiempo antes de eso.

Scorpia le había dicho que era bueno tomándose venganza.

Y eso era exactamente lo que iba a hacer.

LA IGLESIA DE LOS SANTOS OLVIDADOS

L A búsqueda ya había comenzado.

Centenares de hombres y mujeres estaban peinando Londres, y centenares más les prestaban infraestructura: a los teléfonos, a los ordenadores, buscando y cruzando datos, rastreando en los archivos. Los científicos del Gobierno habían confirmado la predicción de la doctora Stephenson de que las antenas parabólicas de terahercios debían estar al menos a cien metros de altura para resultar efectivos, y eso hacía las cosas más fáciles. Una búsqueda en los sótanos, las bodegas y pasadizos hubiera sido imposible, incluso contando con la totalidad de la policía y el ejército del país. Pero estaban buscando algo que estuviese lo bastante alto y a la vista. La cuenta atrás había comenzado pero era posible.

Cada una de las antenas parabólicas de Londres fue registrada, fotografiada, verificada y luego descartada. Allí donde fue posible, se buscó los planos originales de emplazamiento y se contrastó con el de la parabólica. Habían recurrido a expertos en telecomunicaciones y, apenas surgía una duda, se los llevaba al lugar en cuestión para que viesen las cosas por sí mismo.

Si a la gente le llamó la atención aquel súbito estallido de actividad en bloques de apartamentos y oficinas, nadie dijo nada. Los pocos periodistas que se atrevieron a hacer preguntas fueron apartados discretamente y amenazados con tanta ferocidad que pronto llegaron a la conclusión de que debía haber otras historias, menos peligrosas, en las que husmear. Se hizo correr el rumor de que había una campaña en lo que a licencias televisivas competía. Y en todo momento, por toda la ciudad, más técnicos estudiaban y comprobaban, examinando las parabólicas y asegurándose de que tenían derecho a estar allí.

Y luego, justo después de las diez en punto de la mañana del jueves, seis horas antes del plazo fijado por Scorpia, las encontraron.

Había un bloque de pisos al borde de Notting Hill Gate, con hermosas vistas sobre todo Londres occidental. Era uno de los rascacielos más altos de la ciudad, famoso tanto por su altura como por su fealdad. Había sido diseñado en los sesenta por un arquitecto que debió alegrarse de no vivir nunca allí.

El techo albergaba cierto número de estructuras de ladrillo: para los cables de los ascensores, las unidades de aire acondicionado, los generadores de emergencia. Fue al lado de uno de estos últimos donde uno de los inspectores encontró tres antenas parabólicas nuevas que apuntaban al norte, el sur y el este.

Nadie sabía por qué estaban ahí. En pocos minutos había una docena de técnicos en el tejado, y otros más circundando el lugar en helicópteros. Se comprobó que los cables iban hasta un radiotransmisor programado para comenzar a emitir terahercios de alta frecuencia, exactamente a las cuatro de la tarde.

Mark Kellner recibió la llamada en el 10 de Downing Street.

—¡Lo conseguimos! —exclamó—. Un bloque de apartamentos en Londres occidental. Tres parabólicas. Están desconectándolas en estos momentos.

Cobra seguía reunida. Por toda la mesa hubo un murmullo de incredulidad que fue cediendo para dar paso a un rugido de triunfo.

—Seguiremos buscando —dijo Kellner—. Siempre existe una pequeña posibilidad de que Scorpia haya emplazado otras parabólicas como reserva. Pero si existen otras, las encontraremos también. Creo que podemos decir que la crisis está zanjada.

Alan Blunt y la señora Jones, en Liverpool Street, recibieron también la noticia.

—¿Qué le parece? —preguntó la señora Jones.

Blunt agitó la cabeza.

—Scorpia es más lista que eso. Si han encontrado esas parabólicas, es porque querían que las encontrásemos.

—Y Kellner vuelve a equivocarse.

—Ese hombre está loco —Blunt echó una mirada a su reloj—. No nos queda mucho tiempo.

La señora Jones miró al suyo.

—Solo nos queda confiar en Alex Rider.

Alex estaba en la otra parte de Londres, a gran distancia de las antenas parabólicas.

Había salido de la estación de Bank a la hora convenida la noche anterior, pero no en coche. Una joven desaliñada, a la que nunca había visto antes, pasó a su lado, le susurró una palabra y se alejó, pero no si ponerle un billete de metro en la mano.

—Sígueme.

Lo llevó de vuelta a la estación, a un tren. No volvió a hablarle, y se mantuvo a cierta distancia dentro del vagón, con los ojos vacíos, como si no tuviera nada que ver con él. Cambiaron dos veces de tren, esperando el momento en que las puertas se cerraban para entrar de modo súbito. Si alguien los estaba siguiendo, ella lo detectaría. Por último, salieron en la estación de King's Cross. Dejó a Alex en la acera, indicándole con un gesto que aguardase. Un taxi se acercó unos minutos más tarde.

—¿Alex Rider?

—Sí.

—Entra.

Todo había salido como la seda. Según se ponían en marcha, Alex comprendió que era imposible que los agentes del MI6 lo hubiesen seguido. Eso era, por supuesto, lo que Scorpia había planeado.

Lo habían llevado a una casa; una que no era la que había visitado cuando llegó por vez primera a Londres. Esta estaba en el perímetro de Regent's Park. Un hombre y una mujer lo esperaban, y los reconoció como los falsos padres italianos que lo habían acompañado al cruzar Heathrow. Lo llevaron a la planta de arriba y le enseñaron una habitación desvencijada con un baño adjunto. Había una cena tardía aguardándolo allí sobre una bandeja. Los otros lo dejaron ahí y cerraron la puerta al marcharse. No había teléfono. Alex comprobó la ventana. Estaba cerrada también.

Ahora eran la una y media del día siguiente y Alex estaba sentado en la cama, mirando por la ventana hacia los árboles y las barandillas victorianas del parque. Se sentía un poco enfermo. Empezaba a pensar que Scorpia simplemente iba a dejarlo allí hasta las cuatro en punto, y que lo único que esperaban era que muriese con los demás chicos de Londres. Y eso le recordó las nanocápsulas que sabía albergaba en su interior, descansando dentro de su corazón. Recordó el pinchazo de la aguja, el rostro sonriente del doctor Steiner mientras le inyectaba la muerte. Aquel pensamiento le puso la carne de gallina. ¿Estaba de veras condenado a pasar sus últimas horas de vida allí, en ese cuarto, sentado en una cama deshecha, a solas?

La puerta se abrió.

Entró Nile, seguido por Julia Rothman.

Vestía un abrigo caro, gris con el cuello de piel blanca, abotonado hasta la barbilla; más ropa de marca. Su pelo negro se veía inmaculado, su maquillaje era muy similar a una de las máscaras que habían estado presentes en su fiesta del Palacio de la Viuda. Su sonrisa era de un rojo brillante. Los ojos parecían más turbadores que nunca, realzados por una aplicación perfecta del rímel.

—¡Alex! —exclamó. Parecía verdaderamente complacida de verlo, pero Alex ya sabía que todo en ella era falsedad, sin nada en lo que pudiera confiar.

—Me preguntaba ya si iba a venir —comentó Alex.

—Por supuesto que iba a venir, querido. Lo que pasa es que el día de hoy lo tengo bastante ocupado. ¿Cómo estás, Alex? Me alegro mucho de verte.

—¿La mataste de verdad? —preguntó Nile. Vestía de forma informal, con una chaqueta amplia y vaqueros, zapatillas y una sudadera.

La señora Rothman frunció el ceño.

—¿Por qué tienes que ser directo, Nile? —se encogió de hombros—. Se refiere a la señora Jones, por supuesto. Y supongo que es necesario que sepamos lo sucedido. ¿Tuvo éxito la misión?

—Sí —Alex asintió. Aquella era la parte más peligrosa de todo. Sabía que no debía contar mucho; tenía miedo de traicionarse. Y era horriblemente consciente del alambre. Encajaba bien, pero le distorsionaba el habla, al menos un poco. El alambre a lo largo de sus dientes era transparente, pero, aun así, estaba seguro de que la señora Rothman lo detectase.

—¿Qué ocurrió?

—Conseguí entrar en el piso. Todo fue exactamente como dijeron. Usé la pistola...

—¿Y entonces?

—Salí del piso y estaba tratando de escapar cuando los dos tipos del mostrador me atraparon —había pasado la mitad de la noche ensayando aquella parte—. No sé cómo supieron dónde estaba. Pero antes de que pudiese hacer nada me tenían en el suelo, con las manos esposadas a la espalda.

—Sigue —la señora Rothman lo estaba observando. Sus ojos pudieran haber estado tratando de absorberle el alma.

—Me llevaron a un lugar. A un sótano —esa parte era la más fácil, ya que lo que hacía Alex era contar una versión de la verdad—. Está debajo de Liverpool Street. Me tuvieron allí toda la noche y a la mañana siguiente Blunt fue a visitarme.

—¿Qué dijo?

—Poca cosa. Sabía que trabajaba para ustedes. Tienen fotografías que me tomaron por satélite cuando llegué a Malagosto.

Nile echó una mirada a la señora Rothman.

—Eso tiene sentido —dijo—. Siempre he tenido la sensación de que estábamos bajo vigilancia.

—No quiso preguntarme mucho —prosiguió Alex—. La verdad es que no quería hablar conmigo. Dijo que me iban a interrogar fuera de Londres. Me dejaron un rato solo y luego un coche me recogió.

—¿Te esposaron? —preguntó la señora Rothman.

—Esta vez no. Ese fue su error. No era más que un coche normal. Estaba el conductor delante, y el hombre del MI6 atrás, a mi lado. No sé lo que me estaban diciendo y yo no quería ir. No me importaba lo que sucediese. No me importaba ni siquiera que me matasen. Esperé hasta que cogieron un poco de velocidad y entonces me lancé sobre el conductor. Me las arreglé para taparle los ojos con las manos. No pudo hacer mucho. Perdió el control y el coche se estrelló.

—Se estrellaron unos cuantos coches —apuntó la señora Rothman.

—Sí. Eso fue una suerte. Todo se puso patas arriba, y lo siguiente que supe fue que nos habíamos detenido y que podía salir y escaparme corriendo. Por fin conseguí llegar a una cabina telefónica y llamar a número que me dieron... y aquí estoy.

Nile lo había estado observando con mucho detenimiento durante toda la conversación.

—¿Cómo te sientes, Alex, por haber matado a la señora Jones? —preguntó.

—No siento nada en absoluto.

Nile asintió.

—Me ocurrió lo mismo la primera vez. Pero aprenderás a disfrutar de ello. Eso le llega a uno con el tiempo.

—Lo has hecho muy bien, Alex —la señora Rothman dijo eso, pero aún sonaba escéptica—. Tengo que decirte que estoy bastante asombrada de esa fuga tan audaz. Lo vi en las noticias y apenas podía creérmelo. Pero la verdad es que has pasado la prueba. Eres ya de verdad uno de los nuestros.

—¿Significa eso que me llevarán de vuelta a Venecia?

—Aún no —la señora Rothman se lo pensó durante un momento y Alex pudo ver que estaba tomando una decisión—. Estamos en el momento crítico de cierta operación —le informó—. Puede ser interesante que presencies el clímax; va a ser bastante espectacular. ¿Qué te parece?

Alex se encogió de hombros. No podía parecer demasiado interesado.

—No hay problema —dijo.

—Conociste al doctor Liebermann; estabas en Consanto cuando el bueno de Nile le ajustó las cuentas. Es por tanto muy justo que puedas ver el fruto de sus trabajos —sonrió de nuevo—. Me gustaría que presenciases el final a mi lado.

Así que quieres verme morir, pensó Alex.

—Me gustaría estar ahí —contestó.

Los ojos de la mujer se estrecharon y su sonrisa pareció congelarse.

—Pero me temo que vamos a tener que registrarte —dijo—. Confío en ti, por supuesto. Pero tienes que aprender que, cuando se está en Scorpia, no se debe dejar nada al azar. Has estado prisionero del MI6. Siempre es posible que tengas algo encima sin saberlo. Así que, antes de marcharnos, quiero que vayas al baño con Nile. Te hará allí un examen a fondo. Y cambiaremos las ropas por completo. Hay que quitarte todo, Alex. Es un poco embarazoso, lo sé. Pero estoy segura de que lo entiendes.

—No tengo nada que ocultar —dijo Alex, pero no pudo evitar hacer correr la lengua por el alambre. Estaba convencido de que ella lo había visto.

—Por supuesto que no. Simplemente, tomo mis precauciones.

—Vamos —Nile señaló con un pulgar hacia el baño. Parecía divertido por todo aquello.

Veinte minutos más tarde, Alex y Nile bajaron las escaleras. Alex estaba ahora vestido con unos vaqueros amplios y un jersey de cuello redondo. Nile había llevado consigo las ropas, así como nuevos calcetines, zapatillas y calzoncillos. La señora Jones no había exagerado. De haber llevado encima algo tan pequeño como un céntimo, Nile lo hubiese encontrado. Había examinado a fondo a Alex.

Pero Nile no había visto el alambre. La boca de Alex era el único lugar que no había registrado.

—¿Todo bien? —preguntó la señora Rothman. Tenía prisa por marcharse.

—Está limpio —repuso Nile.

—Bien. Entonces podemos irnos.

Había un carillón en el vestíbulo, en una esquina de aquel suelo de baldosas blancas y negras. Al dirigirse hacia la puerta delantera, Alex sintió un estremecimiento al ver la hora que era. Las dos.

—¿Son ya las dos? —dijo la señora Rothman. Se inclinó y golpeteó a Alex en la mejilla—. Te quedan dos horas, Alex.

—¿Dos horas para qué? —preguntó él.

—En dos horas lo sabrás todo.

Abrió la puerta.

Un coche los aguardaba en el exterior. Cruzaron todo Londres, rumbo al sur. Pasaron por Aldwych y el Puente de Waterloo, y durante un momento Alex pudo echar un vistazo a una de las panorámicas más prodigiosas de la capital: el Parlamento y el Big Ben, con la Rueda Millennium en la orilla contraria. ¿Cómo se vería dentro de dos horas? Alex trató de imaginar las ambulancias y los coches de policía con las sirenas puestas por todo Londres, las multitudes llenas de incredulidad, los pequeños cuerpos tendidos sobre las aceras. Sería como una nueva guerra mundial, pero sin que nadie disparase un solo tiro.

Y luego se encontraron en la orilla sur del río, pasando por Waterloo y dirigiéndose hacia el este. Los edificios junto a los que pasaban comenzaron a ser cada vez más viejos y sucios. Era como si hubieran viajado no unas pocas millas, sino cientos de años. Alex se sentaba atrás, junto a Nile. La señora Rothman iba sentada delante, junto a un conductor de rostro inexpresivo. Nadie hablaba. Hacía calor dentro del coche, ya que el sol brillaba, pero Alex podía sentir una tensión que enfriaba el aire. Tenía la convicción de que se dirigían a algún lugar elevado, en el que tenían que tener escondida Espada Invisible, pero no tenía idea alguna de lo que podía esperar. ¿Un bloque de oficinas? ¿Un edificio en construcción? Echó una ojeada por la ventada, con el rostro apretado contra el cristal, tratando de mantener la calma.

Se detuvieron.

El coche había llegado a un tramo de calle extraño y desierto que corría unos quince metros antes de rematar en un callejón sin salida. La señora Rothman y Nile salieron del coche y Alex los siguió, examinando los alrededores con el corazón sombrío. Parecía que, después de todo, no lo habían llevado hasta las parabólicas. No se veían edificios altos, al menos en casi dos kilómetros a la redonda. La calle, casi tan larga como ancha, corría entre dos filas de tiendas destartaladas, con las plantas bajas cerradas con tablones y las ventanas rotas y despintadas. La calle misma estaba cubierta de desechos: restos de periódicos, botes rotos y bolsas vacías de patatas fritas.

Pero fue el edificio situado al final el que le llamó la atención. La calle llevaba a una iglesia que hubiese cuadrado más en Roma o Venecia que en Londres. Llevaba, obviamente, largo tiempo abandonada y se había deteriorado mucho, aunque aun así mantenía restos de su magnificencia. Dos columnas inmensas y castigadas soportaban un pórtico triangular sobre la entrada principal. Escalones de mármol llevaban hasta puertas inmensas hechas de bronce sólido, ahora más verdes que doradas. La gran mole de la iglesia se alzaba detrás, coronada por una cúpula que resplandecía bajo el sol de la tarde. Había estatuas en los escalones y sobre el tejado. Sin embargo, se veían castigadas por el tiempo y los elementos. Algunas habían perdido los brazos, y muchas no tenían rostro. En otro tiempo habían sido santos y ángeles. Dos siglos de estancia en Londres los habían convertido en tullidos.

—¿Por qué estamos aquí? —preguntó Alex.

La señora Rothman estaba parada a su lado, mirando hacia la iglesia.

—Creí que querías ver el desenlace de Espada Invisible.

—No sé nada sobre Espada Invisible —tratando de no delatarse, Alex buscaba cualquier signo visible de parabólicas. Pero no parecía haber nada sobre la cúpula y, desde luego, con todo lo impresionante que resultaba, no era lo bastante alta. Las parabólicas tenían que estar más altas.

—¿Qué es este lugar?

La señora Rothman lo miró con curiosidad.

—¿Sabes, Alex? Juraría que hay algo diferente en ti.

Alex cerró con calma la boca, ocultando el alambre. Le devolvió una mirada socarrona.

—¿Nile? ¿Lo has revisado de pies a cabeza?

—Sí. Tal y como usted me dijo.

—Creí que ya confiaba en mí —protestó Alex, aunque en esta ocasión apartó la cabeza para que no pudiera verle los dientes—. Hice exactamente lo que me dijo. Y casi me mataron.

—No confío en nadie, Alex. Ni siquiera en Nile —se detuvo—. Ya que lo preguntas, esta es la Iglesia de los Santos Olvidados. No es realmente una iglesia, sino un oratorio. Fue construida en el siglo XIX por una comunidad de sacerdotes católicos que vivían en la vecindad. Eran bastante extraños. Adoraban a una colección de santos que habían caído en el olvido. Te sorprendería saber la cantidad de santos que hemos olvidado por completo. San Fiacre, por ejemplo, es el santo patrono de los jardineros y los taxistas. ¡Debe estar muy ocupado! San Ambrosio se ocupa de los colmeneros, ¿y qué harían los sastres sin San Homobonus? ¿Sabes que los empleados de pompas fúnebres y los perfumistas tienen sus propios santos? También se les adoraba. Supongo que no es sorprendente que la iglesia cayese en el abandono. Fue bombardeada durante la guerra y ha estado abandonada desde entonces. Scorpia se adueñó de ella hace unos pocos años. Como puedes ver, hemos hecho una o dos reformas interesantes. ¿Quieres entrar dentro?

Alex se encogió de hombros.

—Como usted diga.

No tenía elección alguna. Por alguna razón, Julia Rothman había elegido llevarlo allí, y presumiblemente allí estaría cuando los rayos de terahercios fuesen lanzados contra Londres. Echó otra ojeada a la cúpula, preguntándose si la superficie bastaría para protegerlo. Lo dudaba.

Los tres entraron. El automóvil se había marchado. Alex contempló las tiendas de la otra acera. Ni una sola de ellas estaba ocupada. Se preguntó si lo estarían observando. Se le vino a la cabeza que cualquiera que quisiese entrar en la iglesia tendría que hacerlo por aquel camino, y que debía ser bastante fácil mantener una vigilancia mediante cámaras ocultas. Llegaron a la entrada principal, que detectó su aparición y se abrió electrónicamente. Aquello era interesante. La señora Rothman le había hablado de reformas y ya quedaba claro que el oratorio no era la ruina que aparentaba ser a primera vista.

Entraron en un gran vestíbulo, de forma rectangular, que servía de antecámara para el cuerpo principal de la iglesia. Todo allí era gris: las losas inmensas, el cielo raso, las columnas de piedra que lo soportaban. Alex echó un vistazo alrededor, mientras los ojos se le acomodaban a la tenue luz. Había ventanas circulares a ambos lados, pero el cristal era tan grueso que parecía bloquear la mayor parte de la luz, más que darle paso. Todo se veía desvaído y polvoriento. Dos estatuas —¿más santos olvidados?— se alzaban a cada lado de una fuente maltratada y rota. Había un leve hedor a humedad en el aire. Era fácil de creer que nadie había estado allí en los últimos cincuenta años. Alex tosió y escuchó los ecos del sonido. El lugar estaba en completo silencio, y no parecía haber una forma obvia de seguir adelante. La calle estaba a su espalda y un muro sólido bloqueaba el paso. Pero entonces Julia Rothman se adelantó. Sus tacones de aguja repiquetearon sobre la piedra, creando ecos que resonaron entre las sombras.

Su movimiento había sido algún tipo de señal. Se escuchó un zumbido bajo y, sobre sus cabezas, se encendieron una serie de lámparas voltaicas, ocultas en los muros y el techo. Cayeron sobre ellos, desde todas direcciones, rayos de brillante luz blanca. Al mismo tiempo, cinco paneles se deslizaron en silencio, uno detrás de otro. Eran parte del muro, estaban construidos dentro del mismo, ocultos para simular ladrillo. Pero ahora Alex pudo ver que, de hecho, estaban hechos de acero macizo. Brillaron más luces y con ellas les llegó el sonido de hombres moviéndose, de maquinaria, de actividad frenética.

—Bienvenido a Espada Invisible —proclamó la señora Rothman, y en ese momento Alex comprendió por qué lo había llevado hasta allí. Se sentía orgullosa de lo que había hecho. No podía ocultar el placer en su voz. Quería que lo presenciase.

Alex cruzó la abertura y llegó hasta una escena que jamás olvidaría.

Se trataba de una iglesia clásica, como el monasterio de Malagosto. Scorpia parecía disfrutar escondiéndose tras la religión. El suelo estaba hecho de losas blancas y negras. Los restos de un órgano estaban junto a un muro, pero al mirar los tubos, unos rotos y otros perdidos, Alex comprendió que no volvería a sonar jamás. La cúpula se curvaba sobre su cabeza, decorada con pinturas de más santos, hombres y mujeres que empuñaban los más diversos objetos, relacionados todos con sus patrocinios: muebles, zapatos, libros y hogazas de pan. Todos ellos habían sido olvidados. Todos ellos inmovilizados juntos en un gran mural sobre sus cabezas.

La iglesia estaba repleta de equipos electrónicos: ordenadores, monitores de televisión, luces industriales y una serie de interruptores y palancas que no podían estar más fuera de lugar. Habían construido dos pasarelas de acero, una a cada lado, con guardias armados a intervalos. Debía haber veinte o treinta personas en aquella operación, y al menos la mitad de ellas portaba metralletas. Mientras Alex se hacía cargo de todo aquello, se escuchó una voz, magnificada por los altavoces instalados en los muros.

—Seis minutos para el lanzamiento. Seis minutos y contando…

Alex comprendió que había llegado al centro de la telaraña y, mientras miraba, su lengua se movió por el paladar y apretó el interruptor que Smithers había emplazado en el cable. Mark Kellner, el director de comunicaciones del primer ministro, se había equivocado de nuevo. Scorpia no había colocado las parabólicas de terahercios en ningún edificio alto.

Las había colocado en un globo de aire caliente.

Seis hombres vestidos con buzos oscuros lo estaban inflando. Les sobraba espacio allí y la cúpula era tan alta como un edificio de seis plantas. El globo estaba pintado de blanco y azul. Una vez suelto, se confundiría con el cielo. ¿Cómo iban a soltarlo?, se preguntó Alex. La iglesia estaba completamente encerrada en la cúpula. Aun así, aquel tenía que ser su plan. Había un armazón bajo el globo con un único quemador apuntando hacia lo alto y, debajo, una barquilla de unos veinte metros cuadrados. El globo tenía un aspecto extrañamente anticuado, como algo sacado de una novela de aventuras victoriana. La barquilla, empero, no podría haber sido más moderna, ya que estaba construida en alguna especie de plástico ultraligero, con una barandilla baja para proteger el equipo que transportaba.

Alex reconoció el equipo al instante. Había cuatro parabólicas, una en cada esquina, apuntando a los cuatro puntos cardinales. Era de un color plata desvaído, de unos tres metros de diámetro, con delgadas antenas de metal formando un triángulo que sobresalía del centro. Había cables conectando las parabólicas a una serie de cajas de aspecto complicado que ocupaban la mayor parte del centro de la barquilla. Tuberías negras llegaban al quemador, transportando el gas propano de las bombonas emplazadas cerca de las cajas. El globo estaba casi inflado. Había estado desparramado por el suelo, pero mientras Alex miraba, tres hombres habían estado calentando el aire en el interior de la envoltura, usando un segundo aparato quemador, y esta comenzó a elevarse con languidez.

Acudieron más hombres para mantener nivelada la barquilla. Había dos cuerdas, una a cada extremo. Alex vio que todo el artefacto había sido asegurado a un par de anillos de hierro emplazados en el suelo. Entonces comprendió lo que Scorpia pretendía hacer. Julia Rothman debía haber previsto que los científicos del Gobierno averiguarían cómo habían muerto los futbolistas en el aeropuerto de Heathrow. Así que también había sabido que peinarían Londres en busca de antenas parabólicas. El globo de aire caliente los elevaría por los aires. No necesitarían estar allí más que unos pocos minutos. Para cuando alguien se diese cuenta de lo que estaba ocurriendo, sería demasiado tarde. Las nanoesferas doradas se habrían disuelto y millares de chicos morirían.

Se percató de que Nile se había quitado la chaqueta y llevaba algo a la espalda. Se trataba de un arnés de cuero con dos armas de aspecto letal: ni espadas, ni dagas, sino algo a medio camino entre las dos. Alex recordó cómo había muerto el doctor Liebermann y comprendió que Nile era un experto en el *iaido*, el arte ninja de la esgrima. Podía acuchillar con las espadas o lanzarlas. En cualquiera de los casos, era rápido como el rayo, y Alex comprendió que podía matar en el acto.

No había nada que hacer, aparte de esperar y observar. No tenía artefactos, ni armas ocultas. Puede que la señora Rothman hubiese aceptado la historia de su captura y fuga, pero no le quitaba ojo. Lo cierto es que no habían dudado ni un instante. Seguía bajo sospecha. Si estornudaba sin su permiso, ella daría la orden de que lo acuchillasen.

¿Cuánto había pasado desde que activase el dispositivo de llamada? ¿Sesenta segundos? Puede que más. Alex sintió el cable que corría por sus dientes y trató de imaginar cómo la señal era enviada al MI6. ¿Cuánto iban a tardar en llegar?

La señora Rothman se le acercó y puso una mano en su hombro. Sus dedos acariciaron un lado de su cuello. Se pasó la lengua, pequeña y húmeda, por los labios.

—Te voy a explicar lo que está sucediendo, Alex —comenzó—. Como miembro que eres de Scorpia, estoy segura de que quieres conocerlo.

—¿Va a participar en una carrera de globos? —preguntó Alex.

—No. Yo no voy a ningún lado —sonrió—. Hace dos días planteamos ciertas exigencias. Tales exigencias se dirigían al Gobierno estadounidense, aunque dejamos claro que si no eran obedecidas, serían los británicos quienes sufriesen las consecuencias. El plazo se acaba —miró a su reloj— en menos de quince minutos. Los estadounidenses no han hecho lo que pedíamos. Y ahora es el momento de castigarlos.

—¿Qué van a hacer? —preguntó Alex. No podía ocultar el horror en su voz porque, por supuesto, ya lo sabía.

—El globo estará completamente inflado en unos pocos minutos y lo alzaremos por encima de la iglesia. Las cuerdas que lo sujetan tienen exactamente cien metros de longitud, y cuando lleguen a esa altura, la maquinaria que puedes ver en esa barquilla se activará al instante. Transmitirán ondas de terahercios de alta frecuencia por todo Londres durante dos minutos exactamente y, en ese instante, me temo que una gran cantidad de gente va a morir.

—¿Por qué? —Alex apenas podía hablar—. ¿Qué les ha pedido a los estadounidenses? ¿Qué quiere que hagan?

—Lo cierto es que no queremos que hagan nada. Nuestras exigencias eran completamente ridículas. Les pedimos que se desarmasen; les pedimos mil millones de dólares. Sabíamos que nunca aceptarían.

—¿Entonces, a qué pedirlo?

—Porque lo que nuestro cliente quiere de verdad es venganza. Venganza por la constante interferencia e intromisión de británicos y estadounidenses en asuntos que no les competen. Lo que él quiere es asegurarse de que la especial amistad entre los dos países se ve destruida para siempre. Y eso es lo que va a suceder.

»Me temo que una gran cantidad de gente está a punto de morir en Londres. Las muertes serán repentinas y totalmente inesperadas. Será como si les hubiese golpeado una espada invisible. Sacudirá a todo el país. Y luego vendrán las noticias: que han muerto porque los estadounidenses no aceptaron nuestras exigencias. ¿Puedes imaginarte lo que dirán los periódicos? ¿Puedes imaginar lo que pensará la gente? Mañana por la mañana los británicos odiarán a los estadounidenses.

»Y entonces, Alex, en pocos meses, Espada Invisible volverá a golpear, pero esta vez en Nueva York. Y esta vez nuestras exigencias serán más razonables. Pediremos menos y los estadounidenses accederán, ya que habrán visto lo sucedido en Londres y no querrán que se repita. No tendrán elección. Y eso será el final de la alianza angloestadounidense. ¿No lo ves? A los estadounidenses no les importan nada los británicos. Solo se preocupan de sí mismos. Eso es lo que dirá todo el mundo, y no tienes idea de cuánto odio podemos crear. Un país humillado, el otro hundido. Y Scorpia habrá ganado cien millones de libras entre tanto.

Se detuvo, como si esperase que él la felicitase. Se suponía que Alex era un miembro de la organización, el más recientemente reclutado. Su padre se hubiese congratulado de estar junto a ella. Pero Alex no pudo hacerlo. Sencillamente, fue incapaz. No trató siquiera de simular.

—¡No puede hacer eso! —susurró—. No puede matar niños solo para hacerse rica.

Apenas salieron las palabras de su boca supo que había cometido un error. La reacción de Julia Rothman fue tan rápida como la de una serpiente... o la de un escorpión. En un momento dado, tenía aquella sonrisa suave y causal en los labios; al siguiente, estaba rígida, alerta, con toda su atención centrada en Alex.

Nile se puso alerta, sintiendo que algo iba mal. Alex esperó a que cayese el hacha. Y el hacha cayó.

—¿Niños? —murmuró la señora Rothman—. Nunca hablé de niños.

—Pero habrá niños —Alex trató frenéticamente de recular—. Niños y adultos.

—No, Alex —la señora Rothman pareció casi divertida—. Sabes que el objetivo son los niños. Nunca te lo dije, así que alguien debe haberlo hecho por mí.

—De veras no sé de qué está hablando.

Ella estaba examinándolo minuciosamente. Acercándose a él. Y de repente lo vio.

—Ya me pareció que había algo diferente en ti —le espetó—. ¿Qué es lo que llevas en los dientes?

Era ya demasiado tarde para ocultarlo. Alex abrió la boca.

—Un alambre.

—No llevabas ese alambre en Positano.

—No lo tenía puesto entonces.

—Quítatelo.

—No sale.

—Saldrá… a martillazos.

Alex no tenía otra elección. Se llevó la mano a la boca y sacó la pieza de plástico. Nile se acercó, con los ojos llenos de curiosidad.

—Déjame ver eso, Alex.

Como un chico malo, sorprendido mascando chicle, Alex tendió la mano. Tenía el alambre en la palma. Y resultaba patente que no se trataba de un alambre normal. Podía verse parte del circuito que llevaba al interruptor que había activado.

¿Lo había apretado a tiempo?

—¡Tíralo! —le ordenó la señora Rothman.

Alex dejó caer el alambre y ella avanzó un paso. Dio un pisotón y Alex escuchó el sonido del plástico que ser rompía mientras ella pisoteaba las losas. Cuando apartó el pie, el alambre se había partido por la mitad y perdido el cable. Si había estado transmitiendo, desde luego ya no.

La señora Rothman se volvió hacia Nile.

—Eres un imbécil, Nile. Creí que lo habías examinado de arriba abajo.

—La boca… —Nile no sabía qué decir—. Fue el único sitio en el que no miré.

Pero ella ya se había vuelto hacia Alex.

—¿No lo hiciste, verdad, Alex? —su voz estaba llena de desprecio—. No la mataste. La señora Jones sigue viva.

Alex no dijo nada. La señora Rothman estuvo mirándolo durante lo que pareció una eternidad, y luego lo golpeó. Era más rápida y fuerte de lo que hubiera supuesto. Su mano lo alcanzó en la mejilla. El golpe resonó. Alex retrocedió, aturdido. La cabeza le daba vueltas y podía sentir cómo la mejilla se teñía de rojo. La señora Rothman hizo un gesto y dos guardias con metralletas se adelantaron para flanquearlo, uno a cada lado.

—Puede que tengamos compañía —anunció con voz alta y clara—. Quiero que las unidades tres, cuatro y cinco ocupen posiciones defensivas.

—Unidades tres, cuatro y cinco acudan al perímetro —una voz por el altavoz difundió la orden y veinte de los hombres echaron a correr, con los pies resonando sobre las pasarelas metálicas, en dirección a la fachada de la iglesia.

La señora Rothman observó a Alex con ojos que habían perdido cualquier disimulo. Eran completamente crueles.

—Puede que la señora Jones sobreviva —escupió—, pero tú no. Te queda poco tiempo de vida, Alex. ¿Por qué te crees que te traje aquí? Era para poder verlo por mí misma. Tengo buenos motivos para quererte muerto y, lo creas o no, querido, ya estás muerto.

Miró más allá de él. El globo estaba completamente inflado y flotaba en el espacio abierto entre el suelo y la cúpula. La barquilla con su carga mortífera pendía debajo, a un metro del suelo. Las cuerdas estaban ya dispuestas. Las parabólicas estaban en funcionamiento automático.

—Comiencen el lanzamiento —ordenó la señora Rothman—. Es hora de que Londres vea el poder de Espada Invisible.

ELEVADOS PROPÓSITOS

—Lanzamiento... código rojo. Lanzamiento... código rojo.

La voz incorpórea se alzó mientras uno de los técnicos de Scorpia, sentado frente a una consola, se inclinaba y apretaba un botón.

Se escuchó un simple clic mecánico y luego el zumbido de la maquinaria cuando una rueda comenzó a girar en algún punto sobre sus cabezas. Alex alzó la vista. A la primera mirada tuvo la sensación de que los santos y ángeles volaban apartándose, como si hubieran cobrado vida y descendiesen hacia los bancos para rezar. Luego, con la boca abierta, comprendió lo que estaba ocurriendo de verdad. El techo entero se estaba moviendo. La cúpula del oratorio había sido reformada, dotándola de brazos hidráulicos ocultos que la estaban abriendo lentamente. Apareció una rendija, se ensanchó. Podía ya ver el cielo. Un par de centímetros cada vez, la gran cúpula se escindía, partiéndose en dos mitades. La señora Rothman miraba también hacia arriba, con el rostro lleno de placer. Solo ahora Alex pudo comprender hasta qué punto se había planificado la operación. Toda la iglesia había sido adaptada —cosa que debía haber costado millones— para aquel instante.

Y nadie había imaginado tal cosa. La policía y el ejército habían estado buscando por todo Londres, examinando todas las estructuras que tuviesen al menos cien metros de altura. Pero las parabólicas habían estado ocultas... a ras de suelo. Solo ahora era cuando el globo de aire caliente las iba a llevar por encima de la ciudad. Desde luego, nadie se iba a percatar de aquello. Para cuando pudiesen llegar a aquella área desolada, ya sería demasiado tarde. Las parabólicas habrían hecho su trabajo. Miles de chicos habrían muerto ya.

Y Alex sería uno de ellos. La señora Rothman no lo había matado porque no necesitaba hacerlo. Ella misma lo había dicho: ya estaba muerto.

—Izad el globo —la señora Rothman dio la orden con voz suave. Pero las palabras sonaron lo suficientemente claras en el inmenso espacio de la iglesia.

Encendieron el mechero bajo la envoltura, lanzando un chorro de llama roja y azul. Dos hombres se abalanzaron a empujar el mecanismo de liberación y, enseguida, la barquilla comenzó a alzarse. Todo el techo había ya desaparecido. Era como si el oratorio entero hubiese sido pelado a la manera de las frutas exóticas. Había espacio más que suficiente para que el globo comenzase su viaje, y Alex observó cómo subía flotando, ascendiendo en línea recta, como si hubiese sido ensayado previamente. No había viento. Incluso la climatología parecía estar de parte de Scorpia.

Alex echó una mirada alrededor. Su rostro estaba aún acartonado allí donde la señora Rothman lo había abofeteado, pero ignoró el dolor. Era terriblemente consciente de cómo pasaban los segundos, pero nada podía hacer. Nile lo observaba con más odio del que nunca viera jamás en rostro alguno de hombre. Las dos espadas de samurái asomaban sobre sus hombros, y Alex sabía que estaba ansioso de usarlas. Había traicionado a Scorpia y, lo que era peor, había traicionado a Nile. Lo había humillado delante de Julia Rothman, y esa era razón suficiente como para que Nile quisiera hacérselo pagar cortándolo en pedazos. Solo necesitaba la excusa más nimia. Los dos guardias armados aún flanqueaban a Alex. Otros lo observaban desde las pasarelas y sus posiciones a la entrada. Estaba indefenso.

¿Y dónde estaba el MI6? Observó las piezas rotas del alambre. Deseó ahora haber activado el disparador en el preciso instante en que vio la iglesia. ¿Pero cómo podría haberlo sabido? ¿Cómo podía saberlo nadie?

—Alex, antes de que mueras, hay algo que quisiera decirte —le confió la señora Rothman.

—No me interesa —replicó Alex.

—Oh, me parece que sí te va a interesar, querido. Verás, es sobre tu padre. Y tu madre. Hay algo que debieras saber.

Alex no quería escucharla. Y tomó una decisión. Iba a morir, pero no se iba a quedar parado. De alguna forma, tenía que herir a Julia Rothman. Le había mentido, lo había manipulado. Y, lo que era peor, casi le había hecho traicionar a todo aquello en lo que creía. Había tratado de ponerlo de parte de Scorpia, como a su padre. Pero, fuera lo que fuese su padre, él nunca sería así.

Alex se tensó, a punto de saltar sobre ella, preguntándose si Nile podría acuchillarlo antes de que los guardias lo tiroteasen.

Y entonces una de las ventanas saltó en pedazos y algo explotó en el interior de la iglesia. Un humo espeso se expandió sobre las baldosas blancas y negras devorándolo todo. Y al mismo tiempo se escucharon el tableteo de las metralletas y una segunda explosión, esta vez en el exterior. Julia Rothman se tambaleó y cayó de lado. Nile se giró, con las manchas blancas de su rostro súbitamente más lívidas que antes, los ojos muy abiertos y alertas.

Alex se movió.

Golpeó al guardia situado a su izquierda, hundiendo su codo en el estómago del tipo y sintiendo cómo el hueso se hundía en carne blanda. El hombre se dobló. El otro guardia se giró y Alex pivotó sobre un pie, al tiempo que lanzaba una patada con el otro. Su talón impactó contra el cañón de la metralleta del hombre una fracción de segundo antes de que abriese fuego. Alex sintió cómo las balas pasaban sobre su hombro y escuchó un grito, cuando uno de los guardias resultó alcanzado. ¡Bueno, pues uno menos! Cargó con la cabeza gacha, e impactó contra el guardia como un toro enfurecido. El guardia gritó. Alex lanzó un puñetazo dirigido hacia arriba, contra la garganta del hombre. El guardia salió volando y cayó estruendosamente al suelo.

Estaba libre.

Todo era confusión. El humo giraba y se arremolinaba. Se escuchaban más ráfagas de metralleta, otra explosión. Alex vio cómo el globo se alzaba lentamente sobre la iglesia. No había resultado alcanzado; había pasado a través del techo abierto y continuaba su viaje hacia el cielo londinense. De repente comprendió que aquel era su lugar, fuera lo que fuese que pasara allí abajo. El globo transportaba equipo puesto en automático. El MI6 había llegado. Podían invadir la iglesia y capturar a Julia Rothman; podían bajar el globo. Pero solo quedaban unos minutos. Puede que ya fuese demasiado tarde.

Solo había una cosa que Alex pudiera hacer. El globo arrastraba las dos cuerdas que harían de anclajes cuando la barquilla llegase a la altura correcta. Alex se lanzó hacia ellas. Un hombre le cerró el paso y Alex lo derribó de forma automática con una patada circular. Se agarró a la cuerda y sintió un tirón mientras el globo lo alzaba sobre el suelo.

—¡Detenedlo! —gritó la señora Rothman.

Lo había visto, aunque el humo aún lo ocultaba de los otros guardias. Hubo un tableteo de metralleta, pero falló y alcanzó a la cuerda a unos pocos metros bajo sus pies. Alex miró hacia abajo y vio que el suelo estaba ya a bastante distancia. Y entonces se vio arrastrado fuera de la iglesia, al aire libre, dejando a Nile, la señora Rothman y aquel vertiginoso caos de abajo.

Medio cegada por el humo y aturdida por lo repentino del ataque, la señora Rothman había perdido unos segundos preciosos obligándose a calmarse. Se abalanzó sobre los monitores de televisión, tratando de hacerse una idea de la situación. Podía ver soldados en trajes de combate negro, con el rostro cubierto por cascos, tomando posiciones en el exterior de la iglesia. Bueno, ya se ocuparía de ellos en su momento. En ese instante, era el chico lo que importaba.

—Nile —rugió—. ¡Ve tras él!

Nile había resultado herido por fragmentos de cristal en la primera explosión. Por una vez, pareció reacio a obedecer, confuso.

—¡Muévete! —gritó ella.

Nile se movió. Una cuerda aún pendía, temblequeando frente a él. Se agarró a ella y, como Alex, se vio lanzado al aire.

La barquilla estaba ahora a unos cuarenta metros sobre el suelo. Tenía que viajar otros sesenta metros antes de que se activasen las parabólicas. El peso extra —Alex en una cuerda, Nile en la otra— lo ralentizaban. Pero el mechero seguía calentando el aire bajo la envoltura. Una pantalla digital en una de las cajas de metal parpadeaba y cambiaba, midiendo la distancia recorrida. Cuarenta y uno... cuarenta y dos. Las máquinas no sabían nada de lo que estaba ocurriendo abajo. No era asunto suyo. Haría aquello para lo que habían sido diseñadas. Las parabólicas solo aguardaban la señal para comenzar a transmitir.

El globo seguía subiendo. No quedaban más que cuatro minutos.

La señora Jones había actuado de inmediato. Había cinco equipos de los SAS en espera en diferentes partes de Londres, y tan pronto como se recibió la señal de Alex, había dado la alerta al equipo más próximo, mientras los otros cuatro actuaban de respaldo.

Ocho hombres se acercaron sigilosamente a la iglesia, todos ellos vestidos de traje completo de combate, que incluía monos negros a prueba de llamas, cinturón de herramientas, armadura, chalecos de kevlar y cascos de combate Mk 6 completos, con micrófonos incorporados. Llevaban consigo gran variedad de armas. La mayoría portaba una pistola Sig de 9 mm sujeta al muslo. Uno empuñaba una escopeta corta que podía usarse para abrir las puertas de la iglesia. Otros cargaban con hachas, cuchillos, granadas de humo y cegadoras; y cada hombre iba equipado con la misma metralleta semiautomática de gran potencia, la Heckler & Koch de 9 mm MP5, el arma favorita de asalto de los SAS. Mientras se desplegaban por la calle, aparentemente vacía, apenas parecían humanos. Podían haber sido robots teledirigidos, enviados desde alguna guerra futura.

Sabían que la iglesia era su objetivo, pero esa operación era la pesadilla de cualquier soldado. Normalmente, cuando intervenían los SAS, lo hacían tras recibir información de la policía y el ejército regular. Tenían acceso a las bases de datos de un potente ordenador que les suministraba información vital acerca del edificio que tenían que atacar: el grosor de los muros, la posición de ventanas y puertas. Si no hay información disponible, pueden incluso crear una imagen tridimensional del edificio, simplemente introduciendo los datos visibles desde el exterior. Pero en esta ocasión no contaban con nada. La Iglesia de los Santos Olvidados era un vacío. Y solo disponían de unos pocos minutos.

Sus instrucciones estaban claras. Encontrar a Alex Rider y sacarlo. Encontrar las parabólicas y destruirlas. Pero, tras todo lo que había ocurrido, Alan Blunt se cercioró de que sabían cuáles eran las prioridades. Las parabólicas primero.

Los soldados habían llegado justo a tiempo de ver cómo se abría la cúpula y cómo el globo comenzaba a remontarse por encima de la iglesia. De haber estado equipados con Stingers —misiles rastreadores de calor—, podrían haberlo abatido. Pero estaban en mitad de Londres. Estaban preparados para lo que era en esencia una toma de rehenes. No habían contado con una guerra abierta.

El globo se alzaba frente a sus ojos y eran incapaces de pararlo. Pudieron ver enseguida que solo necesitaban subir al techo del oratorio, pero primero tenían que llegar hasta allí. Uno de los hombres se decidió a disparar un proyectil de 94 mm HEAT con un bazuka de plástico. El proyectil enfiló hacia el globo, pero cayó antes de llegar, estrellándose contra una de las ventanas superiores y estallando dentro de la iglesia. Esa había sido la explosión que había dado su oportunidad a Alex.

Esa fue también la señal para que los hombres de Scorpia se mostrasen. De repente, el equipo de los SAS se encontró bajo el fuego por ambos lados, cuando un torrente ardiente de balas estalló desde las tiendas abandonadas. Alguien lanzó una granada. Una inmensa bola de llamas y cemento arrancado saltó por los aires. Uno de los hombres salió volando, con los brazos y piernas inertes. Impactó contra el suelo y no se movió.

Los SAS no esperaban una guerra, pero se encontraron en mitad de una en cuestión de segundos. Estaban en inferioridad numérica. La iglesia parecía impenetrable. El globo seguía subiendo.

Uno de los soldados había puesto rodilla en tierra y hablaba furiosamente por el radiotransmisor.

—Aquí Delta Uno Tres. Hemos tomado contacto con el enemigo y estamos bajo su fuego. Necesitamos respaldo inmediato. Hemos localizado las parabólicas. Se necesita apoyo aéreo para derribarlos de inmediato. Están siendo transportadas en un globo de aire caliente sobre el área objetivo. Repito, están en un globo. No podemos alcanzarlo. Hay que atacarlo por aire… clave rojo. Cambio.

El mensaje fue enviado de inmediato al cuartel general del Comando de Ataque de la RAF, en High Wycombe, a cincuenta kilómetros de Londres. Costó una pocos y preciosos segundos entender lo que les decían, y otros pocos más, igualmente valiosos, creerlos. Pero en menos de un minuto, dos cazas Tornado GR4 enfilaban la pista principal. Cada avión estaba equipado con bombas Paveway II, dotadas de sistemas de localización por láser y alerones móviles. Los pilotos estaban entrenados en ataques de precisión a baja altura. Volando a unos ciento treinta kilómetros por hora, podían llegar a la iglesia en menos de cinco minutos. Podían hacer estallar el globo en el aire.

Ese era el plan.

Por desgracia, no tenían cinco minutos. Esa era la primera misión real para la Fuerza de Reacción Rápida, creada para neutralizar cualquier ataque terrorista a gran escala. Pero todo había sucedido demasiado rápido. Scorpia había esperado hasta el último minuto antes de mostrar sus cartas.

Para cuando los aviones llegasen, ya sería demasiado tarde.

Alex Rider trepó por la cuerda, mano sobre mano, con las piernas apretadas. Había hecho a menudo lo mismo en el gimnasio del colegio pero —no hacía falta recordarlo— aquello no era exactamente lo mismo.

Para empezar, incluso cuando se paraba a hacer un descanso, seguía subiendo. El globo ganaba altura con rapidez. El aire caliente dentro de la envoltura pesaba veintiún gramos por cada doscientos cincuenta centímetros cúbicos. El aire, más frío, de Londres que lo rodeaba pesaba aproximadamente veintiocho gramos. Era una cuestión aritmética el que el globo ascendiense. Y eso era exactamente lo que también Alex estaba haciendo. De haber mirado abajo, podría haber visto el suelo a cincuenta metros de distancia. Pero no miró. Eso también era distinto al gimnasio del colegio. Si caía desde esa altura, se mataría.

Pero la barquilla estaba a menos de diez metros sobre su cabeza. Podía ver el gran rectángulo, bloqueando el cielo. Por encima, el mechero seguía aún activo, arrojando una llamarada al interior del envoltorio azul y blanco. A Alex le ardían los brazos y hombros. Y, aún peor, cada movimiento lanzaba un dolor repentino que le calaba hasta los huesos. Sentía las muñecas como si se fueran a partir. Escuchó otra explosión y un tableteo sostenido. Si habían visto el globo, y tenían que haberlo visto, tratarían de derribarlo, sin importar lo que costase. ¿Qué significaba su propia vida comparada con la de los millares que iban a morir si las parabólicas llegaban a los cien metros?

Ese pensamiento le dio nuevas fuerzas. Si una bala perdida lo alcanzaba mientras estaba colgando de la soga, caería. Necesitaba estar en la barquilla por más de una razón. Apretó los dientes y se impulsó arriba.

Sesenta y cinco metros, sesenta y seis... el globo era imparable. Pero la distancia entre Alex y su meta iba acortándose. Hubo una tercera explosión, que le hizo arriesgar una mirada hacia abajo. Casi al instante deseó no haberlo hecho. El suelo estaba a gran distancia. Los hombres del SAS tenían el tamaño de soldaditos de juguete. Pudo verlos tomando posiciones en la calle que llevaba a la iglesia, preparándose para asaltar la puerta principal. Los hombres de Scorpia estaban en las tiendas en ruinas, a ambos lados. La explosión que Alex acababa de escuchar se debía a una granada de mano.

Pero la batalla no significaba nada para él. Había visto algo que lo había llenado de terror. Un hombre trepaba por la otra cuerda y las manchas blancas de su rostro impedían equivocarse respecto a su identidad. Se trataba de Nile. Casi podía ver los músculos combarse bajo la camisa del hombre según se impulsaba con una mano. Tenía que desarmar las parabólicas de forma permanente antes de que Nile llegase. Tras eso, no podía esperar tener una oportunidad.

Algo le golpeó la mano y le arrancó un grito. Alex había seguido trepando, incluso con los ojos puestos en Nile, y no había visto que había alcanzado por fin la barquilla. Se había golpeado los nudillos contra una de las parabólicas. Durante un momento, se preguntó si podría dar un tirón y arrancar aquel artefacto maldito. Que cayese y se hiciera pedazos abajo. Pero enseguida se dio cuenta de que las parabólicas estaban aseguradas con abrazaderas metálicas. Tenía que encontrar otra forma de hacerlo.

Ante todo, eso implicaba encaramarse a la barquilla. Aquello no iba a ser nada fácil, y encima tenía que moverse con rapidez, para darse el mayor tiempo posible antes de que Nile se ocupase de él.

Se inclinó hacia atrás y soltó una mano de la cuerda. Su estómago le dio un vuelco y creyó que iba a caer. Pero luego lanzó la mano y consiguió agarrarse al borde del pasamanos que rodeaba toda la barquilla. Con un último esfuerzo, se aupó y consiguió salir por el otro lado. Entró de mala manera y se golpeó la rodilla contra el borde de una bombona de propano. Sintió que el dolor le recorría el cuerpo mientras trataba de hacer lo que tenía que hacer.

Examinó el globo.

Había dos bombonas de propano que alimentaban el mechero situado a menos de un metro sobre su cabeza. Gruesos tubos negros de goma o plásticos los conectaban, y Alex se preguntó si podría soltarlos y apagar la llama. ¿Caería el globo? ¿O habría el suficiente aire caliente dentro de la envoltura como para mantener su ascenso?

Examinó las cajas de metal situadas, como un complicado aparato de música, en el centro de la plataforma. Cada caja controlaba, obviamente, una parabólica. Había una maraña de cables que las unían todas. Cada caja tenía una única luz parpadeante, más o menos amarilla. Estaban activadas. Las parabólicas estaban a punto. Pero las ondas de terahercios no habían sido aún activadas. La quinta caja era alguna especie de control central. Tenía una mirilla en su parte superior, un contador digital. Setenta y siete... setenta y ocho... setenta y nueve. Alex observó cómo se medía la altitud y el globo se acercaba cada vez más al punto crítico.

Y de repente tuvo la respuesta. Desconectar las parabólicas. Hacerlo antes de que la barquilla llegase a los cien metros. Hacerlo antes de que llegase Nile. ¿Cuánto tiempo tenía? Consideró durante un segundo la posibilidad de soltar la soga por la que subía Nile. Pero aunque era posible, nunca hubiera sido capaz de hacer algo así, de matar a alguien a sangre fría. Además, le llevaría demasiado tiempo. No. Las cuatro luces parpadeantes eran su objetivo.

Se incorporó sobre pies vacilantes y dio un pequeño paso, con la barquilla oscilando levemente debajo de él. Tuvo miedo por un momento. ¿Habían diseñado la barquilla para soportar un peso como el suyo? Si se movía muy rápido, podía romperse y dejarlo caer. Hizo una mueca y se adelantó. Aparte del siseo del gas que alimentaba la llama, el globo de aire caliente estaba absolutamente en silencio. En su interior, Alex hubiera deseado simplemente sentarse y disfrutar del vuelo. El majestuoso envoltorio, remontándose por los cielos. Las vistas de Londres. Pero le restaba quizá menos de un minuto antes de que llegase Nile. ¿Y cuánto le quedaba hasta que el globo alcanzase la altura correcta?

Ochenta y tres… ochenta y cuatro…

Bueno. Era como volver a Murmansk. Otro contador digital, aunque ese iba hacia atrás, no hacia delante, y estaba unido a una bomba nuclear. ¿Por qué él? Alex se puso de rodillas y agarró el primero de los cables.

Lo examinó con rapidez. Era grueso, y estaba unido al control central por una toma de aspecto sólido. Trató de desenroscarla, pero no cedió. Tendría que arrancarlo, en cuyo caso sería imposible de reconectar. Cerró la mano alrededor del cable y tiró con todas sus fuerzas. No ocurrió nada. Las conexiones eran demasiado fuertes: metal enroscado en metal. Y los propios cables eran demasiado gruesos. Necesitaría un cuchillo o unas tijeras, pero no disponía de nada.

Alex se inclinó hacia atrás y puso el pie contra la caja de metal. Se estiró, sujetando aún el cable, lanzando todo el peso de su cuerpo. El globo seguía subiendo. Pasó un retazo de nube, o puede que se tratase de humo provocado por la lucha que tenía lugar abajo. Alex lanzó un juramento, con los dientes apretados y toda la atención puesta en el cable y su conexión.

Y de repente se soltó. Alex sintió cómo saltaba el cable. Cayó de espaldas y la cabeza golpeó contra el pasamanos de la barquilla. Ignorando ese nuevo dolor, se arrastró de vuelta. Podía ver los terminales —los cables rotos— que surgían de su mano. Había grandes verdugones en sus manos y se había herido en la cabeza. Pero, al mirar, vio que una de las luces amarillas se había apagado. Una de las parabólicas ya no funcionaba.

Noventa y tres… noventa y cuatro…

Quedaban tres. Y Alex sabía que no tenía tiempo de desconectarlos todos.

Aun así, se abalanzó y agarró el segundo. ¿Qué otra cosa podía hacer? De nuevo puso la planta del pie contra el costado de la caja. Tomó una gran bocanada de aire…

… y algo centelleó en el rabillo de su ojo. Por instinto, Alex se arrojó a un lado. La espada de samurái, de medio metro de longitud, hendió el aire tan cerca de su rostro que la sintió pasar. Comprendió que había estado dirigida a su cuello. De no haber sido por el sol, que se reflejó en la hoja, hubiera sido muerto.

Nile había alcanzado la barquilla. Estaba en una esquina, agarrado a la barandilla. Llevaba dos espadas a la espalda, pero hasta el momento solo había sacado una. Ahora empuñó también la otra. Alex yacía en el suelo. No podía moverse. No había bastante espacio para hacerlo. Era una víctima fácil, atrapado entre las cajas de metal y el costado de la barquilla. La llama ardía sobre su cabeza, llevando el globo a cubrir los últimos metros.

Noventa y siete... noventa y ocho... noventa y nueve...

El contador digital llegó al último número. Se escuchó un zumbido dentro del control central y las luces de las tres cajas que seguían conectadas cambiaron del amarillo al rojo. El sistema se había activado. Las ondas de terahercios estaban siendo irradiadas sobre todo Londres.

Alex sabía que, en su interior, en el mismísimo corazón, las nanocápsulas habían comenzado a romperse.

Nile desenvainó la segunda espada.

* * *

Dentro de la iglesia la señora Rothman estaba comenzando a comprender que la batalla estaba perdida. Sus hombres habían combatido bien, y sobrepasaban en número al enemigo, pero estaban siendo superados. Habían tenido ya muchas bajas y dos unidades más de los SAS habían llegado, para dar respaldo a la primera.

Podía ver la lucha en el exterior. Todo estaba siendo grabado por una serie de cámaras ocultas. Estaba delante de sus ojos, en los monitores de televisión, uno por cada ángulo. La calle había sido destrozada. Dos SAS arrastraban a uno de sus compañeros, herido, mientras polvo y fragmentos saltaban por los aires levantados por las balas enemigas. Más soldados avanzaban de portal en portal, arrojando granadas por las ventanas. Esa era la clase de lucha que los SAS habían aprendido en Irlanda del Norte y Oriente Medio.

El área entera había sido acordonada. Coches de policía habían llegado desde todas direcciones. No se los veía, pero las sirenas lo llenaban todo con su estruendo. Aquello era Londres. Estaba a punto de acabar un día laboral. Era imposible de creer que algo así estuviese sucediendo.

Hubo otra explosión… más cerca esta vez. El humo envolvió la cúpula abierta y los frescos cayeron en trozos, desprendidos de los muros. La mayoría de los hombres de Scorpia habían abandonado sus posiciones, prefiriendo arriesgarse en el exterior. Un guardia corrió hacia la señora Rothman, con el rostro cubierto de sangre.

—Han entrado en la iglesia —consiguió articular—. Estamos acabados. Me marcho.

—¡Manténgase en su puesto! —graznó la señora Rothman.

—Al diablo con eso —el guardia escupió y maldijo—. Todos se van. Tenemos que salir de aquí.

La señora Rothman pareció nerviosa, como si temiera quedar abandonada—. Por favor, déjeme su arma —suplicó.

—Claro. ¿Por qué no? —el guardia se la tendió.

—Gracias —dijo ella, y lo abatió con un único disparo.

Observó cómo el hombre caía desmadejado, antes de volverse a los monitores. Los SAS estaban en la estancia exterior. Pudo ver cómo colocaban explosivos plásticos en el falso muro de ladrillos. Era difícil asegurarse, pero le pareció que necesitarían más explosivos de los que estaban colocando. Había diseñado ella misma el muro y era de acero macizo. Aun así, acabarían pasando. No iban a cejar.

Echó una mirada al globo, que ahora tiraba de la única cuerda que quedaba, a cien metros sobre Londres. Sabía que había llegado a la altura adecuada, ya que el equipo instalado dentro de la iglesia así lo decía. Todo acabaría en un minuto. Pensó en Alex Rider que estaba allí arriba. Puestos a ser sinceros, había sido un error llevarlo hasta allí. ¿Por qué lo había hecho? Para verlo morir, claro. No había estado presente cuando John Rider murió y quería hacerlo en esa ocasión. Pierde al padre, captura al hijo. Era por eso por lo que lo había arriesgado todo llevando a Alex a la iglesia, y sabía que el resto de la ejecutiva de Scorpia estaría más que disgustada. Pero no importaba. La operación sería un éxito. Los SAS no llegarían a tiempo.

Se produjo una gran explosión. Toda la iglesia se estremeció. Tres de los mayores tubos del órgano se desplomaron para estrellarse contra el suelo. Trozos de ladrillos y yeso saltaron por los aires. La mitad de las pantallas de televisión se apagaron. Pero el acero aguantó. Había tenido razón en eso.

Arrojó la metralleta a un lado y corrió hacia una puerta casi invisible, abierta en el muro de una capilla lateral. Por suerte, la señora Rothman era de las que estaba preparada para cualquier eventualidad, incluida la de escabullirse sin ser vista.

El guardia que había matado había tenido razón. Desde luego era hora de marcharse.

Alex yacía tumbado, con la espalda apretada contra el pasamanos de la barquilla. La primera espada, la que Nile había lanzado, se había incrustado en el suelo de plástico, a unos centímetros de su cabeza, y allí seguía, vibrando, al lado de su garganta. Nile había desenfundado la segunda espada y la balanceaba en su mano. Se estaba tomando su tiempo. Alex sabía que no necesitaba apresurarse. No había donde ocultarse. Estaban a menos de tres metros el uno del otro. Alex había visto lo que Nile podía hacer. No había forma de que pudiera fallar.

Pero, aun así…

¿Por qué se demoraba? Tomándose su tiempo con la espada, agarrado con la otra mano a la barandilla…

Alex lo miró, examinando aquel rostro agraciado y maltratado, buscando una respuesta en los ojos del hombre.

Y la encontró.

Esa mirada. La había visto antes. Recordó a Wolf, el soldado de las SAS que lo había entrenado. Y de repente todo cobró sentido. La debilidad secreta que la señora Rothman había mencionado. La razón por la que Nile había sido el segundo, y no el primero, en Malagosto. Rememoró su encuentro en el campanario del monasterio. Nile se había agarrado a la puerta, incapaz de seguir adelante, sujeto al marco de la misma manera que ahora se sujetaba a la barandilla. No le sorprendió que Nile hubiese estado tan lento a la hora de trepar al globo.

Nile tenía miedo de las alturas.

Pero eso no iba a salvar a Alex. Habían pasado quince segundos desde que las luces se pusieran rojas. Las nanocápsulas y su carga venenosa debían estar ya vibrando dentro de su corazón. Por todo Londres los chicos debían estar andando rumbo a casa, esperando los autobuses, entrando en las estaciones de metro, ignorantes de lo que iba a suceder.

Entonces Nile habló.

—Esto es lo que te prometí que te sucedería si nos traicionabas —dijo. La sonrisa de su rostro podía ser forzada, pero no había duda sobre lo que estaba a punto de hacer. Balanceó la espada en la palma de su mano, sintiendo su peso mientras tomaba puntería—. Te dije que te mataría. Y eso es justamente lo que voy a hacer ahora mismo.

—Claro, Nile —le replicó Alex—. ¿Pero cómo vas a regresar luego?

—¿Qué? —la sonrisa se desvaneció.

—No tienes más que mirar abajo, Nile —prosiguió Alex—. Mira lo alto que estamos —levantó los ojos hacia la llama y el envoltorio—. ¿Sabes? Me parece que este globo no puede soportarnos a los dos.

—¡Cállate! —Nile siseó esa palabra. La mano con que se aferraba a la barandilla estaba más blanca que antes. Alex podía ver cómo los dedos se engarfiaban más y más.

—Mira a esa gente, mira a los coches. ¡Fíjate lo pequeños que se ven!

—¡Basta!

Y entonces fue cuando Alex se movió. Ya sabía lo que tenía que hacer. Nile estaba petrificado, incapaz de reaccionar. Con un grito ahogado, Alex sacó la espada, liberándola del plástico. Con un único movimiento lanzó un tajo y seccionó uno de los tubos de goma que alimentaban el mechero.

Tras eso, todo sucedió muy rápidamente.

El tubo seccionado comenzó a dar coletazos a derecha e izquierda, como una serpiente herida. El propano líquido seguía saliendo y, cuando el final cortado pasó junto al quemador, el gas hizo ignición y comenzó a arrojar una gran llamarada. El tubo retrocedió culebreando y lanzó su carga mortífera en dirección a Nile.

Nile se las había arreglado para levantar la segunda espada, amagando lo que sería el lanzamiento final. Apuntaba al pecho de Alex. Fue entonces cuando la llamarada lo alcanzó. Lanzó un grito y desapareció. En un momento dado estaba allí y al siguiente había sido enviado por los aires, convertido en una caricatura de hombre en llamas que giraba y caía hacia su muerte a cien metros más abajo.

Parecía como si Alex fuese a seguirlo.

La barquilla entera estaba en llamas y el plástico se fundía. Había propano líquido en llamas por todas partes y disolvía aquello que tocaba. Alex luchó por incorporarse mientras las llamas fluían hacia él. El mechero se había apagado, pero el globo no parecía caer. La barquilla, en cambio, sí… y muy pronto. Las cuatro cuerdas de seguridad del envoltorio estaban hechas de nailon y las cuatro estaban en llamas. Una de ellas saltó y a Alex se le escapó un grito cuando cayó de lado y casi se vio lanzado por el borde. Se le fueron los ojos a la maquinaria. Los cables eléctricos debían ser a prueba de fuego. Las pequeñas luces rojas le mostraron que las tres parabólicas que quedaban seguían transmitiendo aún. ¡Había pasado, seguro, más de un minuto desde que Nile había hecho su aparición! Alex se puso una mano sobre el pecho, esperando en cualquier momento sentir el estallido de dolor que indicaría que el veneno se había liberado e invadido su torrente sanguíneo.

Pero aún seguía vivo, y sabía que tenía solo unos segundos para escapar de la barquilla en llamas. No había oportunidad de saltar. Estaba a cien metros del suelo. Escuchó un chasquido cuando la segunda cuerda comenzó a romperse. El fuego estaba fuera de control. Lo iba a quemar; lo iba a quemar todo.

Alex saltó.

Pero no abajo, sino arriba. Saltó primero sobre la caja de control central y entonces se cogió con ambas manos del armazón de metal que rodeaba el mechero. Se aupó e incorporó. Ahora podía llegar al refuerzo circular, situado al fondo del propio envoltorio. Era increíble. Al mirar arriba, se sentía como si estuviera dentro de una inmensa habitación circular. Las paredes eran de tela, pero bien pudieran haber sido sólidas. Estaba dentro del globo, atrapado en él. Vio un cordón de nailon. Subía hasta la válvula situada en lo alto de todo. ¿Resistiría su peso?

Entonces las cuerdas que aún sostenían a la barquilla cedieron. Esta cayó, arrastrando al mechero y las parabólicas, desapareciendo bajo los pies de Alex. Alex tuvo el tiempo justo para enrollarse el cordel de nailon en una mano y agarrarse con la otra a la tela del globo. De repente se encontró colgando. De nuevo sintió el dolor en brazos y muñecas. Se preguntó si el globo colapsaría y caería. Pero había perdido la mayor parte del peso, solo quedaba el propio globo. Aguantó.

Alex miró abajo. No pudo evitarlo. Y entonces vio —entre el fuego y el humo, la barquilla que daba vueltas y las cuerdas que caían— que las tres luces rojas se habían apagado. Estaba seguro. O las llamas habían destrozado el mecanismo o las parabólicas se habían desactivado en el momento en que cayeron desde cien metros de altura.

Las ondas de terahercios se habían detenido. Ni un solo chico había muerto.

Nadie estaba muy seguro de dónde había salido aquella vieja bruja. Puede que hubiese estado haraganeando por el pequeño cementerio situado detrás de la Iglesia de los Santos Olvidados. Pero ahora se había metido en lo que, hasta hacía pocos minutos, había sido una batalla campal.

Había tenido suerte. Los hombres del SAS controlaban ya la iglesia e inmediaciones. La mayor parte de los agentes de Scorpia estaban muertos; los que quedaban habían depuesto las armas y se habían rendido. Una explosión final había franqueado la entrada a la propia iglesia. Los soldados del SAS hormiguean por su interior, buscando a Alex.

Aquella vieja bruja estaba claramente confusa ante tanta actividad; era muy posible que estuviese bebida. Llevaba una botella de sidra en la mano y se detuvo para ponerse el gollete entre los dientes podridos y beber. Tenía un rostro maltratado y repulsivo, y su cabello gris era largo y enredado. Vestía un sucio abrigo, ceñido al cuerpo con cordeles. Con la otra mano aferraba dos bolsas de basura, como si contuviesen todos los tesoros del mundo.

Uno de los soldados la vio.

—¡Fuera! —aulló—. Esto es peligroso.

—¡Claro, cariño! —la arpía se rio como una tonta—. ¿Qué pasa? Parece la Tercera Guerra Mundial.

Pero, al tiempo, se alejó arrastrándose, mientras los SAS la rebasaban, dirigiéndose a la iglesia.

Bajo la peluca, el maquillaje y la ropa, la señora Rothman sonrió para sus adentros. Era casi increíble que aquellos estúpidos soldados del SAS la hubiesen dejado marchar, deslizándose entre ellos abiertamente. Llevaba un arma oculta bajo el abrigo y la usaría si alguien tratara de detenerla. Pero estaban tan ocupados asaltando la iglesia que casi ni se dieron cuenta de su presencia.

Entonces uno la reclamó.

—¡Alto!

Así que la habían visto al final. Apretó el paso.

Pero el soldado no había tratado de detenerla, sino de avisarle. Una sombra la cubrió y levantó la mirada, justo a tiempo de ver cómo un rectángulo ardiente caía desde los cielos. Julia Rothman abrió la boca para gritar, pero el sonido no tuvo tiempo de salir de sus labios. Quedó aplastada, triturada contra el asfalto, aplanada como la criatura de algún cómic odioso. El hombre de los SAS que le había gritado solo pudo contemplar aquel desastre ardiente con horror. Luego, lentamente, miró hacia arriba, preguntándose de dónde había caído.

Pero no había nada allí. El cielo estaba vacío.

Libre de la barquilla y las cuerdas de amarre, el globo flotaba hacia el norte, con Alex aún colgando del mismo. Estaba herido y exhausto; tenía las piernas y un lado del pecho quemados. Ya era mucho que se pudiera mantener simplemente colgando.

Pero el aire dentro del envoltorio se había enfriado y el globo comenzaba a descender. Alex había tenido suerte de que la tela del globo fuese ignífuga.

Por supuesto, aún podía morir. No podía controlar el globo y el viento podía arrojarlo contra unos cables de alta tensión. Ya había cruzado el río y podía ver Trafalgar Square y la Columna de Nelson alzándose delante de él. Sería una broma enfermiza aterrizar allí y acabar atropellado.

Alex no podía hacer otra cosa que seguir colgado y esperar lo que tuviera que suceder. A pesar del dolor de los brazos, sentía una paz interior. De alguna forma, contra todo pronóstico, había conseguido salir vivo. Nile había muerto. La señora Rothman estaba probablemente presa. Las nanosferas ya no eran amenazas.

¿Y qué pasaba con él? El viento había cambiado. Lo llevaba hacia el oeste. Sí. Allí estaba Green Park... a unos quince metros por debajo. Podía ver cómo la gente lo señalaba y gritaba. Animó en silencio al globo. Con un poco de suerte, podría llegar hasta Chelsea, su casa, donde Jack Starbright debía estar esperándolo. ¿Cuánto trecho más podía ser? ¿Tendría el globo fuerza para llevarlo hasta allí?

Así lo esperaba, ya era todo lo que le importaba ahora.

Solo quería volver a casa.

COBERTURA

TODO acabo —de forma inevitable, o al menos eso le parecía a Alex— en la oficina de Alan Blunt en Liverpool Street.

Lo habían dejado en paz una semana entera, pero luego lo habían llamado un viernes por la tarde, preguntándole si quería acudir. Preguntando, no ordenando. Al menos, eso era un cambio. Y habían elegido un sábado, para que no perdiese un día de colegio.

El globo lo había dejado en un extremo de Hyde Park, depositándolo sobre la hierba con la misma gentileza que a una hoja caída. Acababa el día y a esa hora quedaba ya poca gente en el parque. Alex consiguió escabullirse tranquilamente, cinco minutos antes de que una docena de coches de policías llegasen con las sirenas puestas. Fue un paseo de veinte minutos hasta su casa y había prácticamente caído en brazos de Jack antes de darse un baño caliente, devorar una cena y meterse en la cama.

No estaba malherido. Sufría quemaduras en brazos y el pecho, y tenía hinchada la muñeca con la que colgó del globo. La señora Rothman le había dejado su marca en la mejilla. Mirándose al espejo, se preguntó cómo iba a explicar aquel moretón tan explícito. Al final dijo que lo habían atracado. En cierta forma, sentía que así era.

Había vuelto a Brookland a los cinco días. El señor Grey fue una de las primeras personas con las que se cruzó en el patio de la escuela antes de la entrada, y, aunque agitó la cabeza recelosamente, no dijo nada. El profesor se había tomado como un insulto personal el hecho de que Alex hubiese desaparecido en el viaje escolar a Venecia, y aunque Alex se sentía fatal, no podía contarle la verdad. Por el contrario, Tom Harris estaba exultante.

—Sabía que estarías bien —dijo—. Parecías un poco depre cuando hablamos por teléfono. Me refiero a después de que aquel lugar saltase por los aires. Pero al menos estabas vivo. Y, un par de días más tarde, Jerry recibió un cheque de lo más rumboso para un nuevo paracaídas. Lo que pasa es que la cantidad era por lo menos cinco veces lo que valía. Así que ahora está en Nueva Zelanda, gracias a ti. Saltando BASE desde algún edificio de Auckland. ¡Lo que siempre quiso! —Tom le tendió un recorte de periódico—. ¿Esto fue cosa tuya?

Alex echó un vistazo. Era una fotografía del globo de aire caliente sobre Londres. Se podía ver una pequeña figura colgando del mismo. Por suerte, habían tomado la fotografía desde demasiado lejos como para poder identificarlo. Nadie sabía lo que había ocurrido en la Iglesia de los Santos Olvidados. Y nadie sabía que él estaba en el asunto.

—Sí —admitió Alex—. Pero, Tom… no puedes contárselo a nadie.

—Ya se lo he dicho a Jerry.

—Pues a nadie más.

—Vale. Ya lo sé. Secretos oficiales y todo eso —Tom frunció el ceno—. Quizá debiera unirme al MI6. Seguro que sería un gran espía.

Alex estaba pensando en su amigo cuando se sentó enfrente de Alan Blunt y la señora Jones. Se arrellanó lentamente en la silla, preguntándose qué querrían decirle. Jack no le había preguntado nada en esta ocasión.

—En cuanto seas capaz de andar, lo más seguro es que te lancen en paracaídas sobre Corea del Norte —le había dicho—. Nunca te dejarán en paz, Alex. Ni siquiera quiero saber qué te ocurrió al salir de Venecia. Pero prométeme que no dejarás que pase otra vez.

Alex estaba de acuerdo con ella. Sabía que mejor se hubiese quedado en casa. Pero también sabía que tenía que estar ahí. Más que nada, porque se lo debía a la señora Jones, después de lo que había ocurrido en su piso.

—Me alegro de verte, Alex —dijo Blunt—. Una vez más, has hecho un buen trabajo.

Muy bien. Aquel era el máximo elogio del que Blunt era capaz.

—Te voy a poner al tanto —prosiguió este—. No hace falta que te diga que el plan de Scorpia fue un completo fracaso, y dudo mucho que vuelvan a intentar algo parecido, a tan gran escala. Perdieron a uno de sus mejores asesinos, un hombre llamado Nile, cuando cayó del globo. ¿Qué sucedió, ya que estamos puestos?

—Resbaló —dijo someramente Alex. No quería recordar aquello.

—Comprendo. Bueno, tienes que saber que también Julia Rothman ha muerto.

Aquello era nuevo para él. Había supuesto que había escapado.

La señora Jones tomó la palabra.

—La barquilla del globo le cayó encima cuando trataba de escapar —le explicó—. Quedó aplastada.

—Qué decepción… —murmuró Alex.

Blunt resopló.

—Lo más importante es que los chicos de Londres están a salvo. Tal y como explicó aquella científico, la doctora Stephenson, las nanocápsulas serán eliminadas lentamente de su organismo. He de decirte, Alex, que las parabólicas de terahercios estuvieron transmitiendo durante al menos un minuto. Bien sabe Dios lo cerca que estuvimos del desastre.

—Trataré de hacerlo más rápido la próxima vez —replicó Alex.

—Sí. Bien. Una cosa más. Te alegrará saber que Mark Kellner renunció esta mañana. El director de comunicaciones del primer ministro... ¿te acuerdas de él? Ha dicho a la prensa que quiere dedicar más tiempo a su familia. Lo más divertido de todo es que su familia no puede soportarlo. Nadie puede. El señor Kellner cometió el mismo error demasiadas veces. Nadie debe haber visto a ese doble con el globo de aire caliente. Pero alguien tiene que cargar con el muerto, y me alegra decir que va a ser él.

—Bueno, si eso es todo lo que querían contarme, lo mejor es que me vaya ya a casa —dijo Alex—. He perdido muchas clases y tengo mucho que recuperar.

—No, Alex. Me temo que no puedes irte aún —la voz de la señora Jones sonaba más seria de lo que nunca antes le hubiese escuchado, y Alex se preguntó si iba a hacerle pagar por aquel atentado contra su vida.

—Siento lo que estuve a punto de hacer, señora Jones —dijo—. Pero creo haberlo pagado, más o menos...

—No quería hablarte de eso. En lo que a mí respecta, nunca existió aquella visita a mi piso. Pero hay algo más importante. Tú y yo nunca hemos hablado del Puente Alberto.

Alex sintió un frío interior.

—No quiero hablar de ello.

—¿Por qué no?

—Porque sé que lo que hizo usted fue lo correcto. He visto con mis propios ojos lo que es Scorpia; sé de lo que son capaces. Si mi padre era uno de ellos, usted hizo bien. Merecía la muerte.

Las palabras herían a Alex al pronunciarlas. Se le atascaron en la garganta.

—Quiero que conozcas a alguien, Alex. Ha venido a la oficina y está esperando fuera. Sé que no quieres perder más tiempo aquí del necesario, pero ¿por qué no hablas con él? Serán solo unos minutos.

—De acuerdo —Alex se encogió de hombros. No sabía qué quería probar la señora Jones. No tenía ningún deseo de retomar el tema de la muerte de su padre.

La puerta se abrió dando paso a un hombre alto, barbudo, con pelo castaño y rizado que comenzaba a encanecer. Vestía de forma informal con una chaqueta de cuero bastante usada y pantalones. Parecía tener poco más de treinta y, aunque Alex estaba convencido de no haberlo visto nunca, su rostro le parecía vagamente familiar.

—¿Alex Rider? —preguntó. Tenía una voz suave y agradable.

—Sí.

—¿Cómo estás? —le tendió una mano. Alex se incorporó y sintió un apretón que era cálido y amistoso—. Me llamo James Adair. Creo que ya conoces a mi padre, sir Graham Adair.

Alex no había olvidado a este último, desde luego. Sir Graham Adair era el secretario permanente de la Oficina del Gabinete. Era fácil ver la semejanza entre los rostros de los dos hombres. Pero ya sabía dónde había visto antes a James Adair. Por supuesto. Ahora era más mayor. El color del pelo era distinto y él más fornido. Pero el rostro era el mismo. Lo había visto en una pantalla de televisión. En el Puente Alberto.

—James Adair es profesor numerario en el Colegio Imperial, aquí en Londres —le explicó la señora Jones—. Pero hace catorce años era un estudiante. Su padre era ya un alto funcionario civil...

—Te secuestraron —lo interrumpió Alex—. Te secuestraron los de Scorpia.

—Cierto. ¿Te importa que me siente? Me veo demasiado formal estando así.

James Adair tomó asiento. Alex esperó a que hablase. Se sentía desconcertado y un poco aprensivo. Aquel hombre estaba presente cuando dispararon contra su padre. En cierta forma, John Rider había muerto por su culpa. ¿Por qué le había hecho acudir la señora Jones?

—Te contaré la historia y me iré —dijo James Adair—. Cuando tenía dieciocho años fui víctima de un intento de chantajear a mi padre. Fui capturado por una organización llamada Scorpia, e iban a torturarme y matarme a menos que mi padre hiciese exactamente lo que le decían. Pero Scorpia cometió un error. Mi padre podía influir en la política gubernamental, pero no podía cambiarla. No podía hacer nada. Me dijeron que iba a morir.

»Entonces, en el último minuto, hubo un cambio de planes. Conocí a una mujer llamada Julia Rothman. Era muy hermosa y una verdadera arpía. Estoy convencido de que no veía el momento de aplicarme los hierros candentes. De todas formas, me dijo que me iban a canjear por uno de los suyos. Había sido capturado por el MI6. Nos iban a intercambiar. En el Puente Alberto.

»Me llevaron hasta allí a primera hora de la mañana. Tengo que admitir que estaba aterrorizado. Era verdad que iba a haber un intercambio. Creía que me iban a disparar y arrojar al Támesis. Pero todo pareció ir según el plan. Era como una película de espías. Tres hombres y yo a un lado del puente. Todos tenían armas. Al otro lado del puente pude ver a una figura. Era tu padre. Lo acompañaban algunos agentes del MI6 —el profesor miró a la señora Jones—. Ella era uno de ellos.

—Fue la primera operación de campo en la que estuve al mando —murmuró la señora Jones.

—Prosigue —dijo Alex. Ya había captado su interés. No podía evitarlo.

—Bueno, alguien hizo una señal y los dos comenzamos a andar, casi como si fuésemos a librar un duelo, excepto que llevábamos las manos atadas. Tengo que decirte, Alex, que el puente mide casi dos kilómetros de largo. Cuando lo cruzas parece eterno. Pero acabamos por encontrarnos en mitad del mismo y yo sentía una especie de agradecimiento por él, ya que gracias a él no me mataron, y al mismo tiempo sabía que trabajaba para Scorpia, así que pensé que debía ser uno de los malos.

»Entonces me habló.

Alex contuvo la respiración. Recordó el vídeo que le había mostrado la señora Rothman. Era cierto. Su padre y el adolescente habían hablado. Pero había sido incapaz de escuchar las palabras, y se había preguntado qué se habían dicho.

—Estaba muy sereno —prosiguió James Adair—. Confío en que no me lo tomes a mal, Alex, pero, viéndote, puedo verlo a él como era entonces. Tenía controlada la situación. Y me dijo lo siguiente.

—*Va a haber tiros, así que muévete rápido.*

—*¿Qué? ¿Qué quiere decir?*

—*Cuando comiencen los tiros, no mires atrás. Corre tan rápido como puedas. Te salvarás.*

Hubo un largo silencio.

—¿Mi padre sabía que le iban a disparar? —preguntó Alex.

—Sí.

—¿Pero cómo?

—Déjame acabar —James Adair se pasó una mano por la barba—. Di unos pocos pasos más y de repente se escuchó un disparo. Sabía que no tenía que mirar atrás, pero lo hice. Fue un segundo. Tu padre había recibido un tiro en la espalda. Había sangre en su chaqueta de coderas; pude ver un agujero en la tela. Luego recordé lo que me había dicho y comencé a correr... como alma que lleva el diablo. Tenía que salir de allí.

Había otra cosa que Alex había notado al ver aquel vídeo. James Adair había reaccionado con asombrosa celeridad. Cualquier otro se hubiera inmovilizado sin duda. Pero él sabía, sin duda, lo que estaba haciendo.

Porque alguien le había avisado.

Y ese alguien fue John Rider.

—Salí corriendo por el puente —prosiguió—. Y se desató el infierno. Los hombres de Scorpia comenzaron a disparar. Querían matarme, desde luego. Pero los agentes del MI6 tenían metralletas y devolvieron el fuego. Desde luego, fue un milagro que no me hiriesen. Me las arreglé para llegar al extremo norte del puente y apareció un coche grande, salido de ninguna parte. Se abrió una puerta y me metieron. Y eso fue el final de todo, al menos en lo que a mí respecta. Me sacaron de allí y me reuní con mi padre un par de minutos más tarde; estaba sumamente aliviado. Había creído que nunca más me vería con vida.

Eso tenía sentido. Cuando Alex había conocido a sir Graham Adair, el funcionario había sido sorprendentemente amistoso. Le había dejado claro que, en cierta forma, estaba en deuda con Alex.

—Así que mi padre... se sacrificó por ti —dijo Alex. No lo entendía. Su padre había trabajado para Scorpia. ¿Por qué estaba dispuesto a morir por alguien que no conocía?

—Hay otra cosa que tengo que decirte —añadió el profesor—. Lo más seguro es que sea toda una impresión para ti. Más o menos un mes más tarde fui a la casa de mi padre en Wiltshire. Para entonces ya me lo habían contado todo y había un montón de protocolos de seguridad que tenía que conocer, para el caso de que Scorpia hiciese otra intentona contra mí. Y —tragó saliva— tu padre estaba allí.

—¿Qué? —Alex se sobresaltó.

—Llegué temprano. Cuando yo llegaba, tu padre salía. Había tenido una reunión con el mío.

—Pero eso es...

—Lo sé. Es imposible. Pero era, sin duda, él. Me reconoció al instante.

— *¿Cómo estás?*

— *Bien, muchas gracias.*

— *Me alegro de haberte podido ayudar. Cuídate.*

—Eso fue lo que me dijo. Recuerdo las palabras exactas. Luego se subió al coche y se marchó.

—Entonces mi padre...

James Adair se puso en pie.

—Estoy seguro de que la señora Jones podrá explicártelo todo —dijo—. Pero mi padre quería que te contase lo agradecidos que nos sentimos contigo. Me pidió que te hablase. Tu padre me salvó la vida. No hay duda alguna. Ahora estoy casado, tengo dos niños. Cosa curiosa, llamé al primero John por tu padre. Esos niños no existirían de no ser por él. Mi padre no tendría hijo, ni nietos. Pienses lo que pienses de él, te hayan contado lo que te hayan contado, John Rider era todo un valiente.

James Adair hizo un gesto de cabeza en dirección a la señora Jones y salió de la habitación. La puerta se cerró. Luego un segundo silencio, muy largo.

—No entiendo —dijo Alex.

—Tu padre no era un asesino —respondió la señora Jones—. No trabajaba para Scorpia. Trabajaba para nosotros.

—¿Era un espía?

—Un espía de lo más brillante —murmuró Alan Blunt—. Reclutamos a los dos hermanos, Ian y John, el mismo año. Ian era un buen agente. Pero John era mejor y de lejos.

—¿Trabajaba para usted?

—Sí.

—Pero mató a gente. La señora Rothman me lo mostró. Estuvo en la cárcel…

—Todo lo que Julia Rothman creía saber sobre tu padre era mentira —la señora Jones suspiró. Es cierto que estuvo en el ejército y que tuvo una distinguida carrera con el regimiento paracaidista, y que fue condecorado por su participación en la guerra de las Malvinas. Pero todo lo demás: la pelea con el taxista, la condena a cárcel y todo eso, fue un montaje nuestro. Eso se llama cobertura, Alex. Queríamos que Scorpia reclutase a John Rider. Era el cebo y picaron.

—¿Por qué?

—Porque Scorpia estaba expandiéndose por todo el mundo. Necesitábamos saber qué estaba haciendo, los nombres de la gente que trabajaba para ellos, el tamaño y estructura de la organización. John Rider era un experto en armas, un luchador brillante. Y Scorpia pensaba que estaba hundido. Lo acogieron con los brazos abiertos.

—¿Y durante todo ese tiempo les estuvo informando?

—Su información salvó más vidas de que las puedas imaginar.

—¡Eso no es verdad! —la cabeza le daba vueltas a Alex—. La señora Rothman me contó que había matado a cinco o seis personas. ¡Y Yassen Gregorovich lo idolatraba! Me enseñó la cicatriz. Me contó que mi padre le salvó la vida.

—Tu padre fingía ser un peligroso asesino —dijo la señora Jones—. Y bueno, sí, Alex, tuvo que matar. Una de sus víctimas fue un traficante de drogas de la jungla amazónica. Fue en esa ocasión cuando salvó la vida de Yassen. Otra fue un doble agente estadounidense, la tercera un policía corrupto. No digo que esa gente mereciese morir. Pero, desde luego, el mundo estaba mejor sin ellos y me temo que tu padre no tenía elección.

—¿Qué hay de los otros que me contó? —Alex tenía que saberlo.

—Hubo dos más —le cortó Blunt—. Uno fue un cura que trabajaba en las calles de Río de Janeiro. La otra una mujer de Sidney. Esos fueron más difíciles. No podíamos dejar que los matasen. Así que fingimos sus muertes… de la misma forma que fingimos la de tu padre.

—El Puente Alberto…

—Fue un montaje —la señora Jones retomó la narración—. Tu padre nos había contado cuanto necesitábamos saber sobre Scorpia y teníamos que sacarlo. Había dos razones para ello. La primera era que tu madre acababa de alumbrar a un bebé. Ese eras tú, Alex. Tu padre quería volver a casa, quería estar contigo y tu madre. Pero también eso estaba volviéndose peligroso. Veras, la señora Rothman se había enamorado de él.

Era casi demasiada información como para asimilar de golpe. Pero Alex recordó lo que Julia Rothman le había dicho en el hotel de Positano.

Me sentía muy atraída por él. Era un hombre extremadamente apuesto.

Alex trató de aprehender la verdad a través de aquel cambiante cenagal de mentiras y contramentiras.

—Me dijo que lo habían capturado. En Malta…

—Fue también todo falso —le reveló la señora Jones—. John Rider no podía marcharse por las buenas de Scorpia; nunca se lo hubieran permitido. Así que lo arreglamos todo. Lo habían enviado a Malta, al parecer para matar a su sexta víctima. Nos avisó y lo estábamos esperando. Montamos una tremenda pelea a tiros. Ya sabes de lo que somos capaces, Alex. Yassen estaba allí, en Malta, pero le dejamos escapar. Necesitábamos que le contase a Julia Rothman lo que había ocurrido. Entonces «capturamos» a John Rider. En lo que a Scorpia respecta, lo íbamos a interrogar para luego devolverlo a la cárcel o ejecutarlo. Nunca lo verían más.

—¿Entonces por qué…? —Alex aún no comprendía del todo—. ¿A qué vino lo del Puente Alberto?

—El Puente Alberto fue un cochino jaleo —dijo Alan Blunt. Era la primera vez que Alex lo veía alterarse—. Nos reunimos con sir Graham Adair. Es un hombre muy poderoso. Y también es un viejo amigo mío. Y cuando Scorpia capturó a su hijo, no creí que pudiéramos hacer nada.

—Fue idea de tu padre —prosiguió la señora Jones—. También él conocía a sir Graham. Quería ayudarle. Tienes que entender, Alex, qué clase de hombre era. Un día quisiera hablarte acerca de él… más aún. Creía apasionadamente en lo que estaba haciendo. Sirviendo a su país. Sé que suena infantil y anticuado. Pero era ante todo un soldado. Y creía en el bien y el mal. No sé qué más decir. Quería hacer del mundo un lugar mejor.

Tomó una profunda inspiración.

—Tu padre sugirió que podíamos enviarlo de vuelta con Scorpia e intercambiarlo. Conocía los sentimientos de la señora Rothman hacia él; sabía que aceptaría cualquier cosa por recuperarlo. Pero, al mismo tiempo, planeó frustrarla. Había un tirador emplazado, pero el arma estaba cargada con balas de fogueo. John llevaba un petardo en la espalda, un simple fuego de artificio, y un peal de sangre. Cuando le dispararon, lo activó él mismo. Abrió un agujerito en la parte trasera de su chaqueta. Se tiró al suelo y se hizo el muerto. Parecía como si el MI6 lo hubiese matado a sangre fría. Pero no le causamos ningún daño, Alex. Por eso quería que te reunieses con James Adair. La idea era ponerlo a salvo de nuevo y así podría simplemente desaparecer.

Alex hundió el rostro entre las manos. Había un centenar de preguntas que quería hacer. Su madre, su padre, Julia Rothman, el puente… Estaba conmocionado y se obligó a recuperar el control. Por fin lo consiguió.

—Tengo un par de preguntas que hacer —dijo.

—Adelante, Alex. Podemos contarte cuanto quieras saber.

—¿Cuál era la parte de mi madre en todo aquello? ¿Sabía a qué se dedicaba?

—Por supuesto que sabía que era un espía. Él nunca le hubiese mentido. Estaban muy unidos, Alex. Nunca la conocí, lo siento. No tendemos a ser muy sociales en este negocio. Era enfermera antes de casarse con él. ¿Lo sabías?

Ian Rider había contado a Alex que su madre era enfermera, pero no era de eso de lo que quería hablar ahora. Estaba animándose, reuniendo la fuerza suficiente como para hacer la peor de todas las preguntas.

—¿Cómo murió mi padre entonces? —inquirió—. ¿Y mi madre? ¿Sigue viva? ¿Qué le ocurrió?

La señora Jones miró a Alan Blunt, y fue él quien respondió.

—Tras el asunto del Puente Alberto, se decidió que lo mejor sería que tu padre se tomase unas largas vacaciones —dijo—. Tu madre fue con él. Hicimos que un avión privado los llevase al sur de Francia. Ibas a ir con ellos, Alex, pero en el último instante pillaste una infección auditiva y te dejaron con una niñera. Los dos iríais a reuniros con ella cuando estuviese mejor.

Hizo una pausa. Sus ojos, como de costumbre, no mostraban nada. Pero había algo de pena en su voz.

—De alguna forma, Julia Rothman descubrió que la habían engañado. No sabemos cómo, nunca lo supimos. Pero Scorpia es una organización poderosa; esto tiene que ser de lo más obvio para ti ya. Descubrió que tu padre seguía vivo y que volaba a Francia, e hizo colocar una bomba en la bodega de equipajes. Tus padres murieron juntos. Supongo que eso fue algo misericordioso. Y fue rápido. No debieron ni darse cuenta…

Un accidente de avión.

Eso era lo que le habían contado a Alex toda la vida.

Otra mentira.

Alex se puso en pie. No estaba seguro de qué estaba sintiendo. Por una parte sentía gratitud. Su padre no había sido un malvado. Todo lo contrario. Todo lo que Julia Rothman le había contado y todo lo que había creído sobre él era falso. Pero, al mismo tiempo, imperaba una tristeza abrumadora, como si llorase a sus padres por primera vez.

—Alex, haré que un conductor te lleve a casa —dijo la señora Blunt—. Ya seguiremos hablando cuando estés preparado.

—¿Por qué no me lo dijeron? —gritó Alex; luego la voz se le quebró—. Eso es lo que no entiendo. ¡Estuve a punto de matarla, pero no me dijo la verdad! Me enviaron de vuelta a Scorpia, lo mismo que hicieron con mi padre, pero nunca me dijeron que había sido Julia Rothman la que había matado a mi padre. ¿Por qué?

La señora Jones se había incorporado también.

—Necesitábamos tu ayuda para encontrar las parabólicas. No había alternativa. Todo dependía de ti. Pero no queríamos manipularte. Sé que piensas que eso es lo que siempre hemos hecho, pero si te hubiera contado la verdad sobre Julia Rothman, para darte después un dispositivo de localización y enviarte junto a ella, te hubiera estado usando de la peor forma posible. Fuiste, Alex, por la misma exacta razón que tu padre fue al Puente Alberto, y quería que tuvieses esa opción. Eso es lo que hace de ti un espía tan bueno. No es que te hayas convertido en uno o que te hayamos entrenado para serlo. Es que, en esencia, lo eres. Supongo que viene de familia.

—¡Pero yo tenía una pistola! En su piso...

—Nunca corrí peligro. Aparte del cristal, nunca me hubieras apuntado bien, Alex. Lo sé. No había necesidad de contarte nada. Y no lo quería hacer. La forma en que te engañó la señora Rothman fue algo horrible —se encogió de hombros—. Quería que comprobases las cosas por ti mismo.

Nadie dijo nada durante un largo instante.

Alex se volvió.

—Necesito pensar —farfulló.

—Por supuesto —la señora Jones se le acercó y lo tocó levemente en el brazo. Era el brazo menos quemado—. Vuelve cuando estés preparado, Alex.

—Sí... lo haré.

Alex se dirigió a la puerta. La abrió, pero pareció pensárselo mejor.

—¿Puedo hacerle una última pregunta, señora Jones?

—Claro. Adelante.

—Es algo que me ha intrigado siempre y creo que ahora puedo preguntárselo —se detuvo—. ¿Cuál es su nombre de pila?

La señora Jones se envaró. Sentado tras su escritorio, Alan Blunt alzó la vista. Luego ella se relajó.

—Tulip[5] —dijo—. Mis padres eran jardineros.

Alex asintió. Eso tenía sentido. Él tampoco hubiera usado nunca ese nombre.

Se fue, cerrando la puerta a las espaldas.

---

[5] Tulipán. *(N. del T.)*

UN TOQUE MATERNAL

SCORPIA nunca olvida.

Scorpia nunca perdona.

Habían contratado al tirador para que tomase venganza por ellos, y eso era lo que iba a hacer. Él mismo perdería la vida si fallaba.

Sabía que, en unos pocos minutos, un chico de catorce años saldría de un edificio que simulaba ser un banco internacional y que en realidad era algo muy distinto. ¿Le importaba que el blanco fuese un niño? Se había convencido a sí mismo de que no. Matar a un ser humano era algo terrible. ¿Pero era mucho peor matar a un hombre de veintisiete, que nunca llegaría a los veintiocho, que a un chico de catorce que jamás llegaría a los quince? El tirador había decidido que matar era matar. Eso nunca cambiaba. Como tampoco lo hacían las treinta mil libras que le habían pagado por el trabajo.

Apuntaría al corazón, como siempre. El blanco esta vez sería un poco más pequeño, pero no por eso fallaría. Nunca fallaba. Era hora de prepararse, de controlar la respiración, de entrar en estado de calma antes de matar.

Puso toda su atención en el arma que empuñaba, la Ruger calibre 22 modelo K10/22-T. Era un arma de baja velocidad, menos mortífera de lo que él hubiese preferido. Pero esa arma tenía dos grandes ventajas. Era ligera. Y era muy compacta. Moviendo dos tornillos se podía separar el cañón y el gatillo del cuerpo. El cuerpo se doblaba en dos. Había llevado el arma por todo Londres en una bolsa de deportes ordinaria sin llamar la atención. Y, en su trabajo, eso era lo fundamental.

Apoyó el ojo en la mira Leupold 14 × 50 mm, ajustó la cruz contra la puerta por la que saldría el chico. Adoraba sentir el arma entre sus manos, la forma en que encajaba, el balance perfecto. La había modificado para adecuarla a sus necesidades. La culata era de madera laminada con revestimiento impermeable, lo que la hacía más pesada y menos propensa a desviarse. El gatillo estaba pulido hasta lograr un funcionamiento más suave. El rifle se cargaba tan rápido como se disparaba, aunque solo iba a necesitar un disparo.

El tirador estaba contento. Cuando disparaba, durante un parpadeo, mientras la bala comenzaba su viaje por el cañón, volando a trescientos treinta y un metros por segundo, el rifle y él se convertían en uno solo. El blanco no importaba. Incluso la paga resultaba irrelevante. El acto de matar era suficiente por sí mismo. No había nada en el mundo que se le pudiera igualar. En ese momento, el tirador era Dios.

Esperó. Estaba tumbado boca abajo sobre el techo de un edificio de oficinas, al otro lado de la calle. Estaba un poco sorprendido de haber podido entrar. Sabía que el edificio de enfrente albergaba a la división de Operaciones Especiales del MI6 y había supuesto que mantenían cuidadosa vigilancia respecto de todos los otros edificios de alrededor. Por otra parte, había tenido que salvar dos cerrojos y desactivar un complicado sistema de seguridad. Tampoco había sido tan fácil.

La puerta se abrió y apareció su objetivo. Si lo hubiese querido, el tirador se hubiera percatado de que era un chico agraciado, de catorce años, con el pelo rubio y un mechó que le caía sobre los ojos. Un chico que vestía una sudadera con capucha y vaqueros holgados, y un collar de cuentas de madera (podía ver cada cuenta a través de la mira). Ojos pardos y una boca estrecha y algo dura. Esa clase de rostro que atraería a muchas chicas si el chaval hubiera vivido un poco más.

El chico tenía un nombre: Alex Rider. Pero el tirador no pensaba en eso. Ni siquiera pensaba en Alex como un chico. Era un corazón, unos pulmones, un sistema articulado de venas y arterias. Pero, pronto, ya no sería nada. Por eso estaba el tirador allí. Para realizar una cirugía, y no con un escalpelo, sino con una bala.

Se relamió los labios y puso toda su atención en el blanco. No sujetaba el arma. El arma era parte de él. El dedo se le curvó sobre el gatillo. Se relajó, disfrutando el momento, preparándose a disparar.

Alex Rider salió a la calle. Eran alrededor de las cinco y había poca gente por los alrededores. Estaba pensando en todo lo que habían hablado en la oficina de Alan Blunt. Aún no lo tenía del todo asimilado. Era demasiado en muy poco tiempo. Su padre no había sido un asesino; fue un espía que trabajaba para el MI6. John Rider e Ian Rider. Y ahora Alex Rider. Al menos, eran una familia.

Y sin embargo…

La señora Jones le había dicho que quería darle una oportunidad, pero no estaba muy seguro de haberla tenido nunca. Sí, había elegido no pertenecer a Scorpia. Pero eso no significaba que tuviese que integrarse en el MI6. Alan Blunt querría utilizarlo de nuevo, eso era seguro. Pero pudiera ser que encontrase la fuerza necesaria para rehusar. Pudiera ser que saber la verdad bastase.

Toda clase de pensamientos confusos se agolpaban en su mente. Pero ya había tomado una decisión. Quería estar con Jack. Quería olvidarse de los deberes y ver una película, y tomarse una cena de antología. Nada sano. Había dicho que estaría en casa a las seis, pero podía llamarla y reunirse con ella en los multicines de Fulham Road. Era sábado. Quería salir esa noche.

Dio un paso y se detuvo. Algo le había golpeado en el pecho. Era como si le hubiesen pegado un puñetazo. Miró a derecha e izquierda, pero no había nadie cerca. Era de lo más extraño.

Y había algo más. Liverpool Street parecía estar ascendiendo a gran velocidad. Sabía que discurría a nivel, pero ahora resultaba estar empinada. Incluso los edificios se inclinaban hacia un lateral. No entendía lo que estaba sucediendo. El aire estaba perdiendo el color. Según miraba, el mundo pasó de los colores al blanco y negro, fuera de unos pocos manchurones aquí y allá: el amarillo brillante del cartel de un café, el azul de un coche...

... y el rojo de la sangre. Miró hacia abajo y se sorprendió al ver que toda su pechera se estaba tiñendo de rojo. Había una mancha irregular que se extendía con rapidez por su sudadera. Al mismo tiempo, se dio cuenta de que ya no oía el sonido del tráfico. Era como si algo le hubiese sacado del mundo y estuviese viéndolo desde muy lejos. Unos pocos transeúntes se habían detenido y lo miraban. Estaban demudados. Una mujer chillaba. Pero no producía sonido alguno.

Entonces algo hizo la calle, inclinándose con tanta rapidez que pareció haberse alzado. Se había congregado una multitud. Estaban junto a él y

Alex deseó que se marchasen. Debía haber treinta o cuarenta personas, señalando y gesticulando. ¿Por qué estaban tan interesadas en él? ¿Y por qué no podía moverse? Abrió la boca para pedir ayuda, pero no salieron palabras, ni siquiera aliento, de ella.

Alex comenzó a sentirse asustado. No sentía ningún dolor, pero algo le decía que tenía que estar herido. Estaba tumbado en la acera, aunque no sabía cómo había llegado allí. Había un círculo rojo a su alrededor, y se ensanchaba a cada segundo que pasaba. Trató de llamar a la señora Jones. Abrió su boca de nuevo y escuchó una voz que llamaba, pero desde muy lejos.

Entonces vio a dos personas y supo que todo iría bien a partir de entonces. Lo estaban observando con una mezcla de tristeza e inteligencia, como si siempre hubiesen esperado que ocurriera algo así, pero se apenasen de todas formas. Había algo de color en el gentío, pero las dos personas estaban por completo en blanco y negro. El hombre era agraciado, vestido con un uniforme militar, con el pelo corto y un rostro sólido y serio. Se parecía mucho a Alex, aunque parecía tener treinta y pocos. La mujer que se encontraba a su lado era más baja y parecía más vulnerable. Tenía cabellos largos y rubios y ojos llenos de dolor. Había visto fotos de aquella mujer y le resultaba increíble encontrarla allí. Sabía que estaba delante de su madre.

Trató de incorporarse, pero no pudo. Intentó agarrarle la mano, pero el brazo no le obedeció. Ya no respiraba, aunque no se había dado cuenta.

El hombre y la mujer se apartaron de la multitud. El hombre no dijo nada; trataba de ocultar sus emociones. Pero la mujer se inclinó y le tendió una mano. Solo entonces Alex comprendió que la había echado de menos toda su vida. Ella llegó a él y lo toco, los dedos puestos sobre el punto exacto en el que había un pequeño agujero en su sudadera.

No había dolor. Solo una sensación de cansancio y resignación.

Alex Rider sonrió y cerró los ojos.